Impressum

Alle Rechte am Werk liegen beim Autor
J., Jaliah
Llora por el amor - Sonderausgabe 5
Verlorene Erinnerungen

Berlin, März 2020
Erstauflage
Lektorat: Günter Bast, Theresa Wahl
Cover/Bildgestaltung: Wolkenart – Marie Katharina Wölk

©2020
Herstellung und Verlag: BoD – Books on Demand, Norderstedt.
ISBN 978-3-7504-4105-7

www.jaliahj.de

Llora por el amor

Verlorene Erinnerungen

von

Jaliah J.

Folgt mir ein weiteres Mal nach Sierra ...

LES SURENAS

† Ramon & Jennifer	Rodriguez & Melissa	Paco
Miguel Sami	Dilara Damian	

Chico & Adriana	Ramos & Juana	Mano & Gabriella	Hernandez & Elena	Josir
Jesus Omar	Adora	Nesto	Kasim Marina	

ERRA

TREZ PUNTOS

&	Bella		Juan & Sara
Leandro			Sanchez
Latizia - Adán			Ciro
Lando			

Miko & Sam	Raul & Eva	Pepo & Danijela	Tito & Lucia
Enrique (Rico)	Estefania	Saul	Prince (PJ)
Abelia		Yara	

»Guten Morgen Padre, vielen Dank noch einmal für die Unterkunft, ich habe Sie seit meiner Ankunft leider nicht mehr gesehen, um mich persönlich zu bedanken.«

Der alte Mann sieht von seiner Gartenarbeit hoch in das Gesicht ihres neuesten Klosterzuganges in den Bergen Kolumbiens.

»Dafür brauchst du mir nicht zu danken. Gott hat dich zu uns geschickt und ich hoffe, dass du hier die Ruhe findest, die du brauchst und wieder auf den richtigen Weg findest.«

Der Mann, der neu zu ihnen gefunden hat, versucht sein altes Leben hinter sich zu lassen. Er ist nicht der Erste, der in Trauer oder aus Angst vor seinem Leben zu ihnen geflüchtet ist, einige brauchen nur ein paar Tage Ruhe, andere finden ihren Weg zu einem neuen Leben und zu Gott und bleiben bei ihnen.

»Ich weiß, doch ich möchte mich gerne mit meiner Hilfe bedanken. Morgen fahre ich mit Padre Erikson auf den Markt und helfe ihm auch dabei, die Holzvorräte aufzufüllen. Ich hoffe, ich kann so etwas dazu beitragen und mich für das Bett und die Mahlzeiten bedanken.«

Der alte Mann lächelt nur und nickt.

»Ach so und noch etwas, Padre: Sie wissen ja, dass ich früher einmal als Psychologe gearbeitet habe. Padre Ortiga hat mir von dem Arbeiter erzählt, der seit einigen Jahren bei ihnen lebt und der sein Gedächtnis nach einem Autounfall verloren hat. Ich habe mit ihm zwei Sitzungen gemacht. Padre Ortiga sagt, dass der Mann sich an nichts erinnern kann. Sie haben ihn damals aus dem Krankenhaus geholt, nachdem sie verständigt wurden, dass dort ein Mann liegt, von dem niemand weiß, wohin er gehört. Doch seine Tattoos und alles andere zeigen klar, dass er ein Leben vor dem Unfall gehabt haben muss und nach einigen Stunden der Überredungskunst habe ich es geschafft, ihn in Trance zu versetzen.«

Der alte Mann setzt seine Harke ab und schüttelt den Kopf.

»Wir hatten das schon einige Male besprochen. Ich weiß, dass Padre Ortiga sich oft Gedanken wegen dem Mann macht, doch die

Ärzte haben uns gesagt, dass wir ihn in Ruhe lassen sollen. Meistens kommt das Gedächtnis ganz von alleine wieder. Er lag eine Weile im Koma und wenn Gott will, kommen seine Erinnerungen wieder. Er träumt schlecht und wir sind uns sicher, dass er sich eines Tages wieder erinnern wird, doch wir drängen ihn nicht. Die Ärzte haben davor gewarnt, dass das noch mehr Schäden verursachen könnte.«

Der Mann nickt. »Das stimmt, das weiß ich. Meistens kommen die Erinnerungen von alleine wieder, durch Orte, Gerüche, durch einiges Vertraute. Man spricht von einer Blockade im Kopf, die sicherlich durch den schweren Unfall entstanden ist. Doch diese Therapie, die ich mache, ist sehr sanft und ich passe auf. In der ersten Sitzung bin ich nur ganz leicht in sein Bewusstsein getreten und er hat sofort alles blockiert.«

Der alte Mann sieht nach oben zum Hang, wo der Mann, der seit über zwei Jahren bei ihnen lebt und von dem sie nicht einmal seinen richtigen Namen kennen, die Holzbalken von einem zum anderen Haufen trägt.

Er verrichtet hier die schwersten Arbeiten, er trainiert und geht jeden Tag laufen, er ist immer höflich und hilft, wo er kann, doch ansonsten schweigt er. Auch wenn er selbst sich nicht an sein früheres Leben erinnern kann, so zeigt die Traurigkeit in seinen Augen deutlich, dass der Mann vielleicht noch gar nicht bereit dafür ist, wieder Zugang zu seinen Erinnerungen zu bekommen.

»Allerdings habe ich es gestern Abend noch einmal probiert, Padre, und alles, was der Mann gesagt hat, war ein Name. Ich vermute, dass es eine Stadt ist. Er hat immer und immer wieder diesen einen Namen geflüstert: Sierra.«

Kapitel 1

»Sag mal, kann es sein, dass du das alles mit den beiden Familias nicht ernst nimmst?«

Sie steckt ihr Telefon ein. »Wenn du wüsstest, wie oft ich das schon gehört habe«, antwortet sie leise. Er weiß einfach nicht, wie er mit ihr umgehen soll, doch eigentlich schon, nämlich gar nicht, aber das hat sich scheinbar erledigt, als er wie ein Vollidiot hinter ihr hergelaufen ist.

»Paco, das ist doch ...«, beginnt sie, doch dann kommt ihr scheinbar eine Idee. »Weißt du was? Soll ich dir zeigen, was ich glaube oder woran ich glaube?« Er zieht die Augenbrauen hoch; keine gute Idee, noch mehr Zeit mit ihr zu verbringen.

»Komm Paco, ich zeige dir meine Sicht, ich will wissen, was du davon hältst, denn abstreiten kannst du das nicht.« Was bleibt ihm anderes übrig, als Bella zu folgen? Er ist gespannt, wie ihre Sicht ist, vielleicht wird er so schlauer aus dieser Frau. Während sie ihn zum Schulgebäude bringt, mustert er sie von der Seite. »Hast du gar keine Angst, mit mir alleine zu sein? Immerhin bin ich ein Surena.« Sie lacht und führt ihn eine Treppe hoch.

»Du bist nicht ein Surena, du bist der Anführer der Surenas. Glaub mir, Paco, ich weiß, wer du bist!« Bella bleibt eine Stufe vor ihm stehen und wirbelt zu ihm herum, sodass sie auf Augenhöhe sind.

»Sehe ich so aus, als hätte ich Angst?« Durch eine Laterne, die von draußen hereinstahlt, werden ihre Augen angeleuchtet, die unglaublich funkeln. Bevor er etwas sagen kann, wirbelt sie wieder herum und läuft weiter. »Wenn du mir etwas antun wolltest, hättest du schon deine Chance gehabt.«

Er bleibt kurz stehen und schaut ihr hinterher und somit auf ihren runden Po. Erst als sie aus seinem Sichtfeld gerät, geht er schnell hinterher. Die Frau macht ihn fertig. Nachdem sie mehrere

Stockwerke hochgegangen sind, bleibt Bella vor einer Tür stehen und dreht sich wieder zu ihm um, sie kaut kurz auf ihrer Unterlippe.

»Das ist mein geheimer Lieblingsort, ich habe noch nie jemanden hergebracht, nicht mal meine beste Freundin weiß, dass ich mich hierher zurückziehe.« Sie zeigt mit dem Zeigefinger auf Paco. »Das bleibt unter uns.« Er muss grinsen. »Versprochen!« Sie lächelt zurück. »Ein Abkommen zwischen einem Surena und einer Trez Punto ... wer hätte das gedacht.« Bevor er etwas erwidern kann, öffnet sie die Tür und sie treten auf das Dach der Uni.

Es gibt nichts als eine große Fläche, die mit Kies ausgelegt ist, ein paar Schornsteine ragen leicht heraus. Paco muss leise lachen. »Wow, ich hätte mehr erwartet.« Sie lacht auch. »Weil du das Offensichtliche nicht siehst. Komm mit.« Sie nimmt seinen Unterarm und führt ihn an einen zugemauerten Schornstein, auf dem sie vermutlich öfter sitzt, wenn sie die Mandarinenschalen weggeworfen hat.

Sie stellt ihn vor dem Schornstein ab und stellt sich selbst auf den Schornstein hinter Paco und hält ihm die Augen zu. »Okay, Paco ...« Er muss grinsen, als sie sich an sein Ohr beugt, sie riecht umwerfend süß. »Bist du bereit, meine Sicht zu sehen, was ich über diese Trez Puntos und Les Surenas-Sache denke?« Sie öffnet seine Augen, beugt sich über seine Schulter und zeigt zur östlichen Seite.

»Dort leben die Trez Puntos«, sie zeigt in die Mitte, »neutraler Boden«, und sie zeigt auf das Surenas-Gebiet. Hier an dieser Stelle des Daches hat man über alle Gebiete einen Ausblick, sie hat sich diese Stelle auf dem Dach bewusst gesucht. Bella zeigt auf den Himmel, wo der Vollmond hell leuchtet und tausend Sterne funkeln. »Wir alle leben in der gleichen Stadt, Paco. Sie ist nur durch euch getrennt, aber etwas könnt ihr nicht verhindern. Wir alle sehen in den gleichen Himmel, zum gleichen Mond, auch wenn ihr dagegen kämpft, im Grunde kommen wir alle aus einer Stadt.« Paco schaut auf die tausend Sterne und muss leise lachen.

Paco muss an damals denken, während sie dem Direktor der Uni auf das Dach folgen. Er war ewig nicht mehr hier. Als er Bella damals kennengelernt hat, war sie ständig hier oben, wenn er sie mal nicht gefunden hat, hat er als Erstes immer auf dem Dach der Uni nachgesehen.

»Ich hoffe, es ist in Ordnung, dass ich mich an Sie gewandt habe, doch ich dachte, dass es auch für die Familias wichtig ist, was zur Zeit hier passiert.« Juan wendet sich einen Moment zu Paco um, sie haben schon seit einigen Wochen immer mehr mitbekommen, dass es Probleme mit Drogen gibt, vor allem unter den Jugendlichen und den Studenten.

Ihre Familia hält sich aus dem Drogenhandel komplett heraus, sie wissen, wer hier mit Drogen handelt und haben das auch immer im Blick, doch sie haben sich noch nie um diese Geschäfte gekümmert, das haben sie auch weiterhin nicht vor. Vor einigen Wochen gab es die ersten Toten nach einer Party in der Nachbarstadt, und nach und nach sind auch hier immer wieder Menschen gestorben, nachdem sie Drogen zu sich genommen haben. Natürlich passiert so etwas immer mal wieder, doch die Fälle häufen sich hier in der Umgebung und das hat auch sie aufhorchen lassen.

»Unser Hausmeister musste heute auf das Dach, um die Gitter der Abzugshauben neu zu montieren, weil immer wieder Probleme aufgetaucht sind in letzter Zeit und da hat er einiges entdeckt.« Eigentlich würden sich ihre Söhne und Neffen darum kümmern, doch sie sind alle gerade nicht da. Leandro, Damian, Sanchez und Miguel sind mit ihren Freundinnen nach Mexiko geflogen, sie treffen dort Geschäftspartner und machen auch gleich Urlaub. Die anderen sind überall verstreut unterwegs, deswegen sehen sich Paco und Juan die Sache hier mal an, nachdem der Direktor sich heute morgen panisch bei ihnen gemeldet hat.

Paco muss lächeln, als er das Dach nach so langer Zeit wieder betritt und sieht auf die Stadt hinaus, die damals noch in Zonen aufgeteilt war. Diese Zonen gibt es nun nicht mehr. Selbst die Tijuas gehören nun komplett zu ihrer Familia, sie sind noch eine eigene Familia, doch sie alle teilen sich Sierra. Auch sein Schwiegersohn hat ihn schon wegen der Drogenprobleme angesprochen, doch bisher hat er ja selbst noch keine Antwort darauf gefunden.

»Der Hausmeister hat das gefunden.« Er öffnet einen Schacht und deutet auf mehrere Päckchen Tabletten, die in einer Tüte in den Schacht geklebt sind. »Sind die Schächte nicht verschlossen?« Juan sieht auf das Gitter des Schachtes. »Doch, aber mit einem Schraubenzieher kann man die ohne Probleme jederzeit öffnen. Dass wir die Tabletten hier gefunden haben, ist eher Zufall, doch jetzt wissen wir nicht, was wir damit tun sollen. Es gab schon immer Dealer, doch sie haben nie ihre Drogen bei uns versteckt, wieso sollten sie das tun? Die einzige Erklärung, die ich habe, ist, dass vielleicht einer unserer Studenten etwas damit zu tun hat. Und da in den letzten drei Wochen vier Studenten aus unserer Universität an einer Überdosis gestorben sind und keiner dieser Studenten wirklich viele Drogen konsumiert haben soll, habe ich gedacht, ich schalte Ihre Familia gleich ein. Ich weiß, dass Sie mit den Drogen nichts zu tun haben, doch einige der Familia besuchen ja auch unsere Universität, allen voran auch Ihre Tochter, deswegen dachte ich ...«

Paco unterbricht ihn. Er hasst es, wenn jemand über Latizia im Zusammenhang mit etwas Gefährlichem spricht, das wird sich sicher niemals ändern. »Das war auch eine gute Entscheidung, uns ist das alles auch schon aufgefallen, wieso haben Sie die Drogen nicht rausgenommen? Gibt es hier noch mehr?« Der Direktor geht einige Schritte zurück.

»Ich fasse die nicht an. Wenn ich die hier wegnehme, habe ich nachher irgendwelche Leute, die hinter mir her sind. Ich habe ...« Paco sieht zu Juan und schüttelt den Kopf, während er in den Schacht hineingreift und die Tüten abreißt. »Dann sagen Sie, dass ich es war und wer ein Problem damit hat, sich gerne bei uns melden kann. Gibt es noch mehr?« Der Direktor schüttelt den Kopf. »Nein, der Hausmeister hat alles abgesucht.«

Paco sieht sich noch einmal um und schaut auf die Tüte in seiner Hand. »Okay, wir werden mal sehen, was wir rausbekommen, versuchen Sie solange, die Universität so gut es geht in den Griff zu bekommen. Wie Sie schon gesagt haben, einige Mitglieder unserer Familia besuchen auch diese Universität und Sie wissen, wie wichtig es uns ist, dass sie sicher sind.«

Der Direktor nickt und Juan geht schon vor nach unten. Paco folgt seinem Schwager, der sich auf den Treppen zu ihm umwendet. »Ich habe ein komisches Gefühl bei der Sache, irgendetwas stimmt hier nicht.« Paco sieht zu den vielen unterschiedlichen Pillen und atmet tief aus. Auch er ahnt, dass sie vor einem neuen Problem stehen.

Von der Universität fahren Juan und Paco direkt zu den Tijuas. Adán hat das Haus, in dem er nun mit Latizia lebt, gerade erst etwas erweitert, sie bauen noch ein oberes Stockwerk. Latizia möchte unbedingt Kinder, sie will erst ihr Studium beenden, doch dann soll es so weit sein. Paco war eine Weile nicht mehr hier und sieht erstaunt, dass sein Schwiegersohn schon ziemlich weit gekommen ist.

Als sie jetzt halten, kommt Latizia gerade aus dem Haus, in dem Musa und Dilara zusammen leben, und sieht verwundert zu ihnen. Sie gibt ihm und ihrem Onkel einen Kuss und umarmt sie, bevor sie sie ins Haus bittet. »So überraschender Besuch? Ich hoffe, ihr habt mich nur vermisst und es ist nichts passiert. Da ich aber erst vor wenigen Stunden zuhause war, tippe ich auf Letzteres.«

Latizia hat zwei Schüsseln mit Salat im Arm und stellt diese in der Küche ab, während sich Paco auf die Couch und Juan sich ihm gegenüber setzt. »Wir vermissen dich immer, Princesa, doch auch wenn nichts Schlimmes passiert ist, suchen wir eigentlich nach deinem Mann.«

Seine Tochter gießt ihnen Getränke ein und legt Kekse auf einen Teller, dabei ruft sie nach Adán, der offenbar im Garten sein muss. Auch wenn das Haus, in dem seine Tochter nun lebt, nicht mal halb so groß wie das Haus ist, in dem sie aufgewachsen ist, haben die Tijuas hier ein wirklich schönes Gebiet. Hinter dem Haus liegt ein See und auch so ist es sehr schön hier. Überall entdeckt man Latizias Handschrift, besonders als jetzt Senna ins Haus gelaufen kommt und sie freudig begrüßt. Hinter ihr kommt direkt Adán und sieht genauso überrascht wie Latizia zu ihnen.

Er begrüßt sie und setzt sich neben Paco, zwei seiner Männer waren neben ihm, begrüßen sie nun aber nur und verlassen respektvoll das Haus. »Was verschafft mir die Ehre, gleich euch beide hier begrüßen zu dürfen?«

Mittlerweile mag er seinen Schwiegersohn wirklich gerne. Paco sieht und weiß, wie sehr Adán Latizia liebt und er hat über die Zeit auch gemerkt, dass er ein guter Kerl ist. Er führt seine Familia mit einer relativ harten Hand, doch das muss er auch und er weigert sich, Hilfe von ihnen anzunehmen. Er schafft alles aus eigener Kraft. Auch wenn sie nun alle zusammengehören, werden die Tijuas alleine durch Adáns Hand immer erfolgreicher und das respektiert Paco sehr.

Vor allem vertraut er ihm und deswegen ist er auch zuerst zu ihm gekommen und legt nun die Beutel mit den Tabletten auf den Tisch. »Deswegen sind wir hier. Es gibt Probleme in Sierra, doch wir wissen ja, dass du davon schon gehört hast.« Latizias Mann greift nach den Beuteln und nickt. »Allerdings, das ist zwar erst seit einigen Tagen in Sierra so, doch die Probleme haben schon viel früher begonnen.«

Er legt die Drogen zurück auf den Tisch. Latizia fummelt in der Küche herum, doch Paco kennt seine Tochter, er weiß, dass sie genau zuhört. »Wie ihr wisst, haben wir den Markt hier am meisten bedient, doch wir ziehen uns immer mehr aus den Drogengeschäften zurück ...« Adán blickt einen Moment zu Latizia, Paco weiß, dass es ihretwegen ist, dass die Tijuas sich mittlerweile viel mehr auf Autos und andere Sachen konzentrieren, die allerdings auch nicht unbedingt weniger Geld einbringen.

16

»Es war klar, dass diese Lücken gestopft werden, aber wir dachten, dass die anderen, die sich hier in der Gegend um die Drogen gekümmert haben, diese Lücken auffüllen werden, doch offenbar haben sich auch neue Dealer eingefunden. Diese Drogen stammen nicht von hier, ich habe erst letztens Javier getroffen und er sagt, dass diese Tabletten mit irgendwelchen giftigen Stoffen gestreckt sind, nicht jede Dosis ist tödlich, doch wenn in einer Tablette mal mehr steckt, passieren diese Unfälle, wie sie in den letzten Tagen immer öfter vorgekommen sind. Deswegen sterben die Leute. Keiner weiß, wer hinter diesen Drogen steckt, oder wie sie es schaffen, so viele hier zu verkaufen, ohne dass es jemand mitbekommt, doch glaubt mir, es gibt einige, die das erfahren wollen.«

Paco lehnt sich zurück. Er hatte gehofft, sein Schwiegersohn könnte ihm noch mehr Tipps geben, aber offenbar ist er, genau wie einige andere auch, ziemlich ratlos. »Es kann doch nicht sein, dass all das hinter unseren Rücken passiert. Es muss Zusammenhänge geben, die wir übersehen haben. Wir finden schon raus, wer dahinter steckt und solange müsst ihr aufpassen, besonders in der Universität, Latizia, hört ihr!«

Seine Tochter bringt drei Schüsseln mit selbstgemachtem Eintopf auf einem Tablett und stellt sie ihnen hin. Sie kann sehr gut kochen und sie alle drei nehmen sich gleich die Schüsseln. »Du weißt doch genau, dass keiner von uns ...« Er nickt. »Natürlich, trotzdem, irgendetwas geht gerade in Sierra vor sich und wir müssen genau aufpassen.«

Nach einer Stunde, die sie noch bei Latizia und Adán bleiben, fährt Paco seinen Schwager nach Hause. Sie wollen sich morgen Mittag mit den anderen zusammensetzen und besprechen, was sie tun wollen und so auch herausfinden, was die jüngere Generation alles mitbekommen hat.

Auf dem Weg zu sich hält Paco allerdings noch einmal beim Polizeipräsidium. Er ist selten hier und alle sehen ihn verwundert an, als er mit den Tabletten in der Hand in das Büro des Polizeichefs geht, ohne anzuklopfen. Santiago und er kennen sich schon lange, er hat ihn eingesetzt, da er mit ihm am besten zusammenarbeiten kann.

»Paco ... was für ein seltenes Vergnügen. Was hast du da?« Paco setzt sich vor Santiago und legt die Tabletten auf den Tisch. »Sag nicht, du hast nichts davon mitbekommen, dass Sierra gerade von gestreckten Drogen überflutet wird.« Santiago lehnt sich zurück.

»Doch, ich habe einen Mann damit beauftragt, er hat eine kleine Sondereinheit gegründet und sie arbeiten seit Tagen daran, aber noch ist nichts Richtiges dabei herausgekommen.« Paco deutet auf die Drogen.

»Willst du mich verarschen, Santiago? Ihr habt hier nichts weiter zu tun, das Einzige, was wir euch überlassen, ist diese Drogensache und nicht einmal die habt ihr im Griff? Ich habe kein gutes Gefühl, wenn hier Fremde so einen Scheiß verkaufen und niemand weiß, wer da überhaupt dahinter steckt. Sollte euch das nicht beunruhigen?« Santiago atmet tief ein, Paco steht auf. »Mich beunruhigt das und du weißt, wenn mich etwas beunruhigt, tut es das auch euch. Schick mir morgen diesen Mann zu Juan, dort gibt es ein Treffen gegen zwölf. Er soll uns alles erzählen, was er bisher zusammengetragen hat und ihr habt doch hier so tolle Labore ...« Er zieht mehrere Tablettenschachteln heraus und lässt sie auf dem Tisch, den Rest nimmt er wieder mit. »... Überprüft, was hier alles drin ist und was daran so tödlich ist.«

Paco ist schon halb aus der Tür, da steht auch Santiago auf. »Bis morgen Mittag?« Paco wendet sich nicht noch einmal um. »Um zwölf!«

Erst danach fährt er zu sich. Statt in sein Haus, geht er ins wilde Haus, das Haus, in dem einige der Jungs noch leben; so einen richtigen Überblick, wer hier lebt, hat Paco nicht mehr, das wechselt ständig. Sie alle sind immer mal wieder hier und schlafen, wo sie wollen. Er hat sich schon oft gefragt, ob das so gesund ist, mal findet er Sanchez hier vor, dann Sami im Cielo, doch die Jungs stört das gar nicht.

Es wird sich alles erst ändern, wenn die neuen Häuser komplett fertig sind. Damian, Leandro und Miguel leben schon in ihren neuen Häusern, die von Sami und Kasim sind als Nächstes fertig und dann kommen langsam die anderen dran, wobei da noch etwas Zeit ist. Bei den Puntos hat Sanchez gerade sein eigenes Haus bekommen.

Als er ins Haus geht, was früher sein Bruder Ramon mit Jennifer bewohnt hat, schnürt es ihm erneut die Kehle zu. Es sieht mittlerweile komplett anders aus, doch trotzdem vermeidet Paco es, hier hineinzugehen. Er kann mit dem Tod seines ältesten Bruders noch immer nicht umgehen.

Paco geht an herumliegenden Shirts vorbei, alten Pizzakartons, Unmengen an Getränkedosen und schüttelt den Kopf, als er Nesto auf der Couch schlafend vorfindet. Paco öffnet die Terrassentür zum Durchlüften und Nesto grummelt leise vor sich hin, dreht sich aber nur um und schließt die Augen wieder.

In dem Moment kommt Sami aus dem Garten. Er hat Kopfhörer im Ohr und ist komplett verschwitzt, er muss trainiert haben. Sami ist ein richtiger Mann geworden. Er trainiert viel, er arbeitet sehr hart an sich und an seinem Körper, wenn jemand Hilfe braucht, ist er sofort da und man kann sich immer auf ihn verlassen. Auch wenn er genau wie die anderen Jungs viel Spaß hat, ist er doch verantwortungsvoller als sie, manchmal sogar mehr als sein älterer Bruder Miguel.

Als sein Neffe ihm jetzt aus seinen blauen Augen entgegensieht, muss er an den kleinen Jungen denken, den er früher immer durch den halben Pool geworfen hat und der ständig bei ihm im Arm eingeschlafen ist. Er weiß, dass Ramon sehr stolz auf ihn wäre, würde er sehen, was aus seinem Sohn geworden ist.

»Hey, kannst du alle Männer zusammensuchen, die zur Zeit da sind? Also nur die engeren Kreise. Wir haben morgen um zwöf ein

Treffen im Punto-Haus.« Sami nickt und bleibt vor ihm stehen. »Was ist los?« Paco muss lächeln, als er ihn ansieht, doch dann nickt er zum Tisch, wo er etwas Gras zum Rauchen entdeckt hat. Er weiß, dass die Jungs das hin und wieder tun, auch er hat das getan und gelegentlich rauchen sie auch jetzt noch, doch momentan müssen sie alle vorsichtiger sein.

»Es geht um die Drogenprobleme in Sierra, also trommle alle zusammen.« Er legt seine Hand auf Samis Schultern und wendet sich dann zum Gehen, doch er deutet noch einmal zu dem Gras. »Und tu mir einen Gefallen, vernichtet erst einmal alle Drogen, die ihr hier habt und sagt den anderen Bescheid, wer auch immer sich gerade hier breitmacht, die Drogen sind mit Gift gestreckt, also nehmt nichts mehr davon.« Sami nickt, Paco weiß, dass er sich auf ihn verlassen kann und verlässt das Haus wieder, um endlich nach Hause zu kommen.

Er ist schon eine ganze Weile unterwegs, eigentlich sollten sie alle etwas zurücktreten, nachdem ihre Söhne viele ihrer Arbeiten übernommen haben, doch es gibt immer noch genug zu tun.

Paco schließt die Haustür und atmet tief ein. Er liebt diesen Geruch hier. Es riecht nach zuhause, nach Bella, nach seinen Kindern, es ist ein unbeschreibliches Gefühl, was sich in seiner Brust ausbreitet, jedes Mal wenn er sein Haus betritt.

Früher war das nicht so, es war irgendwie selbstverständlich für ihn. Doch mit ihrer Gefangenschaft hat sich das geändert. Es ist jetzt etwas mehr als zwei Jahre her, dass sie zurück sind und er nimmt seitdem nichts mehr als selbstverständlich hin, nichts mehr, nicht einen Tag. Wenn es etwas Positives aus dieser Zeit gibt, dann das.

Es ist viel zu ruhig in seinem Haus. Paco hat Bella gar nicht geschrieben wo er hingeht, er will sein Handy gerade herausnehmen, da bemerkt er seine Frau am Küchentisch am Laptop etwas eintippen. Sie sieht hoch und lächelt, als sich ihre Blicke treffen.

Zum zweiten Mal heute muss Paco an ihre Anfangszeit zurückdenken, wie sehr er diese Frau liebt. Wie verrückt er vom ersten Moment an nach ihr war, damals in der Bibliothek konnte er gar nicht genug von ihrem Anblick bekommen, und nachdem er ihr einmal in die Augen gesehen hatte, war nie wieder etwas wie vorher und das wird es auch nie sein. Er braucht Bella an seiner Seite, sie ist zu einem Teil von ihm geworden.

»Hey Cariño, wieso ist es so ruhig? Wo ist Lando?« Bella schließt den Laptop und streicht sich über die Stirn. Sie hat in letzter Zeit viel zu tun mit der Leitung des Kindergartens, doch sie liebt diese Arbeit. »Der ist bei Rodriguez auf der Brust eingeschlafen, nachdem er den ganzen Tag dort gespielt hat. Dein Bruder ist auch gleich eingeschlafen, deswegen habe ich ihn dort gelassen. Ich werde ihn aber gleich einmal ...« Sie kommt zu ihm und gibt ihm einen Kuss, möchte an ihm vorbei, doch Paco hält sie am Arm zurück.

»Warte, warte, warte … Lass ihn noch da. Ich musste heute an etwas denken. Komm mit.« Paco umschließt Bellas Hand mit seiner und nimmt sie die Treppen mit hoch, Bella lacht leise, doch sie folgt ihm. »Was hast du vor und woran musstest du denken?« Paco sieht seiner hübschen Frau in die Augen und bringt sie noch weiter nach oben zu ihrer großen Dachterrasse.

Sie stellen sich so hin, dass sie auf das gesamte Gebiet sehen können, auf das alte und auch das neuerbaute, dabei umarmt Paco Bella von hinten. »Weißt du noch damals, auf der Feier und dem Dach der Uni? Als du mir unsere geteilte Stadt gezeigt hast und mir erzählen wolltest, dass wir alle zusammengehören und all das … nun sieh doch, worauf wir heute blicken, was alles in dieser Zeit passiert ist.«

Bellas Hände gehen an Pacos Arm, der sie umfasst und ihre zarten Finger streichen über seine Haut. »Ja, du hast recht. Es ist unglaublich viel passiert.«

Paco wendet seine Frau sachte zu sich um. Seine Hand legt sich an ihre Wange und Bella lächelt. Paco sieht ihr ernst in die Augen. Es gibt nichts, was er für diese Frau nicht tun würde, gar nichts!

»Und all das hat mit uns beiden angefangen. Wenn wir beide nicht wären, diese starke Liebe zwischen uns nicht entstanden wäre, gäbe es all das so nicht.« Er beugt sich vor und gibt Bella einen langen Kuss auf die Stirn.

»Es gibt keine Worte dafür, wie sehr ich dich liebe.« Seine Frau schließt einen Moment die Augen, bevor sie ihre Lippen vereint und Paco ihren Kuss liebevoll erwidert. Es sind so viele Jahre vergangen, sie haben so viel erlebt, verloren und gewonnen, doch das zwischen ihnen hat niemals an Gefühlen und an Intensität verloren, im Gegenteil.

Bella schmiegt sich Paco entgegen und als sein Handy klingelt, ignoriert er es. Er wird niemals genug von dieser Frau bekommen. Er beendet den Kuss und hebt sie hoch, ihre Arme umschlingen ihn und er trägt sie ohne Probleme in ihr Haus zurück. Sie spürt, wie bereit er für sie ist und lacht leise auf, als seine Hände unter ihr Shirt wandern.

»Weißt du, ich denke, bevor wir irgendwann Oma und Opa werden, sollten wir noch einmal daran arbeiten, dass Lando nicht der letzte Beweis für diese tiefe Liebe bleibt, was denkst du?«

Er findet ihre empfindliche Stelle am Hals und Bella seufzt leise auf. »Du bist unmöglich, Paco ... und ich liebe dich über alles.«

Kapitel 2

»Sag mal, bist du total bescheuert?« Sami lacht laut los, nachdem Nesto losgerannt ist und den Gartenschlauch holt, um das Feuer im Grill zu löschen, was dort entstanden ist. Er ist nur wegen Netos lauten Flüchen aus dem Haus gekommen, PJ und Ciro stehen bei Nesto und kriegen sich nicht mehr ein vor Lachen. Rico tritt auch nach draußen, sie waren gestern Abend feiern und alle haben hier geschlafen.

»Wieso zur Hölle hast du den Grill angemacht, es ist noch nicht mal Mittag?« Rico schüttelt den Kopf und sieht genau wie Sami dabei zu, wie Nesto das Feuer auf dem Grill löscht. Der Grill kann danach direkt entsorgt werden. Nesto zuckt die Schultern. »Wir hatten gestern so ein Video gesehen, wenn man einen Toast auf gewisse Weise belegt und dann auf den Grill legt ... hat nicht funktioniert.«

Sami schüttelt den Kopf und sieht zur Uhr. »Kommt jetzt, wir müssen ins Punto-Haus. Er genießt es, wenn Miguel nicht da ist und er das Sagen hier hat. Sie fahren zusammen zum Punto-Haus, dort warten schon alle im Garten auf sie. Auch wenn Damian, Miguel, Leandro und Sanchez nicht da sind, ist der Garten voll. Wenn ihre Väter da sind und sie, die neue Generation, ist kaum Platz und das, obwohl nur die engsten Kreise hier sind. Nun sind auch die Jüngeren wie PJ, Saul und Ciro dabei und neben Paco sitzen auch Adán und Musa. Sie brauchen mehr Platz hier.

Sami murmelt nur eine leise Begrüßung und setzt sich neben Tito, der einen Koffer voller neuer Waffen begutachtet. Sami nimmt sich eine, die Waffen liegen perfekt in der Hand, er sieht sie sich begeistert an, während Paco alle begrüßt. Erst als ein weiterer Mann den Garten betritt und sich unsicher umsieht, wird Sami aufmerksamer.

Der Mann ist Polizist und gehört hier nicht hin, alle werden aufmerksam, als der Mann unsicher zu ihnen kommt und Paco ihm deutet, an den Tisch zu treten. Sein Onkel erklärt, dass sie sich Gedanken machen wegen der vielen Drogentoten in letzter Zeit und dass keiner weiß, wie diese Drogen in Sierra landen. Die Dealer, die normalerweise hier handeln, haben damit nichts zu tun und wissen auch nicht, woher diese Drogen stammen könnten.

Sami sieht wieder zu seiner Waffe. Wenn Paco solch eine Ansprache an alle hält, erinnert er ihn jedes Mal sehr an seinen Vater. Sami atmet tief ein, er vermisst seinen Vater, er kann gar nicht in Worte fassen, wie sehr er in seinem Leben fehlt. All das fehlt. Sie waren eine ganz normale Familia, Miguel und er haben immer zusammengehalten und sich genauso stark gestritten. Ihre Mutter war immer sanft und liebevoll zu ihnen, ihr Vater hat mit einer strengen Hand über sie gewacht, doch auch er hat sie beide über alles geliebt.

Es war alles ganz normal, sie haben ihr Leben gelebt und Sami hat es geliebt. Er hat das Leben in der Familia geliebt, mit seinen Onkeln und Tanten, mit den Cousins, diesen Zusammenhalt, alles, doch dann sind die Männer und Miguel nach Kolumbien geflogen und seitdem ist nichts wie vorher, nichts. Sein Vater ist tot, seine Mutter lebt in Schweden und er hatte niemals wieder dieses Gefühl wie früher, dieses Gefühl, was jeder kennt, der nach Hause kommt und den Geruch von Familie und Zuhause wahrnimmt, er hatte dieses Gefühl seitdem nie wieder und es fehlt ihm.

Miguel ist hier, doch auch er ist nicht mehr der Gleiche. Am Anfang hat Sami sehr stark den Kontakt zu seinem Bruder gesucht und ihm aus der schweren Zeit herausgeholfen, doch die letzten Monate hat er sich immer mehr von ihm zurückgezogen. Miguel geht es wieder gut und Sami erinnert all das zu sehr daran, was es nicht mehr gibt.

Seine Mutter lebt in Schweden. Er weiß, wie hart sie gegen ihre Trauer kämpft, sie versucht dieses Gefühl, was auch Sami so sehr fehlt, zu verdrängen. Auch wenn sie irgendwann wieder zu lächeln begonnen hat, weiß Sami, dass das nicht echt ist. Er sieht in ihren

Augen, dass es niemals wieder gut wird. Dass sie ihren Vater niemals vergessen wird, doch sie versucht es.

Sie hat sich sogar wieder mit einem anderen Mann getroffen, nur um weiterleben zu können, vielleicht mit neuen Gefühlen die alten abstellen zu können, doch Sami bezweifelt, dass ihr das gelingen wird. Er wünscht es ihr, sie soll nicht ewig trauern, doch er hat die tiefe Liebe seiner Eltern erlebt und ist sich sicher, dass das niemals mit etwas Neuem aufzuwiegen sein wird.

Seine Gedanken schweifen mal wieder komplett ab. Tito sieht zu ihm. »Wenn dir die Waffe so gut gefällt, behalte sie.« Sami hat gar nicht darüber nachgedacht, doch so ein Prachtexemplar wird er sich sicher nicht entgehen lassen. Er nickt und steckt sie sich ein, dann erst hört er zu, wie der Polizist ihnen erklärt, was sie alles wegen der Drogenprobleme herausbekommen haben.

Alle Toten aus Sierra und Umgebung haben das gleiche Gift in ihrem Blut gehabt, sie haben die Tabletten untersucht, die Paco gefunden hat und in jeder dieser Tabletten ist dieses Gift enthalten. Offenbar wird es den Drogen beigemischt. Der Polizist erklärt, dass das Gift in kleinen Mengen die Wirkung der Droge verstärkt und nicht tödlich ist, ist aber mal mehr von diesem Gift in einer Tablette, stirbt man daran. Bei dreißig untersuchten Tabletten waren zwei tödlich. Diejenigen, die diese Drogen herstellen oder strecken, arbeiten nicht sehr genau und es ist zu befürchten, dass da noch einiges mehr auf sie zukommt.

Keiner weiß, wer dahintersteckt. Auch die Polizei hat alle Dealer oder Familias, die hier mit Drogen handeln dürfen, überprüft, es ist aber aufgefallen, dass immer wieder alle Wege zurück zur Uni führen, dort scheinen die Drogen am meisten verbreitet zu werden. An beiden Universitäten, hier und in der größeren in Sevilla. Mittlerweile sind viele Bereiche der beiden Unis zusammengelegt worden, Nala und die anderen wechseln mehrmals die Woche zwischen Sevilla und Sierra hin und her.

Adán erklärt, dass am kommenden Wochenende wieder eine dieser berüchtigten geheimen Partys stattfindet. Dort gibt es eine Menge Drogen, früher haben die Tijuas diese Partys immer mit Drogen ausgestattet, nun nicht mehr. Sie werden vielleicht noch einen kleinen Restbestand loswerden, mehr nicht.

Sami sagt sofort zu, dass er sich mit Nesto und Kazim das angucken gehen wird. Paco bittet sie außerdem, sich morgen genauer in den Universitäten umzusehen und herauszufinden, wer dort die Drogen verkauft, was sicher schwierig wird. Sie fallen sofort auf in der Uni, und jemanden zu finden, der freiwillig redet, wird schwer, doch sie sagen zu, sich darum zu kümmern.

Auch Adán will sich weiter umhören und Paco fordert den Polizisten auf, sich bei ihnen zu melden, sobald sie mehr wissen. Als sie alle die nächsten Aufgaben bekommen haben, sieht Paco sich besorgt um. »Wenn diese Drogen wirklich auf dieser geheimen Party verteilt werden, kann das böse Konsequenzen haben, wir müssen versuchen, schon vorher herauszufinden, wer etwas damit zu tun hat.«

Kurz nachdem der Polizist gegangen ist, ist auch der offizielle Teil des Treffens vorbei. Wirklich beunruhigend ist all das eher für ihre Onkel. Sie haben nichts mit den Drogen zu tun und eigentlich auch nicht vor, sich da einzumischen, deswegen macht sich keiner weiter Gedanken darüber, als sie noch im Garten bleiben und Karten spielen.

Juan bleibt neben Sami und fragt ihn, wie es seiner Mutter geht. Sie alle haben mitbekommen, wie schlecht es Jennifer geht. Das letzte Mal war sie für die Hochzeit von Latizia in Puerto Rico, jeder hat gemerkt, wie schwer es ihr fällt, hierher zurückzukommen und mit den Erinnerungen konfrontiert zu werden, denen sie in Schweden so leicht entgehen kann.

Sami antwortet wie immer, genau kann er gar nicht sagen, wie es seiner Mutter geht. Sie ist gut darin geworden, zu verstecken, wie es ihr wirklich geht, nur in ihren Augen erkennt man diese tiefe Trauer.

Sie sitzen bis zum Abend zusammen, in letzter Zeit wird es Sami immer schneller langweilig, er schnappt sich Kasim und PJ. Sie fahren in einen Club und setzen sich in den VIP-Bereich. Es dauert auch nicht lange und sie haben hübsche weibliche Begleitung an ihrer Seite, doch auch das vertreibt Samis Unruhe nicht. Er fühlt sich unausgelastet, satt, es gibt nichts, was ihm noch wirklich den Atem raubt oder ihn überrascht. Vielleicht hätte er mit den anderen mitfliegen sollen, um mal wieder etwas Ablenkung zu haben.

Auch wenn er eine der hübschen Frauen aus dem Club mit nach Hause nimmt und befriedigt einschläft, ist er nicht zufrieden, als er am nächsten Morgen wach wird. Sie sollten zur Universität fahren und haben alle bis zum Vormittag geschlafen. Sami holt Nesto und Kasim aus dem Bett, die auch nicht alleine nach Hause gekommen sind und nachdem sie etwas gegessen haben, fahren sie zur Universität von Sierra.

Es ist schwer zu sagen, nach was genau sie Ausschau halten sollen. Sie betreten das Gebäude, als noch die Vorlesungen laufen. Sie gehen durch die Gänge und Flure, auf die Toiletten und in die freien Räume, holen sich aus der Cafeteria etwas zu trinken und setzen sich auf dem Hof in eine Ecke weiter hinten. »Wir müssen herausfinden, wer hier die Drogen verkauft, jede Schule hat ihre eigenen Dealer. Lasst uns versuchen, unauffällig zu sein.«

Sami setzt sich seine Sonnenbrille auf, Kasim zieht sein Cap tiefer ins Gesicht und Nesto lacht sie aus. Ihm ist klar, dass sie immer auffallen werden, und obwohl sie sich wirklich in eine abgeschiedene Ecke gesetzt haben, werden sie von den meisten, die nach und nach auf den Hof kommen, verwundert angesehen. Sami ignoriert das, er achtet auf die kleinen Gruppen, die sich hier und da bilden, sieht genau, was sich die Leute hier zustecken und wer sich auffällig verhält.

Es dauert gar nicht lange, da wird seine Aufmerksamkeit aber von jemand anderem abgelenkt.

Sami entdeckt die dunkelhaarige Schönheit, die er jetzt schon einige Male getroffen hat: Banu.

Es ist unmöglich, sie nicht zwischen all den Leuten hier zu bemerken, egal wie viele sich mittlerweile auf dem Hof eingefunden haben, auch wenn er sofort erkennt, dass sie nicht mehr so bunt und auffällig wie früher ist, als sie immer sehr gewagte, enge Kleidung getragen hat. Von Anfang an war er beeindruckt von ihrer langen Lockenmähne und ihrem hübschen Gesicht.

Auch jetzt fällt sie Sami sofort auf, auch wenn sie nur eine einfache Jeans und ein bauchfreies schwarzes Top trägt. Sie hat einen hohen Zopf gebunden, der geflochten ist und trägt, soweit Sami es erkennen kann, kein Make-up.

Er kennt Banu kaum, doch selbst ihm fällt diese Veränderung sehr auf. Er kann sich noch gut daran erinnern, wie er sie zusammen mit Nala die ersten Male getroffen hat. Sie war wunderschön, hat gestrahlt und mit ihm geflirtet. Dann hat er sie das erste Mal bei ihr zuhause aufgesucht, nachdem die Fallaras Banu und Nala abgefangen und bedroht hatten.

Banu lebt am Rand von Sierra auf einem kleinen, alten Bauernhof. Das Haus passt so gar nicht zu der bunten Frau, die er kennengelernt hat. Man hat sofort erkannt, dass die Familie nicht über viel Geld verfügt. Er hat Banu damals mit einem kleinen Jungen im Arm auf dem Hof vorgefunden. Sie hat Wäsche aufgehangen und ist ihm fast an die Gurgel gegangen, weil er plötzlich auf ihrem Hof stand. Doch Sami musste erfahren, was da los war und was die Fallaras von ihr und Nala wollten.

Banu hat lange gezögert bis sie letztlich erklärt hat, dass sie Diddy schon länger kennt. Sie hat ihn ab und zu auf Partys getroffen und auf der letzten seien die Fallaras wohl beklaut worden und Diddy beschuldigt sie. Sie hat ihm erklärt, dass sie damit nichts zu tun hat, doch er glaubt ihr wohl nicht und deswegen hat er Nala und sie abgefangen und zur Rede gestellt. Sie hat gehofft, dass er nun Ruhe gibt und verstanden hat, dass sie damit nichts zu tun hat.

Was danach los war, weiß Sami nicht. Damian ist zu Diddy hineingegangen und hat mit ihm geklärt, dass er sich nicht an Frauen aus ihrer Familie zu vergreifen hat. Sami hat sich nicht weiter darum gekümmert.

Als sie kurze Zeit späte eine Überraschungsparty für Nala geplant haben, hat er einige Tage versucht, Banu zu finden. Doch es war nie jemand zuhause. Als er sie dann doch kurz vor ihrem Haus getroffen hat, war sie komplett verändert. Tiefe Augenringe zeichneten ihr Gesicht, sie war fahrig und unruhig. Er hat gefragt, ob alles in Ordnung sei und ihr von der Party erzählt, doch Banu hat nur gemurmelt, dass sie keine Zeit hat und ist an ihm vorbeigegangen.

Nala hat ihm erzählt, dass sie lange Zeit nicht in der Uni war und keiner weiß, was bei ihr los ist, doch jetzt ist sie offenbar zurück. Sami beobachtet, wie zwei Männer sich zu ihr stellen und Banu lächelt, als sie sich mit ihnen unterhält. Das ist nicht das Lächeln, was sie ihm schon geschenkt hat. Er räuspert sich und zwingt sich, woanders hinzusehen, doch sein Blick schnellt immer wieder zu ihr. Zwei andere Frauen kommen zu ihr und bleiben an ihrer Seite, doch Banu sieht sich genauso auf dem Hof um, wie er es auch tut.

Nesto und Kasim sehen sich ebenfalls weiter um und Sami steht auf, als Banu sich von den anderen Frauen entfernt und sich an die Schlange anstellt, um sich etwas zu essen zu holen. »Bin gleich wieder da.« Er wartet keine Antwort ab, sondern stellt sich hinter Banu in die Reihe.

»Bist du wieder in der Uni?« Banu dreht sich zu ihm um, sie zieht die Augenbrauen zusammen und verschränkt die Arme vor der Brust, als sie ihn ansieht. »Sami ... na ja, immerhin gehe ich hier zur Uni, was tust du hier? Nala ist nicht da, soweit ich das mitbekommen habe.«

Sami nimmt seine Sonnenbrille ab, um Banu in die Augen sehen zu können. Sie hat große braune Augen mit langen Wimpern, sie sind ungeschminkt und es liegen tiefe Schatten unter ihren Augen, die Sami vorher noch nie bei ihr gesehen hat. Sie sieht müde aus und Sami fragt sich, was bei ihr los ist. Er kennt sie kaum, es geht ihn nichts an und doch macht es ihn neugierig.

»Ich weiß, doch sie hat mir gesagt, dass du kaum noch in der Uni warst in letzter Zeit. Wir überprüfen hier etwas, deswegen sind wir hier.« Banu sieht an ihm vorbei und bemerkt Kasim und Nesto. »Jetzt bin ich wieder da. Ich hatte einiges zu erledigen, aber es ist nett, dass du dir …. Sorgen gemacht hast.« Banu hebt die Augenbrauen; auch wenn sie noch so müde aussieht, ist sie wirklich wunderschön.

»Das habe ich … nicht gesagt. Nala hatte es nur erwähnt, ich denke, du bist eine Frau, die gut auf sich aufpassen kann.« Bei seinen Worten verzieht Sami selbst leicht das Gesicht. Was redet er da? Seine Worten kamen schneller aus seinem Mund, als sein Verstand es verhindern konnte. Banu lacht leise auf. »Da hast du recht.«

»Komm mal mit uns mit!« Kasim hat den Arm um einen jungen Mann gelegt und führt ihn vom Hof, sie scheinen fündig geworden zu sein. Nesto sieht zu ihm. »Sami, hör auf zu flirten, wir haben zu tun!« Banu lacht. »Offenbar habt ihr gefunden, was ihr gesucht habt.« Sie sieht ihm noch einmal in die Augen und wendet sich um, um ihre Bestellung aufzugeben.

Sami muss lächeln, er lehnt sich über Banu und erhascht dabei einen süßen Rosenduft, während er einen Schein auf die Theke legt und der Verkäuferin andeutet, dass er Banus Bestellung bezahlt, während er sich zu ihrem Ohr beugt. »Ich bin mir nicht sicher, ob wir alles gefunden haben, was wir suchen. Wir sehen uns, Banu.« Er bemerkt eine zarte Gänsehaut auf ihrem Nacken und lächelt, bevor er sich abwendet und seinen Cousins nach draußen folgt.

Die beiden sind schon dabei, mit dem Mann zu sprechen, der ein weißes Shirt, viel zu breite Hosen und trotz der Hitze eine Wollmütze auf dem Kopf trägt. Kasim sieht sich einige Beutel an, sie sind voller Gras, der Mann hebt die Hände.

»Ihr versteht das falsch. Ja, ich verkaufe hier meinen eigenen Stoff, doch das sind einige Tüten im Monat, die ich auf meinem Dach anbaue, ich habe nichts mit dem anderen Drogenhandel zu tun, glaubt mir. Wenn ich wüsste, wer das neuerdings macht, würde ich euch das sagen, die machen mir mein Geschäft kaputt, ich bin diese ganzen Tüten nicht mehr losgeworden.«

Kasim gibt ihm die Tüten zurück. »Wie kann es sein, dass keiner hier weiß, wer den Stoff verkauft?« Der Mann zuckt die Schultern. »So viel ich weiß, gibt es eine Telefonnummer, dort muss man anrufen und seinen Namen sagen, dann wird man einige Tage beobachtet und irgendwann wird einem Bescheid gegeben, wo man das Geld hinlegen muss. Die Tabletten findest du dann am nächsten Morgen in deinem Spind, es wird nur sehr wenige geben, die genau wissen, wer dafür verantwortlich ist.«

Sami atmet frustriert aus. Es wird komplizierter als gedacht. Kasim haut dem Mann leicht auf die Schulter. »Okay, dann zeig mir mal deinen eigenen Anbau und dann wirst du für uns diese Telefonnummer herausbekommen.«

Kasim und der Mann gehen zu Kasims Auto. Sami überlegt einen Moment zurückzugehen, doch er sieht, wie sich der Hof leert und alle zurück in die Säle gehen. »Wer ist die Kleine?« Nesto und er steigen ein. »Eine Freundin von Nala. Wollen wir Pizza besorgen? Ich habe nachher noch eine Lieferung, die ich mit Ciro entgegennehmen fahre.«

Also führt ihr Weg über die Pizzeria ins Cielo. Sami ruft Paco an und erzählt ihm, was sie erfahren haben und dass sie versuchen, an die Nummer zu kommen, dann fährt er mit Ciro zu dem Treffen. Sami ist unruhig, alles geht viel zu langsam, alles schleicht vor sich hin und er spürt immer mehr eine Leere in sich, obwohl er die restliche Nacht mit seinen Cousins zusammen ist.

Als alle bereits tief und fest schlafen, sitzt Sami auf seiner Terrasse und raucht das Zeug, was Kasim von dem Kerl mitgebracht hat, der wirklich auf seinem Dach eine kleine Menge angebaut hat. Er ist nicht derjenige, hinter dem sie her sind, doch er wird ihnen die Telefonnummer besorgen.

Sami schnippt die Zigarette weg, als er die ersten hellen Strahlen am dunklen Himmel erkennen kann. Im Grunde weiß er, wieso er die letzten Tage immer unzufriedener, unruhiger und schlafloser wurde.

Er steht auf, auch diese Nacht hat er kein Auge zugemacht. Er geht in sein Bad, wäscht sich und zieht sich ein neues Shirt über, dann geht er leise durch das Haus, in dem alle schlafen. Ciro liegt auf der Couch und Sami geht leise aus dem Haus zu seinem Auto.

Mit jeder Minute, die er weiterfährt, fühlt er sich leerer und leerer. Als er dann endlich hält, geht die Sonne gerade richtig auf. Seine Beine sind schwer, er ist ungern hier, als er jetzt läuft, treten ihm Tränen in die Augen, noch immer kann er das nicht verhindern.

Er bleibt stehen und legt seine Hand auf den kalten Stein.

»Alles Gute zum Geburtstag, Papa.«

Er atmet tief aus und plötzlich spürt er eine Hand auf seiner Schulter. Paco stellt sich neben ihn und lässt seine Hand auf Samis Schulter. Er weiß, dass er nicht alleine ist, niemals alleine in seiner Trauer sein wird, doch er fühlt trotzdem diese tiefe Leere in sich und er weiß nicht, ob sich diese jemals wieder füllen wird.

Kapitel 3

»Es ist unglaublich heiß hier.«

Jennifer lacht und steht auf. Sie klopft sich den Sand von den Beinen und sieht zu ihrer Schwester hinab. »Du konntest es doch gar nicht abwarten, endlich hier Urlaub machen zu können, Freja, also komm schon. Wir kühlen uns ab und holen uns noch so ein leckeres Eis, bevor wir dann zu diesen geheimen Wasserfällen fahren.«

Ohne auf ihre jüngere Schwester und deren Freundin zu achten, läuft Jennifer ins Meer. Sie liebt es. Es ist das erste Mal, dass sie in solch einem klaren Meerwasser schwimmt, sie hat noch niemals einen derartig schönen Strand gesehen wie hier und sie schwimmt meistens so weit hinaus, dass ihre Schwester ihr panisch vom Strand hinterherruft. Auch jetzt schwimmt sie weit hinaus.

Sie haben nur noch eine Woche hier, die erste Woche ist bereits vorbei, Jennifer hat einen leichten Sonnenbrand auf der Schulter, doch es war die beste Entscheidung, sich zum 18. Geburtstag diese Reise zu wünschen. Freja und ihre Freundin haben sich das Geld zusammengespart und so konnten sie alle zusammen das erste Mal in ihrem Leben nach Puerto Rico fliegen, Jennifer bereut keine Sekunde davon.

Ihre Oma sagt immer, jede Reise erweitert deinen Horizont und verändert dein Leben. Jennifer ist sich sicher, dass diese Reise das auch tut.

Sie schwimmt zurück zum Strand; sie wollen sich gleich in einen der vielen Busse hier setzen und zusehen, dass sie zu den geheimen Wasserfällen kommen, die ungefähr anderthalb Stunden von San Juan entfernt sein sollen. Geheim sind sie mittlerweile sicher nicht mehr, doch sie werden noch so genannt und Jennifer möchte unbedingt dorthin.

Freja und ihre Freundin sind auch im Wasser, zusammen gehen sie raus, schon beim Einpacken ihrer Sachen sind sie wieder getrocknet.

Jennifer liebt das Gefühl der Sonne und des Sandes auf ihrer Haut. Ihre hellblonden Haare sind durch das Meerwasser gelockt, ihr Gesicht leicht gebräunt, dadurch strahlen ihre blauen Augen noch viel mehr als sonst. Sie könnte ewig hierbleiben.

»Heute nehme ich auch diese Kokossorte, die ist so lecker.« Sie gehen in die Eisdiele und bestellen sich alle zwei große Kugeln Eis. Als sie aus dem Laden wieder herauskommen, läuft zeitgleich eine Gruppe junger Männer an der Eisdiele vorbei, sie unterhalten sich laut und lachen und einer von ihnen stößt Jennifer an, sodass ihr die Eiswaffel mit den Kugeln aus der Hand fällt.

»Oh, entschuldige ...« Der Mann, der dafür verantwortlich war, war so in ein Gespräch vertieft, dass er Jennifer erst in diesem Moment bemerkt und sie am Arm festhält, damit sie nicht auch noch durch seinen Stoß umfällt.

Jennifer sieht zu der Eistüte am Boden und dann in die dunklen Augen des Mannes vor ihr. »Ist nichts passiert, alles gut.« Ihr Spanisch ist alles andere als flüssig und auf dem Gesicht des Mannes bildet sich ein Lächeln. Er ruft etwas in den Laden hinein und sieht Jennifer von oben bis unten an.

»Du bekommst ein neues Eis. Habe ich dir sonst irgendwie weh-getan?« Die anderen Männer lachen auf, zwei gehen weiter, nur einer bleibt bei dem Mann stehen. Ein Eisverkäufer kommt heraus und bringt Jennifer die doppelte Menge Eis.

»Nein, das ist viel zu viel, es ist alles in Ordnung.« Sie muss leise lachen, als sie den besorgten Blick des Mannes auf sich spürt.

Er ist ein sehr hübscher Mann, etwas älter als sie, er hat viel dunklere Haut als Jennifer, ein wunderschönes Goldbraun. Er trägt ein T-Shirt und man erkennt einige Tätowierungen auf seinen durchtrainierten Armen. Er hat ein wunderschönes Gesicht, geheimnisvolle dunkle Augen und ein unverschämt charmantes Lächeln. Auch er sieht ihr interessiert in die Augen.

Freja neben ihr unterbricht den kurzen Augenkontakt und deutet zu den Bushaltestellen. »Wir müssen weiter.« Sie spricht mit ihr schwedisch und will an den Männern vorbei. Jennifer hebt das Eis und lächelt. »Danke noch einmal.«

Sie will weiter, doch der Mann hält sie auf.

»Warte, können wir euch als Entschuldigung zum Essen einladen, oder …?« Jennifer versteht nicht alles, aber zumindest die Hälfte, den Rest reimt sie sich zusammen. Sie hebt den Flyer von den Wasserfällen hoch. »Wir haben keine Zeit, wir möchten dahin.«

Der Mann deutet auf mehrere teure Autos auf der anderen Straßenseite. »Wir müssen dort in die Richtung, wir können euch dahin bringen. Sieh es als Entschuldigung. Ramos und ich müssen auch in diese Richtung.« Er lächelt und der Mann neben ihm hebt die Augenbrauen. »Müssen wir das?«

Jennifer mag den Mann, auch wenn sie ihn nicht kennt, doch sie mag sein Lächeln und seine Augen und sieht zu ihrer Schwester, so wären sie viel schneller da.

Freja hat all das verfolgt und schüttelt den Kopf. »Du hast doch gelesen, dass man sich in Puerto Rico vor Fremden in Acht nehmen soll und aufpassen, mit wem man Kontakt hat.« Sie sagt das alles in Schwedisch, doch der Mann scheint zu spüren, dass ihre Schwester nicht begeistert ist und hält Jennifer die Hand hin.

»Ich habe mich noch gar nicht vorgestellt. Ich bin Ramon. Ramon Surena.«

Jennifer reicht ihm die Hand und stellt sich vor, dabei kann sie nicht anders als ihn anzustrahlen, bevor sie sich an ihre Schwester und deren Freundin wendet.

»Siehst du, er ist kein Fremder, es ist Ramon.«

Jennifer öffnet die Augen und hat das Gefühl zu ersticken, als sie sich im Bett aufsetzt. Es war so real, der Traum hat sich so echt angefühlt, dass sie einige lange Atemzüge braucht, um wieder im Hier und Jetzt zu sein, und diese Wahrheit raubt ihr erneut den Atem.

Sie schließt die Augen, atmet tief ein und steht dann auf. Ihre Füße berühren den alten Holzboden ihres Elternhauses. Sie liebt es hier, sie schläft in ihrem alten Jugendzimmer, auch wenn sie eigentlich langsam anfangen sollte, sich etwas eigenes zu suchen. Doch die erste Zeit hatte sie nicht die Kraft dazu, sie hatte zu nichts die Kraft, und als sie sich langsam wieder gefasst hatte, ging es ihrer Oma immer schlechter.

Ihrer Mutter gehört ein kleiner Laden im Dorf und sie hat nicht die Zeit, sich den ganzen Tag um ihre Oma zu kümmern; so passt es, dass Jennifer da ist, um im Laden zu helfen oder bei ihrer Oma zu bleiben.

Jennifer geht ins Bad und macht sich fertig. Sie zieht sich eine Jeans und ein weites Shirt an und bindet sich einen geflochtenen Zopf. Sie hat sich schon längere Zeit nicht mehr geschminkt; wenn sie sich jetzt im Spiegel ansieht, weiß sie, dass sie in den letzten Jahren gealtert ist. Der Schmerz hat sie älter werden lassen und das Strahlen ihrer blauen Augen ist verschwunden.

Jennifer verlässt das Bad wieder.

Sie geht in das Erdgeschoss, wo ihre Oma auf dem Sofa sitzt und sich eine royale Hochzeit im Fernsehen ansieht. Jennifer hatte das komplett verdrängt, heute ist die Hochzeit, von der ganz Schweden seit Wochen spricht. In dem Moment kommt Freja herein. Sie schwenkt eine kleine schwedische Fahne und hat Zimtschnecken in der Hand. »Ein Hoch auf die Liebe.« Als sie Jennifer entdeckt, wird sie ernst und sieht auf die Uhr. »Hast du nicht einen Termin?« Jennifer sieht auf die Uhr, das hat sie komplett vergessen. Sie nickt nur, gibt ihrer Schwester und ihrer Oma einen Kuss, nimmt sich eine Zimtschnecke und gießt sich Kaffee in einen Becher.

Hier in Schweden lebt sie komplett anders als in Puerto Rico. Sie leben abseits der großen Städte, mitten im Grünen. Gegenüber gibt es einen kleinen Bauernhof, dann muss man erst einige Straßen weiter laufen, um die nächsten Nachbarn zu treffen. Es ist alles grün. Jennifer läuft am See vorbei ins Dorf, sie hätte auch das Fahrrad nehmen können, doch sie musste unbedingt Kaffee trinken.

Das Dorf ist eigentlich eine kleine Stadt, früher in ihrer Kindheit war es mehr ein Dorf und sie nennen es immer noch so, doch mittlerweile gibt es hier einige Geschäfte, eine Grundschule mit Kindergarten wurde erbaut und es haben sich sogar zwei Firmen hier niedergelassen. Die Leute flüchten aus den Großstädten in die Dörfer und kleinen Städte und beginnen, das Landleben wieder mehr zu schätzen.

Jennifer geht in den Neubau, in dem sie das erste Jahr, als sie zurück nach Schweden gekommen ist, ein- oder zweimal die Woche war. Sie ist sich sicher, dass ihr diese Besuche geholfen haben, wieder etwas fester im Leben zu stehen, auch wenn Jennifer noch immer nicht sagen kann, dass sie all das verkraftet hat.

»Jennifer, wie schön, dass du mal wieder da bist.« Der Arzt, dem sie so viel anvertraut hat, begrüßt sie freundlich und deutet ihr gleich, sich zu ihr an den Tisch zu setzen. Sie ist nicht mehr in Behandlung, sonst würden sie sich in den Therapieraum setzen, wie früher. Das hier ist nur ein Besuch, den er ihr angeboten hat, weil heute ein sehr schwerer Tag ist und er weiß, dass das für Jennifer immer wieder ein neuer Kampf ist.

»Wie geht es dir, Jennifer? Du siehst gut aus, was hat sich getan in deinem Leben?«

Auch der Arzt hat Zimtschnecken und Rosinenbrötchen und Jennifer lächelt, als er ihr Kaffee nachschenkt. »Es geht mir gut. Ich meine, ich helfe weiter meiner Mutter und meiner Familie. Sami war gerade erst zu Besuch und Miguel will bald mit seiner Freundin kommen, ich hatte Ihnen von ihr erzählt ... ja, es ist besser geworden. Ich schlafe besser, also nicht heute Nacht, es ist klar, dass mich das heute wieder etwas zurückwirft, doch ich weiß das und kann damit umgehen … denke ich.«

Der Mann lächelt. »Ramon hätte heute Geburtstag. Es ist normal, dass Sie das trifft, doch wie wir das besprochen haben: Sie dürfen diese Gefühle zulassen, alle die Trauer, die Sehnsucht, Sie müssen nur wissen, wie Sie damit umzugehen oder das einzuordnen haben. Waren Sie schon an Ihrem Ort des Gedenkens?«

Jennifer schüttelt den Kopf und räuspert sich. »Nein, ich bin direkt hergekommen.« Der Arzt nickt. »Was ist mit Theo? Sie hatten erzählt, dass Sie sich näherkommen, zumindest lassen Sie es zu, ihn besser kennenzulernen.« Jennifer atmet tief ein. »Ja, ich denke, ich treffe ihn am Wochenende, nur … er ist ein toller Mann, da haben alle recht und ich weiß, dass ich wieder anfangen muss zu leben und dass niemand möchte, dass ich ewig traure, doch es fühlt sich … nicht so an, wie es sollte.«

Der Arzt nimmt selbst einen Schluck Kaffee. »Das kann natürlich dauern, es sagt auch niemand, dass Sie sich zwingen sollen, Gefühle für jemand Neues aufzubauen, Sie sollten sich nur nicht weigern, etwas Neues zuzulassen, ob das dann auch passiert, weiß niemand. Aber so lange sich alle Beteiligten wohlfühlen, spricht nichts dagegen. Wissen Sie, ich denke, eine wichtige Sache, die man beim Trauern auch nicht vergessen darf, ist, dass man immer nur die guten Sachen sieht. Wenn Sie an ihren Mann zurückdenken, dann denken Sie automatisch an die guten Zeiten, doch um wirklich abschließen zu können, muss man auch die schlechten Zeiten noch einmal durchgehen. Bei Ihnen war sicher auch nicht immer alles nur gut, oder?«

Jennifer lacht leise auf. »Oh nein, das war es nicht. Wir hatten oft Streit, besonders viel am Anfang. Wissen Sie, Ramon hat mich damals nach Puerto Rico geholt und mir nicht die ganze Wahrheit gesagt, was er und seine Familie machen. Das kam erst nach und nach heraus. Er hat bewusst dafür gesorgt, dass ich ihn erst über alles liebe, bevor ich die ganze Wahrheit erfahre. Da war ich wirklich enttäuscht, es gab einige Zeiten, wo ich sauer war, auch als die Kinder da waren, kam es immer wieder vor, dass ich die Koffer gepackt habe und die Kinder nehmen wollte, doch … wissen Sie, das zwischen Ramon und mir war echt … wir haben uns wirklich geliebt und am Ende hat das alles überstanden. Ich habe Ramon verrückt gemacht …« Jennifer muss lächeln bei diesen Erinnerungen.

»Er war immer sehr temperamentvolle Frauen gewöhnt und ich war einfach immer ruhig. Je wütender ich wurde, umso ruhiger wurde ich und das hat ihn verrückt gemacht. Er hat es gehasst, wenn ich nicht mit ihm gesprochen habe … mehr, als hätte ich ihn angeschrien. Es war so … er hat Fehler gemacht, doch ich wusste immer, wie sehr er mich liebt und dass ich und die Kinder alles für ihn sind.«

Sie streicht über den Rand ihrer Tasse. »Am letzten Tag, als ich ihn gesehen habe, hatten wir einen Streit. Ich wollte nicht, dass er geht, vielleicht habe ich geahnt, dass sie nicht zurückkommen … doch er wollte nicht hören und das hat mich wütend gemacht. Er hat mir versprochen, dass das das letzte Mal sein würde, dass er Geschäfte außerhalb Puerto Ricos macht, doch ich war trotzdem sauer. Er hat mir aus dem Flugzeug noch geschrieben, dass er mich liebt und ich nicht sauer sein soll, ich habe ihm nicht geantwortet. Es gibt nichts, was ich mir jetzt mehr wünsche, als dass ich ihm damals geantwortet hätte.«

Der Arzt schluckt schwer und auch er muss sich räuspern. »Ich bin mir sicher, dass Ihr Mann wusste, dass Sie ihn lieben. Und ich bin mir sicher, er würde wollen, dass Sie wieder lachen und beginnen weiterzuleben.«

Jennifer sieht hoch und dem Arzt in die Augen.

»Ich möchte das auch, doch es fühlt sich … es fühlt sich einfach nicht so an, als würde Ramon wirklich tot sein. Ich weiß, dass ich ihn loslassen muss, doch mein Herz scheint noch immer nicht bereit dafür zu sein, ich weiß nicht, ob es das jemals sein wird.«

Nach ihrem Termin beim Arzt läuft Jennifer auf dem Rückweg nach Hause an ihrem See vorbei. Sie setzt sich auf den Steg und wirft einige Blüten der Butterblumen, die sie auf dem Weg gepflückt hat, ins Wasser. Der Arzt hat ihr in einigem geholfen in der schwersten Zeit.

Es ist Jennifer sehr schwer gefallen, richtig zu trauern, sie hat so schnell sie konnte Puerto Rico verlassen; jeder Stein, jedes Haus, jede Straße verbirgt zu viele Erinnerungen und sie ist wahnsinnig dort geworden. Hier in Schweden konnte sie sofort freier atmen, doch hier hat sie nichts, wohin sie konnte, um zu trauern. Bis der Arzt ihr geraten hat, sich hier einen Platz zu suchen, an den sie sich zum Trauern zurückziehen kann und der Platz ist hier, auf dem Steg. Hier saß sie oft mit Ramon, wenn sie mal ihre Familie besuchen waren und besonders oft und lange, als er damals hier war, um sie nach Puerto Rico zu holen.

Jennifer muss lächeln, sie wird das niemals vergessen. Diese eine Woche in Puerto Rico hat damals alles in ihrem Leben auf den Kopf gestellt. Sie hat sich Hals über Kopf in Ramon verliebt. Sie haben von dem Tag an, als er vor der Eisdiele in sie gelaufen ist, jeden Tag zusammen verbracht und zum Schluss auch die Nächte. Obwohl sie bis dahin immer eher vernünftig und zurückhaltend war, hat sie sich da völlig unbedacht hineingestürzt. Es war auch zu leicht.

Es war zu leicht, sich in diesen dunklen Augen zu verlieren, bei diesem zauberhaften Lächeln dahinzuschmelzen und sich von diesen schönen spanischen Worten, die mit dieser rauen Stimme gesprochen wurden, einhüllen zu lassen. Ramon hat sich nur um sie gekümmert und sie auf Händen getragen. Es waren intensive und schöne Tage, von ihrem ersten Gespräch, über die ersten gemeinsamen Essen bis hin zum ersten Kuss, den Jennifer niemals vergessen wird.

Es war nach einem Abendessen, sie sind am Strand spazieren gewesen und es gab ein Feuerwerk über dem Meer, von einem Schiff, auf dem offenbar geheiratet wurde. Es war perfekt und noch niemals zuvor hat Jennifer einen Kuss so tief in jeder Faser ihres Körpers gespürt. Sie hat gewusst, dass das etwas Besonderes zwischen ihnen ist, auch Ramon hat gleich davon gesprochen, doch sie beide haben nicht geahnt, wie ernst diese Vermutung wirklich sein würde.

Jennifer ist mit keinem guten Gefühl nach Hause geflogen, das tut man nach einem schönen Urlaub selten, doch es fiel ihr sehr schwer, sich von Ramon zu verabschieden. Sie haben die Nacht wachgelegen und darüber gesprochen, unbedingt weiter Kontakt zu halten, was sie auch getan haben. Sie haben jeden Tag miteinander telefoniert, obwohl es damals nicht so leicht wie heute war, den Kontakt zu halten.

Alle haben Jennifer gesagt, dass sich das alles nach einigen Wochen erledigen wird, doch das war nicht so. Die Sehnsucht nach Ramon wurde größer und größer, sie hat ihm das nicht gezeigt, weil sie nicht wusste, ob er das auch so empfindet, doch plötzlich stand er vor ihrer Tür, hier, mitten in der Wildnis Schwedens im tiefsten Winter. Er war viel zu dünn angezogen und es war alles chaotisch, doch in dem Moment, als sie die Tür geöffnet und ihm wieder in die Augen gesehen hat, wusste sie genau, dass das zwischen ihnen etwas ganz Besonderes ist.

War es immer leicht? Nein. Hat sie ihn manchmal verflucht oder ihm vorgeworfen, dass sie alles für ihn hat liegen lassen und ihr altes Leben aufgegeben hat? Viele Male. Hat sie es wirklich bereut, ihrem Herzen gefolgt zu sein? Nicht eine Sekunde.

Ramon war alles für sie, sie hat ihn so sehr geliebt, dass sich ihr Herz geweigert hat, ihn gehen zu lassen. Auch wenn ihr Verstand genau weiß, dass sie es tun muss, schafft sie es einfach nicht, auch nicht nach diesen zwei Jahren.

Sie sieht auf das Wasser und atmet tief ein. Ihr Handy piept erneut. Sie hat Anrufe ihrer Söhne und von Paco und Rodriguez, Bella … sie alle kümmern sich selbst aus Puerto Rico noch um sie und sie vermisst jeden Einzelnen sehr, doch sie schafft es nicht, zurückzukehren, es bricht ihr jedes Mal erneut das Herz und es sieht nicht so aus, als würde sich das jemals ändern.

Kapitel 4

»Wir hätten viel früher hier sein sollen.«

Sami steigt aus seinem neuen Porsche aus und klopft Nesto auf den Rücken. Dank ihm sind sie eine Stunde später auf der geheimen Party als geplant, weil er bei ihrem letzten Termin einfach verschwunden ist und erst nach einer halben Stunde wieder aufgetaucht ist. Er hat sich mit einer Frau im Laden unterhalten und fand das wichtig genug, seine drei Cousins warten zu lassen und nicht ans Handy zu gehen.

»Ist doch egal, Drogen werden immer verkauft, egal wann.« Sie sehen die Steintreppe hinunter zum Strand, an dem die Party stattfindet. »Wie kann das geheim sein?« Dort unten ist eine riesige Location aufgebaut. Schwimmende Tanzbühnen, Buffets, Loungebereiche, Lagerfeuer, Volleyballfelder, alles wird von Scheinwerfern beleuchtet, Frauen in Bikinis laufen mit Tabletts herum und über all dem ertönt laute Musik. Sami schüttelt leicht den Kopf. »Keine Ahnung, lasst uns das ansehen.«

Sie treffen auf Kasim und Rico, die beide aus Kasims Wagen steigen und gehen die Treppen hinunter zum Strand. Sie werden sofort von allen Seiten angesehen, sie schaffen es nicht, sich unauffällig irgendwo zu bewegen, dafür sind sie hier viel zu bekannt. Gerade als sie unten angekommen sind, kommt schon ein aufgeregter Mann zu ihnen.

»Die Surentos ... ich ... wir feiern hier nur. Wir wollen keine Probleme, die Party ...« Sami nickt dem Mann nur zu. »Wir machen keine Probleme, wir sehen uns nur um. Ich denke, es ist besser, wir verteilen uns.« Kasim nickt und Sami läuft mit Rico zum Meer und den Tanzflächen, ohne den Mann weiter zu beachten. Es ist zum Glück so voll hier, dass sie es doch schaffen, sich unauffällig zwischen die Leute zu verteilen.

Die Leute hier haben Spaß, sie lachen, sie tanzen, sie trinken, Sami sieht sich um, sucht nach jemandem, der etwas verteilt, doch im ersten Moment fällt ihm nichts auf. Natürlich wird jeder, der Drogen verteilt, sehr vorsichtig dabei sein. Er findet auch keinen der üblichen Dealer hier, die er kennt.

Eine Frau tanzt ihn an und Sami lächelt, er fragt, ob sie weiß, wo man hier etwas bekommen kann, doch die Frau schüttelt nur den Kopf und schmiegt sich lasziv an ihn. Ein Blick in ihre Augen verrät ihm, dass sie völlig weg ist. »Woher hast du das Zeug? Sag schon.« Die Frau lacht und deutet zu den Buffets.

Sami geht direkt zu den vollgestellten Tischen. Er sieht sich dort um, es gibt verschiedene Arten von Snacks und Getränken, doch sonst bemerkt er nichts Auffälliges. Er spricht eine der Frauen hinter den Tischen an. »Weißt du, wo ich etwas bekomme, etwas zum Rauchen oder Tabletten oder ...« Die Frau hebt entschuldigend die Arme. »Das offizielle Zeug ist schon eine Weile weg und der Typ hatte auch nicht mehr dabei. Sonst musst du dich einfach weiter umsehen, ich habe gehört, es wird einiges angeboten, zu sehr guten Preisen.«

Hier gibt es offizielle Drogen und versteckte? Was für eine Party ist das hier? »Ist der Typ noch da, der euch die Drogen gegeben hat?« Die Kellnerin sieht sich um. »Ja klar, er steht da hinten mit Michelle.« Sie deutet zu einem Mann, der mit dem Rücken zu Sami steht und mit einer Frau spricht.

Sami beeilt sich, zu ihm zu kommen, das bemerkt Nesto und folgt ihm. »Hey, was zur Hölle ...« Sami dreht den Mann zu sich um und stockt dann. »Pablo? Was tust du denn hier?« Einer von Adáns engsten Vertrauten sieht ihn verwundert an. »Ich habe unser letztes Zeug verkauft und was tut ihr hier? Seit wann kümmern euch solche Partys?« Nesto begrüßt Pablo und lacht leise auf. »Stimmt, Musa und Adán haben so etwas erwähnt, das kommt davon, wenn man nicht richtig zuhört, Sami.«

Sami sieht seinen Cousin sauer an, dieser ganze Scheiß zieht sich immer mehr hin. Er hat keine Lust auf diesen Mist hier. »Wir versuchen, die Leute zu finden, die hier die Drogen verkaufen, die gestreckt sind und die gar nicht hier in der Gegend verkaufen dürfen.«

Pablo sieht sich auch um. »Ich habe davon gehört, Musa hat es erzählt, doch ich habe noch nichts bemerkt. Mir wurde allerdings gesagt, dass auf der Party Sachen angeboten werden, die nicht mal die Hälfte von dem kosten, was wir anbieten, ich habe keine Ahnung, was das für Zeug ist, doch es kann zu diesem Preis gar nicht gut sein.«

Kasim kommt auch zu ihnen und begrüßt Pablo, in diesem Moment bildet sich auf der Tanzfläche ein Kreis und eine Frau beginnt panisch zu schreien. Sie sehen, wie ein Mann zu den Treppen getragen wird und laufen schnell hin. »Was ist passiert?« Die Frau, die hinter den Männern herläuft, die den anderen Mann nach oben tragen, sieht sie völlig panisch an.

»Ich weiß es nicht, auf einmal hat er keine Luft mehr bekommen und hatte so etwas wie Schaum vor dem Mund, es ...« Sami sieht ihr in die Augen. »Hat er Drogen genommen?« Sie nickt. »Ja, eine Pille, doch er verträgt die sonst sehr gut. Es ist ...« Kasim sieht zu dem Mann und auch Sami weiß, dass der Mann das wohl nicht überleben wird. »Wann hat er die Pille genommen und wer hat sie ihm gegeben?«

Die Frau will ihrem Freund hinterher. »Das weiß ich nicht, es ist aber gerade erst passiert. Er war auf Toilette und hat gesagt, dass er auf dem Weg dahin eine Pille besorgt hat. Er hat mich gefragt, ob ich auch eine möchte, sie sollen sehr günstig sein, doch ich wollte nicht und dann haben wir getanzt und keine drei Minuten später ...«

Sami hört, wie Kasim der Frau sagt, dass sie den Ärzten sagen sollen, dass er vergiftet wurde, er wendet sich aber schon an die anderen. »Sucht alles ab, wer auch immer diese Drogen verkauft, tut das jetzt gerade noch …«

Er muss denjenigen finden.

Er geht in Richtung der Toiletten, sieht sich alle an, achtet auf die Hände, versucht, irgendetwas Auffälliges zu finden, doch was er dann tatsächlich entdeckt, lässt ihn einhalten, obwohl er genau weiß, wie wichtig es jetzt ist, aufmerksam zu sein.

Er hat die ganze Zeit Blicke auf sich gespürt, nun sieht er in dunkle Mandelaugen und weiß, woher die Blicke kommen. Er hebt die Augenbrauen und geht zu Banu, die auf der Lehne einer Bank sitzt, kurz vor dem Toilettenhaus und so alles gut im Blick hat. Sie wird ihn schon vorher gesehen haben.

Heute sieht sie aus, wie Sami sie auch die erste Zeit gesehen hat, sie ist geschminkt, trägt ein enges beiges Kleid und ist mit Abstand die schönste und sexyste Frau, die er hier gesehen hat und hier sind einige Frauen.

»Sieh an, sieh an … die Surentos. Verfolgst du mich, oder ist das alles wirklich nur ein Zufall? Ich habe euch vorher noch nie auf solch einer Party gesehen.« Sami muss leise lachen und setzt sich neben sie, Banu rutscht auch sofort und macht ihm Platz.

»Das Gleiche könnte ich dich auch fragen, wieso bist du immer dort, wo ich bin, hast du mir ein kleines Abhörgerät irgendwo angebracht? Du solltest wissen, dass ich nicht so auf Überwachungen stehe.« Banu lacht. Ein Mann kommt auf sie zu, sieht Sami und dreht schnell wieder um. Banu muss nun auch lachen und sieht ihm in die Augen. Sie hat eine Dose Cola in der Hand und nimmt einen Schluck.

»Okay, dann sagen wir, dass das Schicksal offenbar möchte, dass wir uns öfter sehen.« Sami sieht zu ihr und einmal an ihr hoch und runter. »Das Schicksal könnte es schlechter mit mir meinen. Was tust du hier? Bist du ganz alleine?« Banu deutet auf zwei Frauen, die auf der Tanzfläche tanzen. »Nein, aber so langsam ist mir die Lust vergangen. Außerdem habe ich Hunger und dreimal versucht, ans Buffet zu kommen, doch keine Chance, das war alles, was ich ergattern konnte.« Sie hebt ihre Dose und Sami steht auf und hält ihr seine Hand hin. »Dann sorgen wir mal dafür, dass mein Schicksal nicht hungrig ist. Was möchtest du?«

Banu nimmt seine Hand und kommt auch von der Bank herunter, doch sie schüttelt den Kopf. »Nein, nein, schon gut, das dauert zu lange. Ich bin hier auch fertig und werde bald gehen.« Sami deutet ihr, ihm zu folgen; da so viele Menschen hier sind, bleibt er dann aber doch hinter ihr und schiebt sie sachte in Richtung Buffet.

»Nicht mit mir, lass dich überraschen.«

Sami weiß, dass er eigentlich etwas anderes tun sollte und normalerweise ist er immer sehr zuverlässig, doch er muss zugeben, dass Banu ihm sehr gefällt. Er findet sie wunderschön und unglaublich sexy. Sie macht ihn neugierig, was er bisher von noch keiner Frau behaupten konnte, deswegen sieht er sich nach Kasim und den anderen um. Er kann Augenkontakt zu Nesto aufbauen und deutet ihm, dass er ein paar Minuten beschäftigt ist. Nesto verdreht die Augen, doch er wird für ihn übernehmen. Keiner seiner Cousins würde etwas sagen, wenn er sich mit einer Frau zurückzieht, sie alle sind nicht besser.

»Auf was hast du Hunger?« Sami geht direkt zum Buffet und ignoriert die lange Reihe, und alle machen ihm auch bereitwillig Platz. Banu sieht ihn beeindruckt an. »Okay, wow … ähmm, ich weiß nicht. Diese Spieße sehen gut aus oder diese kleinen Burger, von hier sieht das alles gut aus.« Banu scheint Hunger zu haben. Sami sagt der Bedienung, sie soll zwei Teller zusammenstellen und von allem etwas auftun, Sami nimmt die beiden Teller und Banu nimmt zwei Getränkedosen, nachdem er mit einem Schein bezahlt hat.

Banu läuft vor und sie setzen sich ans Meer, etwas weiter weg, wo es ein wenig leiser ist, hier ist kaum jemand und Sami lässt sich neben Banu im Sand nieder. »Das ist wirklich praktisch, ein Teil eurer Familia zu sein, kann ich einsteigen? Muss ich dafür eine Aufnahmeprüfung oder so etwas machen?«

Sami reicht ihr ihren Teller und lacht.

»Nein, du kannst eigentlich fast nur hineingeboren werden oder du musst dich über Jahre beweisen.« Banu beginnt sofort zu essen. Sami bemerkt, dass sie etwas schmaler als noch vor einigen Wochen wirkt. »Heute wirkst du wieder entspannter als die letzten Male, wenn ich dich gesehen habe ...«

Banu unterbricht ihn. Sie hat den Teller schon fast leergegessen, während Sami erst ein paar Bissen geschafft hat, sie hat wirklich Hunger. »Ich war ein wenig gestresst und hatte einige Dinge zu erledigen. Bin kaum zum Essen gekommen oder zu sonst etwas, aber jetzt habe ich langsam alles im Griff.« Sie lächelt und man sieht ihr wirklich an, dass es ihr besser geht.

»Das freut mich. Als ich damals bei dir war, auf eurem Hof, habe ich mir schon Sorgen gemacht. Mit wem lebst du da?« Sie sieht zu ihm, direkt in seine Augen. »Mit meiner Mutter und meinen Brüdern, Halbbrüdern. Wir haben alle verschiedene Väter.« Sami nickt nur leicht und Banu legt den Teller beiseite, bevor sie ihn wieder ansieht.

»Für dich ist das sicherlich ein Schock gewesen, mein Zuhause zu sehen. Ich meine, ich war Nala nur einmal abholen, aber ihr lebt wie ... Könige. Ihr kennt das richtige Leben wahrscheinlich gar nicht.« Sami trinkt seine Limonade aus. »Mach nicht den Fehler zu denken, weil wir Geld haben, wissen wir nicht, wie hart das Leben sein kann. Vertrau mir, ich habe schon mehr gesehen als die meisten anderen Menschen. Was uns ausmacht, ist die Familia, der Zusammenhalt, das wiegt mehr als all der Reichtum.«

Sie sieht einen Moment zum Meer, doch dann blickt sie wieder zu ihm. »Ja, das habe ich ein wenig von Nala mitbekommen. Da kannst du dich glücklich schätzen ...« Sie lächelt. »Du hast sehr schöne Augen, ich wette, du hast keine Ruhe vor Frauen.« Er will etwas antworten, doch Banu sieht wieder zum Meer, schließt die Augen und ihre Stimme wird leiser.

»Die letzten Wochen waren wirklich nicht leicht. Ich habe schon lange nicht mehr einfach nur dagesessen und den Moment genossen, danke dafür.«

Sami sieht zu ihr, er öffnet den Mund, will etwas sagen, doch lässt es dann sein. Er sieht sich ihr schönes Profil an und wie sie entspannt weiter die Augen geschlossen hält. Diese Frau macht ihn wirklich neugierig auf mehr, anders als andere Frauen, die sonst sein Leben durchqueren. Er will mehr von ihr wissen, von ihrem Leben, er würde zu gerne wissen, was gerade in ihrem Kopf vor sich geht, doch es ertönt ein lauter Schrei und wieder bildet sich eine Menschenmenge, dieses Mal um eine Frau. Sami flucht auf und auch Banu öffnet wieder die Augen.

Seine Cousins sind schon da, auch Sami steht auf, die Frau hat Schaum vor dem Mund, das erkennt er von hier. Banu will zu der Menschenmenge, doch er hält sie zurück. »Lass, es ist schon das zweite Mal heute, sie wurden vergiftet, durch Drogen. Vorhin wurde schon ein Mann weggebracht, bei ihm war es genau das Gleiche. Sie wird das nicht überleben, dafür ist das Gift zu stark.«

Banu sieht ihn ungläubig an. »Noch einer? Ich meine, das kann doch immer mal passieren, oder? Eine Überdosis, wieso ist das heute zweimal passiert?« Banu sieht panisch zu der Frau. Auch Sami findet das nicht schön, doch Banu macht sich wirklich Sorgen und er hält sie erneut am Arm zurück. »Das ist keine normale Überdosis, Banu, das ist Gift, womit die Drogen versetzt werden. Wir haben das testen lassen, also komm nicht auf die Idee, dir irgendwo Tabletten andrehen zu lassen. Wir sind deswegen hier, wir suchen die Verkäufer und ich muss …«

Banu sieht zu den Treppen, auf denen man den Strand wieder verlässt und macht ihren Arm los, dabei zieht sie ihr Handy heraus, als würde sie dort eine Nachricht bekommen haben. »Ich hoffe, ihr findet die Dealer. Ich muss dringend los, weil meine Mutter noch arbeiten muss und ich auf meine Brüder aufpassen soll, ich hatte das total vergessen. Viel Glück euch und danke für das Essen.«

Bevor Sami reagieren kann, ist Banu schon weg. Sami stemmt die Hände in die Hüften, sieht zu der Frau, die weggetragen wird und flucht laut auf.

Kapitel 5

»Wirklich? Das ist ja richtig gut gelaufen.«

Rodriguez sieht zu seinem Sohn und Leandro, die beide mit ihnen zusammen im Garten seines Hauses sitzen. Sie sind gerade erst aus Mexiko zurück und zu ihnen gekommen, bevor sie sich in ihre Häuser zurückziehen. Sie haben zusammen gegessen, jetzt wird es langsam später. Bella ist mit Lando rübergegangen und Melissa legt Amalia schlafen.

Sie warten meistens, bis sie über die Geschäfte sprechen, natürlich könnten sie das auch neben den Frauen machen, doch sie vermeiden es, seit sie zurück aus der Gefangenschaft sind. Ihre Söhne haben ihnen gerade von dem neuen Deal mit den Mexikanern berichtet. Sie selbst haben lange Zeit Abstand zu der Familia aus Mexiko gehalten, doch Leandro hat mit der Zeit immer besseren Kontakt zu dem neuen Anführer aufgebaut und nun diese Reise gemacht.

Sie haben einen Deal vereinbart, der ihnen viel Geld einbringt. Mit dem, was Damian ihnen mit Costa Rica eingebracht hat, geht es ihrer Familia besser als jemals zuvor, wobei es ihnen natürlich immer schon gut ging. Sie haben zur Zeit auch mehr Kosten, sie müssen ihre Gebiete ausbauen, doch auch wenn Paco und die anderen es sich nicht so richtig eingestehen wollen, können sie sich mittlerweile wirklich zurücklehnen und ihre Söhne machen lassen, auch wenn sie das sicherlich noch nicht ganz tun werden.

Es ist ein Gefühl, woran sich Paco wahrscheinlich niemals gewöhnen wird. Leandro wird immer sein kleiner wilder Sohn bleiben, Mini-Paco, diesen Namen hat er niemals verloren. Besonders jetzt, nach und nach, wenn sie alle ihn in Aktion sehen, erkennt man, wie viel er von seinem Vater hat, doch Paco fällt es schwer, seinem Sohn all diese Verantwortung zu übergeben.

Bevor sie damals gegangen sind und gefangengenommen wurden, waren sie bereit, die Jungs langsam in die Geschäfte einzubeziehen. Dann waren sie weg, knapp zwei Jahre, und aus ihren Jungs sind Männer geworden, die es geschafft haben, Sierra zurückzuerobern, die schwere Kämpfe gewinnen mussten und die sie befreit haben. Da hat Paco gesehen, was für ein Mann Leandro geworden ist und auch jetzt erkennt er es immer wieder, doch wenn er nun vor ihm sitzt und so lächelt, wie er es gerade tut, sieht er einfach seinen kleinen Sohn vor sich, der es geliebt hat, auf seinen Schultern zu sitzen und von dort aus die Welt zu betrachten. Es wird ihm wahrscheinlich nie leichtfallen, Leandro loszulassen, auch wenn er weiß, dass er es tun kann. Leandro ist weiter als die meisten Männer hier.

»Wir sind stolz auf euch. Ihr macht das wirklich gut. Habt ihr schon mit Sami gesprochen?« Leandro sieht seinem Vater in die Augen. »Noch nicht, wir haben aber geschrieben und ich weiß, dass es Probleme mit Drogen gibt.« Damian trinkt sein Glas leer. »Wir haben Nala und den anderen schon Bescheid gegeben, dass sie aufpassen sollen in der Uni, sie werden ab morgen wieder hingehen.«

Sein Bruder setzt sich gerade auf, Paco weiß, dass es ihm mit Damian nicht anders geht. Er hat ihn beinahe verloren, als er nach einem Messerangriff fast gestorben wäre. »Sie müssen gut aufpassen, aber wir werden auch immer Männer an der Uni haben, bis wir wissen, was da los ist. Sami kümmert sich darum, ihr solltet noch einmal mit ihm sprechen.«

Sie sitzen noch eine Weile zusammen. Als Leandro und sein Vater danach das Haus von Rodriguez verlassen, legt Paco seinem Sohn den Arm um die Schultern. »Was hältst du davon, wenn wir beide wieder öfter am Strand joggen gehen? Wir haben das lange nicht getan, es fehlt mir.« Sie sehen zu Leandros neuem Haus, vor dem Dania steht und etwas an Nala übergibt.

Leandro sieht seinem Vater in die Augen. »Das können wir machen, wie wäre es mit morgen früh? Ich habe um zehn einen Termin, ich könnte um halb neun hier sein und wir gehen laufen.«

Paco nickt. Lando ist eh immer früh wach und so kann er wieder mehr Zeit mit seinem Ältesten verbringen. »Dann bis morgen früh.« Leandro sieht seinen Vater noch einmal an. »Ist alles in Ordnung, Papa?« Paco muss grinsen und nickt. »Natürlich, ich vermisse meinen Sohn, mehr nicht.« Leandro muss auch lachen und schüttelt den Kopf. »Papa, ich wohne zwei Häuser weiter, wir arbeiten quasi zusammen und sehen uns mehrmals am Tag, manche Kinder ziehen auf einen anderen Kontinent, wenn sie erwachsen werden.« Paco hebt den Finger und sieht Leandro mahnend an. »Komm nicht auf falsche Gedanken.« Als sein Sohn lachend zu seinem Haus und seiner Freundin geht, sieht Paco ihm noch nach.

Lando wird bald schlafen, die großen Kinder führen ihre eigenen Leben, er wird sich einen schönen Abend mit Bella machen, das ist das Positive daran, wenn die Kinder selbstständig werden. Bevor er allerdings in sein Haus gehen kann, klingelt sein Handy. Es sind die Männer, die heute als Wachen eingeteilt sind. Sie sagen ihm, dass der Padre zu ihm möchte.

Paco legt auf und bleibt auf der Veranda.

Augenblicklich kommen die Erinnerungen an einen der schlimmsten Tage in seinem Leben hoch. Er wird niemals vergessen, wie der Padre kam, um ihnen zu sagen, dass Latizia im Krankenhaus ist und es nicht so aussieht, als würde sie überleben. Sie hatten Glück, Pacos Princesa hat überlebt, doch als er jetzt das Auto des alten Mannes in seine Einfahrt fahren sieht, muss er wieder daran denken.

Doch dieses Mal lächelt der alte Mann zufrieden, als er Paco sieht, erleichtert bittet Paco den Padre auf seine Terrasse vor dem Haus. Als er fragt, ob er in sein Haus möchte, hebt der Padre die Hand und sieht auf seine alte Armbanduhr. »Ich muss gleich wieder los und jeder Schritt ist in meinem Alter schon mühselig. Ich bin froh, dass ich den guten Franco habe, der mich immer wieder von A nach B bringt, sonst würde ich einiges nicht mehr schaffen.«

Paco geht ins Haus und holt ihnen Getränke, dann setzt er sich mit dem Padre auf die Veranda und sieht kurz zum Auto, in dem der Fahrer des Padre sitzt und auf ein Handy blickt. Der Padre selbst ist mittlerweile zu alt, um noch Auto zu fahren.

»Wie läuft es mit Ihrem Nachfolger? Bei der letzten Messe haben Sie ihn diese ja komplett machen lassen.« Der Padre nickt. »Ja, er ist ein guter Mann, es fällt mir schwer, all das aus der Hand zu geben, doch ich möchte Sierra in guten Händen wissen, wenn ich nicht mehr da bin.«

Paco nimmt einen Schluck und sieht dem alten Mann in die Augen. »Sagen Sie so etwas nicht, Sie haben mich und alle hier getauft und aufwachsen sehen. Sie sollen auch meine Enkel noch taufen.« Der Pfarrer trinkt einen Schluck und lacht auf. Sie mögen sich beide sehr, auch wenn ihre Leben nicht unterschiedlicher sein könnten.

»Ich war gerade in der Nähe, der Sohn der Frau aus dem Blumenladen einige Straßen weiter ist gestorben. Er hat auf einer Party Drogen genommen und ist an einer Vergiftung gestorben.« Paco nickt. »Ich weiß, wir haben eigentlich nichts mit Drogen zu tun, doch da immer mehr Menschen deswegen sterben, kümmern wir uns darum. Leider ist es gar nicht so leicht, diese Dealer zu finden. Wir wissen nicht, wer sie sind, sie aber garantiert, wer wir sind, deswegen ist es schwer, sie zu finden, sie finden uns davor und verhalten sich unauffällig.«

Der Padre nickt. »Doch ich bin mir trotzdem sicher, dass ihr das klären werdet, es ist gut, dass ihr euch darum kümmert ...« Er atmet tief ein und man hört, dass er erschöpft ist. »Da ich gerade hier war, dachte ich, ich erzähle dir von einem Anruf, den ich gestern bekommen habe.«

Paco wendet sich komplett zum Padre um.

»Der Anruf kam aus Kolumbien. Dort in den Bergen, in der Nähe des Ortes, wo sie euch damals gefangen gehalten haben, gibt es ein Kloster, wo ein alter Freund von mir lebt, mit dem ich damals zusammen studiert habe. Wir haben wenig Kontakt, dort oben in den Bergen sind sie noch sehr streng, sie haben nur ein Faxgerät; um telefonieren zu können, müssen sie erst in die nächste Stadt. Dort war mein Freund und hat bei mir angerufen.«

Er sieht Paco etwas unsicher in die Augen. Er weiß, dass sie alle nicht gerne an die Zeit in Kolumbien erinnert werden.

»Mein Freund hat mir gesagt, dass seit zwei Jahren ein Mann bei ihnen ist. Vor ungefähr zwei Jahren gab es einen Autounfall und der Mann saß im Auto, zusammen mit noch einem Mann, der sofort tot war. Der Mann, der jetzt im Kloster lebt, war auch schwer verletzt und lag eine Weile im Koma. Als er wieder wach wurde, war sein Gedächtnis komplett weg. Er kennt nicht einmal seinen Namen und die Leute vom Krankenhaus haben meinen Freund angerufen. Es hat auch niemand nach dem Mann gesucht und so hat mein Freund ihn mitgenommen ins Kloster. Die Ärzte sind sich sicher, dass irgendwann die Erinnerung zurückkommt, so lange sollte er dort in Ruhe heilen.

Das ist jetzt wie gesagt zwei Jahre her und genau in der Zeit passiert, als auch ihr da wart ... was ja an und für sich nichts zu bedeuten hat, doch nun ist ein neuer Priester in das Kloster gekommen, der irgendwie vorher Therapeut war und der arbeitet nun mit diesem Mann, und es gibt einige Fortschritte. Der Mann weiß noch immer nicht vieles, doch eines der wenigen Worte, die er gesagt hat ... war Sierra.«

Paco sieht den Padre an.

Er kann damit nichts anfangen.

»Er soll auch Tätowierungen haben, natürlich tragen sie alle ihre Kleidung, doch es ist schon mal jemandem aufgefallen, dass er am Arm eine Tätowierung hat und dann Sierra und die Zeit ... ich weiß ja, dass ihr alle wieder hier seid, aber ich dachte, ich sage dir das besser, vielleicht vermisst ihr noch einen Mann von damals, oder ...«

Paco lehnt sich zurück und sieht hinaus auf ihr Grundstück, er hasst alle Erinnerungen an diese Zeit und stößt sie sofort weit von sich, genau wie alle anderen.

Er schüttelt den Kopf. »Das ist nett, Padre, dass Sie an uns gedacht haben, doch das wird ein Zufall sein. Wir vermissen keinen unserer Männer, selbst die Toten haben wir alle zurückgeholt. Wir lassen keinen unserer Männer zurück, niemals!«

Kapitel 6

Sami wird wach, weil ihn etwas im Gesicht kitzelt.

Es dauert, bis er so weit wach ist, um zu bemerken, dass er gestern auf dem Sofa eingeschlafen ist. Sie haben lange gezockt und irgendwann muss Sami eingeschlafen sein. Als er jetzt wach wird, liegt nicht nur er auf der Couch, an ihn gekuschelt liegt Dilara und ihre Locken kitzeln ihn im Gesicht.

»Was machst du hier, Lockenkopf?« Sami zieht Dilara enger an sich und küsst ihren Lockenkopf. Sie hat die Augen geschlossen, doch sie schläft nicht. »Ich bin krank, mir ist übel, eigentlich wollte ich mit Musa und Adán mitfahren zum Flughafen nach San Juan, um einige Dinge zu besorgen, doch seit zwei Tagen ist mir immer wieder übel. Ich habe mir, glaube ich, etwas eingefangen.«

Sami lehnt sich zurück und reibt sich die Augen. »Wie spät ist es? Soll ich dich zur Ärztin bringen? Ist Celestine nicht da?« Dilara schüttelt den Kopf. »Nein, nein, das geht schon wieder von alleine weg. Meistens wenn ich mich hinlege wird es besser. Celestine ist in der Uni.«

Samis Handy klingelt. Es liegt auf dem Tisch neben dem Sofa und Dilara ist schneller als er und nimmt an. Sie lacht, offenbar ist Kasim am Apparat und hat sie sofort erkannt. Als Dilara Sami dann das Handy gibt, sagt Kasim ihm, dass sie endlich die Handynummer des unbekannten Dealers aus der Uni haben. Der Typ, Marco, der kleine Dealer, den sie in der Uni erwischt haben, hat sie herausbekommen und Kasim hat bereits angerufen. Es war ein Mann am Telefon.

Kasim hat im Namen von Marco mehrere Tabletten für eine angebliche Geburtstagsparty bestellt. Der Mann hat gesagt, dass sie Marco einige Tage beobachten werden, er soll das Geld die ganze Zeit in seinem Spind bereithalten. Wenn sie sich dann sicher sind, wird er statt des Geldes die Tabletten vorfinden. Sami flucht auf, das alles ist gut durchdacht. Er sagt Kasim, dass dieser Marco das Geld in seinem Spind lassen und sich so unauffällig wie nur möglich verhalten soll. Er wird gleich zur Uni fahren und eine Kamera anbringen, damit sie den Spind beobachten können und endlich die Leute finden, die hinter all dem stecken.

Sie werden es sonst nicht herausbekommen. Jeder kennt sie, sobald sie auf dem Hof oder einer Feier auftauchen, hören alle auf, ihre Drogen zu verkaufen, sie sind viel zu bekannt, um sich unauffällig zu verhalten, ihre einzige Chance ist, es über jemand anderen laufen zu lassen.

Sami setzt sich auf, Dilara bleibt liegen und Sami sieht besorgt zu ihr. Sie ist blass. Er sagt Kasim, dass er sich gleich um die Kamera kümmern wird, noch bevor Marco das Geld in den Spind legt, er soll davon gar nichts wissen. Er beendet das Gespräch und streicht Dilara, die wieder die Augen geschlossen hat, die Haare aus dem Gesicht. »Was soll ich tun, Lockenkopf? Soll ich deine Mutter anrufen? Soll ich dir etwas zu essen bringen?«

Dilara öffnet leicht die Augen und lächelt. »Wenn du mal eine Freundin hast, wirst du ein toller Freund sein. Nein, ich bleibe nur noch etwas liegen, dann gehe ich zu meiner Mutter, mach dir keine Sorgen.«

Sami steht auf und geht nach oben, da bemerkt er Ciro im Garten. »Ciro, hab ein Auge auf Dilara.« Ciro hebt den Daumen und Sami geht nach oben in sein Zimmer. Er muss sich um sein neues Haus kümmern, der Architekt versucht ihn ständig zu erreichen, doch er hat momentan viel zu viel zu tun, um sich auch noch darüber Gedanken zu machen.

Er springt unter die Dusche, zieht sich eine Shorts und ein Shirt über und setzt sich ein Cap auf; als er wieder nach unten kommt, ist Dilara weg. Ciro sagt ihm, dass sie zu sich nach Hause gegangen ist. Sami schnappt sich ein Croissant und trinkt aus Ciros Tasse einen Schluck Kaffee, bevor er aus dem Haus geht.

Als er gerade in sein Auto steigen will, sieht er Nala mit einigen Ordnern im Arm zu ihrem Auto gehen. »Nala, fährst du zur Uni?« Sie nickt und sieht zu ihm. Damians hübsche Freundin gehört mittlerweile fest zu ihnen.

»Ich muss etwas abgeben und habe dann noch einen Kurs, wieso?« Sami deutet ihr an, zu ihm zu kommen. »Du musst uns helfen, ich fahre dich, dann ist es nicht so auffällig. Ich muss nur kurz bei Tito halten und dann fahre ich dich direkt zur Uni.« Nala verdreht die Augen, muss aber leise lachen. »Ich denke, ich sollte gar nicht so genau wissen, worum es geht.«

Sobald Nala sitzt, fährt er direkt zu Tito. Sie hat natürlich schon von den Problemen mit den Drogen gehört und Sami erklärt ihr, was er vorhat und dass es natürlich nicht so verdächtig wirkt, wenn er mit ihr in die Uni geht. Als sie schon fast bei Tito sind, fragt er auch nach Banu.

Es ist jetzt schon einige Tage her, dass er Banu auf der Party gesehen hat, doch er musste immer wieder an sie denken. Umso verwunderter ist er, als Nala erklärt, dass sie Banu kaum sieht. Sie ist nicht wieder zurück an der Uni, wie Sami es dachte. Sie ist nur hin und wieder da und dann meist nur in den Pausen oder mal nach der Uni, Nala hat sie in keinem Kurs mehr gesehen und wenn Nala versucht nachzufragen, was los ist, weicht Banu immer aus. Sami kennt Banu zu wenig, doch er hat das Gefühl, er sollte das nächste Mal wenn er Banu sieht, genauer nachfragen, was bei ihr los ist.

Bei Tito lässt er sich schnell eine Überwachungskamera geben. Sie haben mehrere davon, sie sind sehr klein, aber man bekommt sehr gute Livebilder. Tito erklärt ihm, dass der Akku genau für eine Woche reicht, sobald man sie anschaltet. Sami kann nur hoffen, dass sie in dieser Woche den Dealer erwischen.

Dann fährt er mit Nala zur Uni. Nala liest die ganze Zeit in einem Buch und erklärt ihm, dass sie morgen eine wichtige Prüfung hat. Sie erzählt Sami von dem Thema, um das es geht und als sie an der

Uni ankommen, weiß Sami nicht einmal mehr die Hälfte davon, doch Nala konnte ihr Wissen wiederholen und scheint zufrieden zu sein.

Als sie ankommen, ist gerade die Pause zu Ende, Nala muss eigentlich los, doch Sami bittet sie, noch einen Moment zu warten. Sie gehen langsam in die Uni, Sami hat die Spindnummer von Marco und sie gehen in den Flur, dabei tun sie so, als würden sie etwas Wichtiges besprechen. Nala muss immer wieder lachen, ihr scheint das alles Spaß zu machen. Als sie sich ganz sicher sind, dass auch wirklich niemand mehr auf dem Flur ist, zieht sich Sami einen Stuhl zu den Spinden, den er aus einem unbesetzten Raum holt. Er bringt die Kamera genau gegenüber von Marcos Spind an. Die Kamera zoomt aber auch immer ein wenig zu den Seiten, das heißt, sie werden den halben Flur aufnehmen.

Sami vergewissert sich, dass man alles sieht. Er hat das Tablet dabei, worauf alles übertragen wird. Als er dann das Bild sieht und niemand die Kamera entdecken kann, bringt er den Stuhl zufrieden zurück, gibt Nala einen Kuss auf die Wange und verlässt die Uni wieder.

Genau in dem Moment, als er in das Auto steigt und losfahren will, öffnet sich die Tür zur Uni noch einmal und Banu tritt heraus. Sami wartet, einen Moment überlegt er, sie zu rufen, doch er hält ein und beobachtet sie. Sie sieht blass aus, ihre Haare sind zu einem unordentlichen Knoten hochgebunden und sie wirkt viel schmaler als noch vor einigen Tagen auf der Feier. Sie sieht krank aus, vielleicht hat sie sich etwas eingefangen.

Die Art und Weise, wie sie hektisch zu einem dunkelblauen kleinen Auto geht und einsteigt, lässt Sami neugierig werden. Es gehört sich nicht und Sami hat weiß Gott andere Sachen zu tun, doch er kann nicht anders. Als Banu losfährt, wartet er zwei Autos ab und folgt ihr dann mit einem gewissen Abstand.

Er kennt sie kaum, doch irgendetwas an Banu macht ihn neugierig. Er würde nicht sagen, dass sie ihn anzieht, doch er denkt immer wieder an sie und es ist genug Interesse da, dass er ihr eine ganze Weile folgt, raus aus Sierra, wobei er aufpassen muss, dass immer noch ein Auto zwischen ihnen bleibt.

Sie fahren durch das Tijuas-Gebiet hinaus bis fast in die nächste Stadt. Als Banu vor einem weißen Tor stehen bleibt, weiß Sami, wohin sie fährt. Er kennt das Grundstück der Fallaras. Das ist eine Familia, die über die nächstgrößere Stadt in der Nähe von Sierra herrscht, mehr oder weniger. Es ist eine kleinere Familia mit einem verrückten Anführer: Diddy.

Sie sind keine Freunde, doch sie respektieren sich. Vor drei Monaten ungefähr gab es einmal ein Problem, als Diddy Nala und Banu zu sich bestellt hat, sie sind damals hingefahren und Damian hat sehr deutlich klargemacht, dass die Fallaras einen weiten Bogen um die Frauen aus ihrer Familia zu machen haben. Sami weiß, dass Banu die Fallaras kennt, doch er dachte auch, sie hätte keinen Kontakt mehr zu ihnen, da hat er sich offenbar getäuscht.

Er bleibt weiter hinten stehen, durch einen Zaun und einen viel zu alten Sichtschutz sieht er auf die einfachen Häuser, die auf dem Grundstück stehen. Banu geht in das Haupthaus und Sami lehnt sich in seinem Auto zurück. Was geht ihn diese Frau überhaupt an? Sie ist wahrscheinlich auch nur eine, die sich an die Männer einer Familia heranmacht, an welche ist ihr dabei völlig egal. Er kennt genug dieser Frauen.

Er nimmt das Tablet zur Hand und sieht einen Moment auf den Uniflur, der sich gerade wieder füllt. Sami atmet tief aus und legt das Tablet wieder weg. Es wird nicht leicht, das über mehrere Tage im Auge zu behalten. Er will gerade wieder wegfahren, da öffnet sich die Tür zum Haus und Banu kommt wieder heraus. Sami sieht in ihr hübsches Gesicht, vielleicht hat er einfach gehofft, in Banu etwas zu finden, was Damian, Leandro und die anderen auch gefunden haben.

Im selben Moment, als er sich selbst eingesteht, dass er sich falsche Hoffnungen gemacht hat, kommt Diddy hinter Banu heraus. Er ist ein schmieriger, ungepflegter Kerl, der vor sich hin grinst, als Banu in einen Anbau neben dem Haupthaus hineingeht, während er seinen Gürtel und seine Hose öffnet und ihr folgt.

Sami flucht leise auf und fährt weg. Er hat sich definitiv getäuscht und falsche Hoffnungen gemacht und er hat gerade andere Dinge zu tun, als hier seine Zeit zu verschwenden.

Kapitel 7

Das Stöhnen der Frau, die er über alles liebt, ihre Hände an seinem Hintern, die ihn fester an sie drücken, das Gefühl, dass sie perfekt zusammenpassen, lässt ihn sich schneller bewegen.

Paco lässt von den perfekten Brüsten ab, die Bella gar nicht mehr so gerne ansieht. Paco liebt sie, liebt jeden Millimeter an seiner Frau, auch wenn nicht mehr alles so ist wie damals, als sie sich kennengelernt haben. Er weiß, dass dieser Körper ihm drei wundervolle Kinder geschenkt hat und er gar nicht genug von ihr bekommen kann.

Seine Lippen finden ihre, er sieht ihr in die Augen und knabbert an ihrem Kinn, als sie ihren Höhepunkt erreicht. Erst danach lässt auch Paco alles heraus und vereint ihre Lippen erneut.

Bella ist außer Atem und Paco vereint ihre Lippen erneut. »Ich liebe dich.« Ihre zarten Hände legen sich an seine Wangen und sie lächelt. »Ich dich auch. Guten Morgen, mein Schatz.« Paco kann sich ein freches Grinsen nicht verkneifen, als seine Hände noch einmal ihren Körper entlangfahren. »So kann er ja nur gut werden.«

Noch einmal vereint er ihre Lippen und sie küssen sich langsam und genießend, bis sie eine vertraute Stimme hören. »Mama, darf ich heute wieder Pancakes haben?« Paco lacht und küsst Bellas Nase, bevor er aufsteht und ins Bad geht. Er hört, wie Lando ins Schlafzimmer kommt und zu seiner Mutter ins Bett geht. Sie führen seit einigen Tagen morgens die Diskussion, dass Lando sich nicht jeden Morgen ausschließlich von Pancakes ernähren kann, heute bekommt er aber wieder welche.

Als Bella ins Bad kommt, nur in ihren Morgenmantel gehüllt, übernimmt Paco Lando und trägt ihn schon einmal auf seinen Schultern nach unten. Es ist sehr ruhig, so früh am Morgen regen sich nur die ganz Kleinen, die jüngere Generation wird erst zum Mittag wacher, es sei denn, sie haben einen Termin.

Paco schaltet die Kaffeemaschine an, holt die Pancakes aus dem Kühlschrank, steckt zwei in den Toaster und holt einige andere Sachen aus dem Kühlschrank. Als Bella dann kommt, frühstücken sie zusammen und in Ruhe. Das kommt selten vor, weil immer irgendjemand kommt und irgendetwas ist, heute allerdings geht die Tür erst auf, als sie schon mit dem Frühstück fertig sind.

Juan kommt herein, er nimmt Lando auf den Arm, küsst seine Schwester und sieht zu Paco. »Bist du fertig? Ich will dir etwas zeigen.« Das war eine entspannte, ruhige Stunde am Morgen. Paco trinkt seinen letzten Schluck aus. »Worum geht es?« Juan lässt Lando durch die Luft fliegen und fängt ihn lachend wieder auf. »Beweg dich, dann siehst du es. Ich denke, du solltest es sehen, als ich nur davon gehört habe, habe ich auch erst einmal gedacht, dass es nicht sein kann, doch als ich es gesehen habe ... du musst es dir ansehen.«

Paco seufzt auf. Er geht nach oben und zieht sich eine Shorts und ein Shirt an, steckt sich seine Waffe ein und als er dann wieder nach unten kommt, ist Sara bei Bella und sie beschließen gerade, in das neue Möbelgeschäft zu fahren. Paco kann sich nicht daran erinnern, wann sie das letzte Mal einen Tag komplett alleine verbracht haben, es ist selten, wenn, dann müssen sie dafür verreisen. Doch auch wenn er sich hin und wieder etwas mehr Ruhe wünschen würde, liebt er dieses Leben in dieser großen wilden Familia.

Als Juan und er auf den Parkplatz treten, kommt Kasim gerade aus dem Haus der Jungs, er hält ein Tablet in der Hand und sieht müde aus. »Hat einer von euch Nesto gesehen? Er ist mit dem Überwachen dran.« Paco schüttelt den Kopf und deutet zu den neuen Häusern. »Vielleicht ist er bei Damian oder Leandro.« Kasim nickt nur und geht weiter.

»Was ist das mit dem Tablet?« Sein Schwager seufzt leise aus und setzt sich ans Steuer. »Irgendetwas mit diesem Drogendealer, ich wollte es gar nicht so genau wissen.«

Sobald sie sitzen, gibt Juan Gas. Er erzählt von dem neuen Haus, was sie für Sanchez bauen, es gibt immer wieder Probleme mit dem Häuserbau. Während das Gebiet der Surenas immer größer und weitläufiger war, ist das Gebiet der Puentes enger und stärker bebaut, außerdem auch sehr hügelig, sodass es nicht so leicht ist, dort weiter zu bauen. Juan versucht schon lange, das Gebiet zu erweitern, er ist aber noch nicht so weit gekommen, wie er gerne möchte.

Sie fahren zum Hafen und als Juan vor den riesigen Lagerhallen hält, fragt sich Paco wirklich, was er möchte. Sie haben ihre Lager, seit sie alles wieder aufgebaut haben, auf dem Surena-Gebiet und auf die verschiedenen Länder aufgeteilt, mit denen sie Geschäfte machen. Das meiste lagert aber bei ihnen, gut bewacht, deswegen weiß er nicht, was Juan will, als er mit ihm zu einem hinteren Teil des Hafens läuft, wo zwei große Hallen stehen, die offenbar miteinander verbunden sind.

»Sieh dir an, was ich heute gezeigt bekommen habe. Ich weiß, wir haben das Lagerproblem lange ausdiskutiert und eine Lösung gefunden, doch als ich das heute gesehen habe ...«

Er hat einen Schlüssel und öffnet die erste Halle.

Von außen sieht es gar nicht so beeindruckend aus wie von innen. Die Hallen sind riesig, hier stehen große, massive Regale nebeneinander und gehen bis fast an die Decke, es sind viele verschiedene Gänge und alles ist leer. Man kann bis nach hinten durchsehen und Paco erkennt, dass beide Hallen zu einer umgebaut sind.

»Beeindruckend!« Sie laufen an den vielen Regalen vorbei, überall stehen Gabelstapler, neue Paletten, die man benutzen kann, das Lager wartet nur darauf, gefüllt zu werden. Juan klopft an die

Wände, die von außen sehr einfach wirken. Von innen sieht man, dass hier kein normales Material benutzt wurde.

»Diese Hallen sind hitzebeständig, hier kann nicht einfach ein Feuer ausbrechen und niemand kann hier einbrechen. Diese Mauern haben Melder, sobald jemand versucht, daran etwas zu machen oder sie zu beschädigen, geht ein Alarm los. Es sind hier Sicherheitsmaßnahmen eingebaut, die ich noch nicht einmal kannte.«

Paco sieht sich weiter um und ist wirklich beeindruckt. »Wir würden den ganzen hinteren Teil des Hafens sperren lassen und Mauern hochziehen. Das ganze Gebiet um die Halle herum würde dann von uns bewacht werden und die zwei Anlegestege, die in diesem Gebiet sind, sind ausschließlich für unsere Waren gedacht und genauso überwacht.«

Juan scheint sich schon alles genau überlegt zu haben.

»Erst letzte Woche gab es wieder Probleme mit unserem Lager in Honduras. Wir sollten unsere Ware nur hier lagern und nur noch von unseren Männern transportieren lassen, per Flugzeug und Schiff. Wir haben es immer schwer bereut, wenn wir anderen vertraut haben, und mit den neuen Waren aus Costa Rica und dem anderen neuen Deal in Mexiko brauchen wir größere Lager und wir sollten unsere Sachen nur noch über Puerto Rico abschließen. Lass uns alles andere schließen, wir haben genug Männer, um dieses Großprojekt zu starten.«

Paco hält und sieht seinem Schwager in die Augen. Er hat recht, die Vergangenheit hat gezeigt, dass sie keinem trauen können außer sich selbst. Sie wachsen in allen Bereichen, und wenn sie das hier genug absichern können, ist das eine gute Alternative. »Lass uns für morgen ein Treffen mit allen einberufen, auch mit den Jungs, nur die inneren Kreise. Wir zeigen ihnen alles und stimmen ab, doch ich denke, dass das hier eine gute neue Alternative sein kann.«

Juan nickt. »Ich treffe gleich die Verkäufer, um mit ihnen über die Stege zu sprechen ...« Pacos Handy klingelt und er sieht verwundert auf die Nummer des Padres.

»Paco? Hallo, ich bin es ...«

Die geschwächte Stimme des alten Mannes ist hier am lauten Hafen kaum zu verstehen.

»Hallo, was ist los? Gibt es ein Problem?« Der alte Mann war erst vor einigen Tagen bei ihm.

»Ja ... vielleicht. Ich würde dir gerne etwas zeigen, ich denke, es könnte wichtig sein. Soll ich zu euch ...?«

Paco sieht auf die Uhr und dann zu seinem Schwager. »Nein, ich bin am Hafen. Ich komme gleich vorbei.« Er legt auf, er hat eh keine Lust auf einen Geschäftstermin, und sein Schwager scheint das alles gut im Griff zu haben. Er greift nach Juans Autoschlüssel.

»Ich bin mir sicher, du schaffst es, das gut auszuhandeln. Ich rufe das Treffen ein, mir ist etwas dazwischengekommen, ich brauche dringend dein Auto, ich bin in einer Stunde zurück und hole dich ab.«

Sie verlassen die Hallen wieder und Paco sieht sich alles noch einmal von außen an, sie sehen von außen so einfach aus und sind von innen hochmodern.

»Sehr gute Tarnung. Ich bin beeindruckt.«

Juan zieht sich sein Cap tiefer ins Gesicht, als die Sonne auf sie strahlt.

»Ich bin ein Trez Punto, ich mache nur gute Deals, hast du dich daran noch nicht gewöhnt?«

Paco muss lachen, auch wenn er ein komisches Gefühl im Magen bekommt, beim Gedanken daran, was der Padre schon wieder von ihm möchte.

»Padre?«

Nur wenige Minuten später betritt Paco die leere Kirche, er war im Haus des Padre, doch da war niemand, deswegen sucht er in der Kirche und findet den alten Mann auch, der dabei ist, Kerzen anzuzünden.

Als er Paco hört, dreht er sich um und geht zu seinem Podest, von dem er eine Zeitung herunterholt.

»Paco, es ist gut, dass du die Zeit gefunden hast zu kommen.« Der alte Mann setzt sich in die erste Reihe und Paco setzt sich neben ihn.

»Nach unserem Gespräch hatte ich eigentlich den Anruf meines Freundes aus Kolumbien auch wieder vergessen, doch gestern Nacht hatte ich einen merkwürdigen Traum und heute früh ist mir etwas eingefallen. In der Kirche gibt es eine kleine weltweite Zeitung mit Neuigkeiten und der Vorstellung neuer Mitglieder, Beschlüssen, all so etwas. Es werden auch immer Kloster vorgestellt. Die Zeitung kommt alle zwei Monate heraus und vor ungefähr einem Jahr wurde das Kloster von meinem Freund aus Kolumbien vorgestellt. Ich weiß das noch so genau, weil es damals so viel Ärger gab. Wie gesagt, er ist sehr streng und mag es nicht, wenn Bilder gemacht werden und zu viele Leute bei ihnen sind und all das, doch er musste daran teilnehmen, genau wie alle anderen.«

Paco hört dem alten Mann zu, er weiß nicht, ob er noch ganz weiß, was er ihm sagen wollte, er schweift ab und Paco kann nicht erkennen, was er mit alldem zu tun haben soll.

»Ich lese die Zeitung nicht wirklich, ... meine Augen, und es ist jetzt auch nicht so interessant.«

Der Padre lacht leise auf und Paco muss lächeln. »Doch ich sammle die Zeitungen immer und als mir nach dem Gespräch mit meinem Freund eingefallen ist, dass sein Kloster vor einiger Zeit vorgestellt wurde, hab ich die Zeitung herausgesucht. Wenn die

Klöster vorgestellt werden, gibt es auch immer ein Bild mit allen Leuten drauf, die im Kloster leben.«

Der Padre atmet tief ein und klappt die Zeitung so, dass man ein schwarzweißes Bild sieht. Er hält es Paco hin, er sieht auf viele Männer in Mönchsgewändern, weiter hinten stehen drei Männer, die keine Mönchsgewänder tragen, nur einfache Kleidung, und als er sich die Männer ansieht, lässt Paco die Zeitung fallen.

»Soll das ein Scherz sein? Das ist nicht lustig.«

Der Padre greift nach der Zeitung und sieht auch noch einmal auf das Bild. Pacos Herz rast, er hat mit allem gerechnet, doch nicht damit. Er nimmt die Zeitung noch einmal an sich. Das Bild ist etwas verschwommen, es ist keine gute Aufnahme, doch weiter hinten steht ein Mann, der aussieht wie Ramon. Er hat ganz kurze Haare und ist viel dünner, doch es ist das Gesicht seines Bruders. Seines toten Bruders.

Paco flucht auf und der Padre bekreuzigt sich.

»Das alles ... ich meine, es kann sein, dass der Mann Ramon nur sehr ähnlich sieht, das könnte sein, aber dass mein Freund davon spricht, dass dieser Mann sein Gedächtnis verloren hat und von Sierra spricht ... ich will mir gar nicht vorstellen, wie es dir jetzt geht, Paco, auch ich konnte seitdem an nichts anderes mehr denken. Was denkst du bedeutet das?«

Paco versucht seine Wut zu unterdrücken, die sofort in ihm hochkommt.

»Ich weiß nicht, was das soll, doch ich habe meinen Bruder tot vor mir gesehen, mit meinen eigenen Augen. Sie haben Ramon beerdigt, das sind Tatsachen, die man nicht einfach mit einem Bild und dem Wort Sierra leugnen kann.«

Der Padre nickt.

»Das Gleiche habe ich auch gedacht ... doch Paco ... ihr alle standet unter Schock, als ihr Ramon gefunden habt. Ich selbst habe ihn noch einmal gesehen und man hat gesehen, dass der Mann aussah wie Ramon, doch durch den Kopfschuss hat man einige Teile des Gesichtes nicht mehr erkennen können und die … Leiche war auch so entstellt …«

Paco steht auf und beginnt aufgeregt hin und her zu laufen. Sein Puls pulsiert, seine Gedanken rasen. »Seine Tattoos, der Schmuck, das war Ramon, wer sonst liegt dort unter der Erde und wie sollte Ramon in ein Kloster kommen? Unser Bruder liegt hier und hat seine Ruhe gefunden, und was auch immer da gerade in Kolumbien passiert, ist sicherlich ein weiterer Hinterhalt, in den wir gelockt werden sollen. Den Kolumbianern sind alle Mittel recht!«

Der Padre erhebt sich ebenfalls, Paco weiß, dass er mit alldem nichts zu tun hat. Er würde ihnen nie etwas Böses wollen und Paco sieht ihm an, wie besorgt er ist.

»Meinst du? Aber wer sollte das tun? Mein Freund? Er hat zu niemandem Kontakt, der so etwas versuchen könnte, er lässt kaum jemanden in die Nähe des Klosters. Ich kann mir das nicht vorstellen, willst du das Rodriguez und den anderen zeigen?«

Paco nimmt die Zeitung an sich und entnimmt die Seite mit dem Artikel über das Kloster. Dabei fällt sein Blick noch einmal auf das Bild des Mannes und er würde am liebsten irgendetwas zerschlagen, einzig das Wissen, wo er sich gerade befindet und mit wem, lässt ihn tief einatmen, um nicht komplett den Verstand zu verlieren.

»Auf keinen Fall, sie alle haben gerade erst aufgehört zu trauern, es fällt uns allen noch schwer, ohne ihn zu leben; wenn ich ihnen davon erzähle, reißt das nur wieder die alten Wunden auf.«

Der Padre nickt.

»Was wirst du tun? Willst du das einfach ignorieren? Was soll ich meinem Freund sagen, falls er sich noch einmal meldet?«

Paco flucht erneut auf, das wird er nicht können, auch wenn er weiß, dass das einfach nur eine Falle sein wird, doch er kann dieses Bild und diesen Mann auch nicht ignorieren.

»Wenn er anruft, sagen Sie ihm, dass Sie mich noch nicht gesprochen haben. Wir können niemandem trauen. Niemandem aus

Kolumbien, niemals! Wenn ich etwas weiß, dann das. Was ich tun werde? Ich weiß es noch nicht, was ich weiß ist aber, dass wir meinen Bruder beerdigt haben und egal wer auch versucht, das Gegenteil zu behaupten, wird es bereuen, die Erinnerungen von Ramon dafür zu nutzen.«

Kapitel 8

»Kannst du mir zeigen, wie man schießt?«

Sami muss lachen, als die hübsche Blondine auf seinem Schoß nach seiner Waffe auf dem Tisch greift. Er hält ihre Hand dabei auf und sie legt ihre Arme sofort wieder um seine Schultern. »Das ist nicht zum Spielen, meine Hübsche, ich weiß allerdings etwas, womit du ...«

Sein Handy klingelt, er überlegt, es zu ignorieren, doch er ahnt, dass es so spät nur etwas Wichtiges sein kann. Also nimmt er das Gespräch an, es ist Damian, der gerade an der Reihe ist, Marcos Spind zu überwachen. »Wir haben den Dealer, komm runter.«

Sami ist so schnell auf den Beinen, dass die Blondine fast von seinem Bett fällt. »Tut mir leid, ich muss etwas klären, wenn du Lust hast, kannst du warten, ansonsten ... sehen wir uns das nächste Mal.« Er sieht die Enttäuschung im Gesicht der Frau und auch er hatte Lust auf etwas Spaß, doch das ist wichtiger.

Er geht schnell nach unten und findet Damian und Kasim an einem Tisch mit dem Tablet und mehreren Getränken darauf. Sie scheinen Karten gespielt zu haben, doch jetzt sehen beide auf das Tablet. Sami kann es nicht erwarten zu sehen, wer dahintersteckt, es ist kurz nach elf Uhr nachts, wer sollte so spät noch in der Uni sein?

»Du wirst nicht glauben, wer gerade das Geld aus dem Spind von Marco genommen hat und eine Packung Tabletten hineingelegt hat, außerdem war sie alleine auf dem Flur an zwei weiteren Spinden.

»Sie?« Sami stellt sich zu Kasim und traut seinen Augen nicht.

Banu schließt gerade einen Spind und geht dann mit schnellen Schritten zur Treppe und somit aus dem Blickfeld der Kamera. »Banu? Das ... zeig mir das andere Material.« Damian spult zurück und Sami flucht auf. Kasim greift nach seiner Waffe. »Na dann lass uns mal sehen, was sie dazu zu sagen hat, dass die Leute reihenweise wegen ihrer Drogen sterben.« Sami kann das nicht glauben. »Ich gebe unseren Vätern …«

Er flucht auf. »Ich rede mit ihr. Ich kläre das, alleine! Sie muss das für jemanden machen, sie steckt niemals allein dahinter. Macht alle bereit, wir werden sicher heute Nacht noch angreifen, doch das mit Banu kläre ich alleine. Ich rufe euch an.«

Kasim schüttelt den Kopf. »Sami, wir müssen handeln, ich weiß, dass die Kleine dir gefällt, doch dafür ist jetzt keine Zeit. Sie weiß genau, was sie da tut.« Sami geht zur Tür. »Keiner von euch taucht da auf, ich rufe euch an, verstanden?«

Ohne auf eine Antwort zu warten, läuft Sami zu seinem Auto und gibt Gas. Es kann nicht sein, Banu? Jetzt, wo er darüber nachdenkt, ergibt das Sinn. Jedes Mal wenn sie nach einem Dealer gesucht haben, war Banu da und hat ihn bemerkt und hat ihr Verteilen wahrscheinlich eingestellt. Sie haben die ganze Zeit nach einem Mann Ausschau gehalten, Sami ist gar nicht auf die Idee gekommen, dass diejenige, die die Drogen verteilt, bei ihm war, während er alles abgesucht hat.

Sami rast zur Uni, die Tür ist verschlossen, er sieht ein Badezimmerfenster offen stehen, dadurch muss Banu hineingelangt sein. Genau in dem Augenblick, als er das Fenster bemerkt, hört er Geräusche und stellt sich so an die Wand, dass Banu ihn nicht sofort sieht, wenn sie aus dem Fenster klettert.

Keine Minute später öffnet sich das Fenster dann auch komplett, Banu springt heraus und ehe sie wieder auf den Beinen ist, hat sich Sami vor ihr aufgebaut.

»Was … verfolgst du mich jetzt wirklich?« Man sieht Banu an, wie sehr er sie erschreckt hat. Sie klopft sich ihre Jeans ab und Sami flucht. »Lass den Scheiß, Banu, sei froh, dass ich hier bin. Dachtest du wirklich, du kannst meine Familia verarschen?« Sami greift nach ihrer Tasche, er zieht eine Tüte mit Tabletten und Pulver heraus.

74

»Weißt du, wie viele Menschen wegen diesem Scheiß hier gestorben sind? Wie kannst du das noch verteilen? Ich habe dir doch gesagt, wie gefährlich das ist. Wieso tust du das überhaupt und für wen? Ich weiß, ich kenne dich kaum, doch ich hätte das niemals von dir gedacht. Diddy und die Fallaras stecken hinter allem, oder? Was ich nicht verstehe, ist, wieso du …?«

Sami kann nicht verhindern, dass er sich enttäuscht anhört, denn das ist er. Sie sieht ihm nur in die Augen und lacht auf. »Das geht dich gar nichts an, Sami, und auch diese Drogen gehen euch nichts an, das hat nichts mit eurer …« Sie will weiterlaufen, doch Sami hält sie am Arm fest.

»Du verstehst das falsch, Banu, wir haben damit zu tun, Sierra gehört uns und du und deine Hintermänner haben kein Recht, hier Drogen zu verkaufen. Es werden heute Nacht noch Köpfe rollen und ich bin gerade nur hier, weil ich nicht wollte, dass deiner als Erstes rollt. Also rede!«

Er meint das verdammt ernst und zum ersten Mal scheint Banu den Ernst der Lage zu verstehen. Sie sieht ihm in die Augen. Sie ist so verdammt hübsch, ihre braunen Mandelaugen bohren sich stur in seine und er kann nicht verhindern, dass die Enttäuschung in ihm immer weiter anwächst.

»Sieh mich nicht so an, du bist enttäuscht, weil ich nicht eine eurer braven verwöhnten Frauen bin. Weißt du, im Grunde ist das alles einfach nur, weil ihr … du und deine verfluchte Familia nicht daran denkt, was ihr hinterlasst. Ihr kommt und greift ein und dreht euch nicht um, um zu sehen, was ihr hinterlasst.«

Banu hat Tränen in den Augen. Sami weiß, dass er viel härter zu ihr sein müsste, sein Handy klingelt immer wieder, doch er ignoriert es und sieht weiter zu Banu. »Von was redest du? Was haben wir hinterlassen, was ist passiert?«

Das erste Mal erkennt Sami hinter Banus sturem Gesichtsausdruck die pure Verzweiflung. Sie beginnt zu weinen und gleichzeitig wird sie wütend. Sie schüttelt den Kopf und scheint völlig verzweifelt zu sein.

»Denkt ihr eigentlich jemals weiter? Was passiert, wenn ihr von einer Sache ablasst? Was mit den anderen ist, die nicht unter eurem Schutz stehen? Diddy war sauer, er hat mir die Schuld für die 1000 Dollar gegeben, doch ich kenne ihn, er hätte das nach ein paar Tagen wieder vergessen und ich mich für eine Weile von ihm ferngehalten. Ich war das nicht mit den 1000 Dollar, aber das spielt im Grunde gar keine Rolle. Aber all das habt ihr geändert. Ihr seid hingefahren und habt euch dort aufgespielt.«

Sami weiß, wovon sie spricht. »Wir sind hingefahren und haben klar gemacht, dass die Fallaras nicht noch einmal eine Frau aus unserer Familia ansprechen oder auch nur ansehen dürfen und Diddy hat das sehr schnell kapiert.« Banu lacht bitter auf.

»Da ist es wieder: Aus eurer Familia. Eure Frauen und was ist mit den anderen? Na klar, Diddy und seine Männer haben vor euch sicher nichts gesagt, wie sollten sie auch. Ich habe gesehen, dass Diddy einiges abbekommen hat, doch dann geht ihr, für euch ist das Problem gelöst und ihr denkt nicht einmal mehr daran zurück. Hast du dir einmal gedacht, was dann passiert? Was ein Mann, der so viel Stolz wie Diddy hat, macht, wenn ihr von seinem Hof seid? Zu euren Frauen wird er sicher nicht gehen, doch er hat Wut in sich und die will er an jemandem auslassen.«

Banu stemmt die Arme in ihre Hüften und atmet tief ein. Sami ahnt, dass er jetzt erfahren wird, was wirklich passiert ist und er will ehrlich zu Banu sein. »Nein, wir denken nicht daran, was danach ist. Für uns war das Thema damit beendet. Wir wissen, dass sie auf uns hören werden.«

Sie schüttelt nur den Kopf.

»Weißt du, was ein Mann wie Diddy dann macht, wenn er sich so gekränkt fühlt, vor seinen Männern und allen und das nicht an euch auslassen kann? Er hat mich geholt, Sami, sobald ihr mit ihm fertig wart. Ich hätte das klären können und es wäre niemals so eskaliert wie dann, als ihr mit ihm fertig wart. Er hat mich in einen Schuppen gesperrt ...« Banu senkt ihren Blick.

»Ich weiß nicht, wie lange ich da drinnen war, mehrere Tage, vielleicht auch nur ein oder zwei, es hat sich angefühlt wie Monate. Diddy und seine Männer haben gesagt, ich soll das Geld abarbeiten und sie haben mit mir gemacht, was sie wollten.«

Sami atmet tief ein, er hat nicht geahnt, dass all das solch eine Wendung genommen hat, er wird Diddy dafür zur Rechenschaft ziehen, doch er weiß, dass das noch nicht alles war.

»Die Fallaras sind nicht dumm, sie wussten, sie müssen mich irgendwann gehen lassen, doch sie wollten mich an sich binden und ich war dankbar, dass sie mir sehr schnell etwas gegeben haben, was mich aus diesem Schuppen in eine andere Welt gebracht hat. Ich weiß nicht mehr, was alles mit mir getan wurde, ich war ganz woanders an einem schönen Ort. Sie haben mir die Spritzen in die Fußsohlen gegeben, immer wieder welche ... und mich dann gehen lassen. Doch da wollte ich nicht mehr gehen, Sami ... ich will da nicht mehr weg. Ich bin so kaputt, dass ich nur noch an diesen anderen Ort will und ich bekomme diese Spritzen nur, wenn ich diese verfluchten Drogen für sie verteile. Also ja, ich verteile sie und es ist mir egal, was du davon hältst, ich brauche die Drogen, die mich all das überstehen lassen, also geh zurück zu deinen Frauen, die ihr vor all so etwas beschützt und lass mich in Ruhe!«

Banu geht an ihm vorbei und Sami flucht auf.

Er hält sie am Arm fest und da bemerkt er wieder, wie dünn sie ist, wie abgemagert, und all das ergibt Sinn, dass sie nicht mehr so zurechtgemacht ist, dass sie die Uni nicht mehr besucht, diese verdammten Hunde haben sie drogenabhängig und zu ihrer eigenen Sklavin gemacht.

»Es tut mir leid, Banu, ich weiß nicht, ob du mir das noch glaubst, doch das tut es. Ich habe nicht geahnt, dass so etwas passiert, doch ich schwöre dir, dass ich das wieder in Ordnung bringen werde, zumindest so weit ich das kann. Ich habe nicht geahnt, was passiert ist, wärst du damit nur zu mir gekommen ... ich war doch bei dir. Ich habe dich zu der Feier für Nala eingeladen, wieso hast du mir da nichts gesagt?«

Banu lacht nur und will sich losmachen. »Mach dir doch nichts vor ...« Sami unterbricht sie. »Ich meine das ernst. Ich habe dich von Anfang an gemocht, denkst du, ich wäre einfach so vorbeigekommen und hätte dich eingeladen, ich habe nicht ...« Banu sieht ihm noch einmal in die Augen. »Es ist jetzt auch völlig egal. Ich werde jetzt Diddy sein ...« Sami hält sie weiter am Arm und bringt sie zu seinem Auto, dort öffnet er die Beifahrertür und setzt sie auf den Sitz.

»Nein Banu, die Geschichte hat hier ein Ende. Sie hätte gar nicht erst beginnen dürfen, doch das kann ich leider nicht mehr ändern. Ich bringe dich nach Hause und dann werde ich mich um Diddy kümmern.« Sein Handy klingelt erneut und er nimmt dieses Mal an, auch wenn Banu ein entsetztes Nein keucht. »Es sind die Fallaras. Macht alle bereit, wir greifen heute Nacht noch an, aber wartet auf mich. Ich werde mich persönlich darum kümmern.« Er legt auf, er weiß, dass Damian alles in die Wege leiten wird.

»Das könnt ihr nicht tun, nicht schon wieder. Ihr kommt und zerstört alles, ohne an die Konsequenzen zu denken. Jetzt macht ihr wieder alles schlimmer, und was passiert mit den anderen Menschen? Die, die nichts damit zu tun haben? Was ist mit mir, ich brauche die ...« Sami unterbricht sie. »Nein, das denkst du wegen der Drogen, aber du brauchst sie nicht, Banu, vertrau mir. Ich kümmere mich um alles und komme danach zu dir, ich werde dir helfen.«

Er hält vor dem heruntergekommenen Bauernhof, auf dem Banu mit ihrer Mutter und den Brüdern lebt. Banu steigt aus und sieht ihm noch einmal in die Augen. »Du wirst alles zerstören, mal wieder! Das kannst du nicht tun, Sami, du ...« Sami deutet zu ihrem Haus. »Warte auf mich, Banu, ich komme, ich weiß, dass dir das jetzt nicht leichtfällt, doch du musst mir vertrauen.«

Statt einer Antwort schüttelt sie nur den Kopf und geht auf das Grundstück, während Sami Gas gibt, um all dem ein Ende zu setzen.

Er rast vor Wut, es hat ihn viel Überwindung gekostet, sich zurückzuhalten vor Banu, doch als er dann vor dem Grundstück der Fallaras hält, kann er das nicht mehr. Er hat gesagt, die anderen sollen auf ihn warten, er wartet nicht, er geht ohne zu zögern auf das Grundstück und stellt Diddy sofort zur Rede. Erst kurz nach ihm kommen die anderen, sie werden woanders auf ihn gewartet haben und Miguel sieht ihn sauer an, als er zu ihm tritt und sieht, dass sich Sami schon alleine um das meiste gekümmert hat.

Wie immer erledigen sie alles schnell und sauber. Diddy muss sich dafür verantworten, was er den vielen Leuten und Banu angetan hat. Sie finden ein Drogenlabor, in dem all das zusammengemixt wurde und zerstören das Grundstück komplett. Dort erfuhr er auch, dass sie Banu eine Mischung aus zwei unterschiedlichen Drogen gegeben haben, die schnell und stark abhängig machen. Auch wenn sie diese erst einige Wochen nimmt, wird sie davon nicht so schnell loskommen.

Sami achtet sehr darauf, wer mit alldem nichts zu tun hat, und als sie die gehen lassen auch, dass sie nichts mehr zu erwarten haben, die ganze Zeit sehen ihn seine Cousins immer wieder fragend an, und als sie dann nach mehreren Stunden das Grundstück der Fallaras brennend und zerstört wieder verlassen, hält Kasim ihn am Arm fest.

»Was soll das alles, Sami? Wieso hast du versucht, das alles im Alleingang zu machen und wo ist jetzt diese Banu? Wir müssen auch sie ...« Sami sieht Kasim wütend in die Augen. »Einen Scheiß werden wir. Wisst ihr, was wir wirklich müssen? Nachdenken, was unsere Handlungen für andere bedeuten, denn das tun wir nie.«

Sami weiß, dass weder er noch einer seiner Cousins zugelassen hätten, dass Banu all das passiert, wenn sie das gewusst hätten.

Auch wenn er weiß, dass sie keine Schuld haben, nagt das an ihm, so sehr, dass er Banus verzweifelten Gesichtsausdruck und ihre Tränen die ganze Zeit vor Augen hatte, als er das alles beendet hat. Sie alle stehen an ihren Autos und Sami erzählt es ihnen, er erzählt ihnen all das, was Banu ihm erzählt hat, damit sie davon wissen und damit sie alle beim nächsten Mal, wenn sie etwas klären oder erledigen, genauer hinsehen, was sie zurücklassen.

Als er fertig ist, räuspert sich sein Bruder und will etwas sagen, doch Sami öffnet sein Auto und sieht noch einmal alle an. »Ich werde mich darum kümmern, das hätten wir von Anfang an tun sollen.«

Er fährt direkt zu Banu, alle Lichter sind aus und er weiß nicht genau, wo er nach ihr suchen muss, deswegen ruft er leise ihren Namen, mehrmals, bis eine ältere Frau in der Tür erscheint, die Ähnlichkeiten mit Banu hat und höchstwahrscheinlich ihre Mutter ist.

»Sie ist weg! Sie hat vorhin einige Sachen eingepackt und ist ohne ein Wort zu sagen gegangen.«

Kapitel 9

Der Regen peitscht Paco immer wieder ins Gesicht. Er ist so stark, dass es wehtut, doch er ignoriert das und der Spaten gräbt sich immer weiter in die dunkle Erde vor.

Er hält erst ein, als er endlich auf etwas Hartes stößt. Paco atmet aus, wischt sich den Regen und den Schweiß ab und beginnt, den weißen Sarg auszugraben. Er kann nicht sagen, ob es Stunden oder Minuten dauert, seine Gedanken rasen, sein Blut köchelt und er hat die ganze Zeit das Bild aus diesem Kloster in Kolumbien vor Augen. Wer auch immer ihn hier versucht reinzulegen, hat es geschafft, ihn völlig aus der Bahn zu werfen.

Paco hört erst auf zu graben, als der Sarg so weit frei ist, dass er ihn öffnen kann. Er bekreuzigt sich, bevor er versucht, den Sarg zu öffnen. Das ist schwerer als gedacht, seine Hände rutschen immer wieder ab wegen des Regens und weil sie zittern, doch dann schafft er es und fällt zurück auf die Erde. Ein lauter Fluch entfährt seinen Lippen, als er in den leeren Sarg blickt.

»Ist alles in Ordnung?«

Paco setzt sich im Bett auf, versucht seinen Atem wieder zu kontrollieren. Bella hat ihre Hand auf seinen Rücken gelegt und küsst müde seine Schulter. Er hatte wieder einen Albtraum.

Paco hat selten solche Träume oder wird deswegen wach. Ihn bringt so gut wie nie etwas aus der Ruhe. Selbst nach ihrer Gefangenschaft, die erste Zeit und in der Trauerzeit um Ramon konnte er zwar oft schlecht einschlafen, doch wenn er dann geschlafen hat, ist er nie so aufgewacht wie jetzt. Es ist kein Wunder, dass seine Frau sich Sorgen macht.

»Es ist alles gut. Ich habe schlecht geträumt.« Paco legt sich zurück und zieht Bella mit sich. »Ich hoffe nicht, dass es wegen dem Streit ist vorhin. Du hast recht, ich sollte dir vertrauen, doch du weißt, dass es mir noch immer schwerfällt, wenn du weggehst.

Ich habe immer Angst, dass wieder etwas passiert, und auch wenn ich weiß, dass es völlig unbegründet ist, kann ich das einfach nicht abstellen.«

Paco küsst ihre Stirn. Bella hat gespürt, dass Paco die letzten Tage etwas bedrückt hat. Er konnte es nicht überspielen, nicht so gut wie er wollte und sie hat gemerkt, dass er versucht, etwas vor ihr zu verheimlichen. Er wusste nicht, wie er erklären sollte, dass er einfach mal so für ein paar Tage verschwindet, ohne Begleitung eines anderen, das gibt es nicht, und so hat er auf der letzten Besprechung einfach verkündet, dass Mano und er etwas überprüfen wollen. Nicht nur Mano hat ihn verwundert angesehen, doch Paco hat schnell abgelenkt und alle angewiesen, sich während der nächsten Tage um das neue Lager zu kümmern, alles zu überprüfen und dann zu entscheiden, was sie tun werden. So waren und sind alle beschäftigt und Paco weiß, dass sie die richtige Entscheidung treffen werden. Selbst mit Mano konnte er nicht sprechen, doch er weiß, dass er zumindest ihn bald in alles einweihen muss.

»Ich weiß, cariño, das ist auch in Ordnung. Ich bin nur ein paar Tage mit Mano weg. Wir müssen etwas überprüfen. Du weißt, dass Mano nicht viel erzählt, bevor nicht alles komplett sicher ist. Das ist nichts Großes, doch es ist auch gut, wenn Mano und ich mal wieder etwas Zeit zusammen verbringen. Durch all den Wahnsinn hier habe ich kaum Zeit für meinen besten Freund.«

Bella lächelt mild, sie weiß, wie viel Mano ihm bedeutet. Er hasst es, sie anzulügen zu müssen, doch er kann niemandem die Wahrheit sagen, noch nicht. Für ihn ist das kaum zu ertragen, lieber lügt er alle ein wenig an, statt ihnen davon zu erzählen, dass er dieses Bild gesehen hat.

»Macht das, mein Herz, die Hauptsache ist, du kommst zu mir zurück.« Paco lacht leise auf und wendet sich so zu ihr, dass er seine Nase an ihrem Hals vergraben kann. »Ich werde immer wieder zu dir zurückkommen, ich kann gar nicht anders.«

Nur wenige Minuten später atmet Bella wieder regelmäßig an seiner Brust und ist eingeschlafen, er hält sie an sich, doch für ihn ist nicht mehr an Schlaf zu denken. Er weigert sich, sich zu viele Gedanken zu machen, doch er kann nicht anders. Immer wieder geht er alles im Kopf durch, bis er aufsteht, als der Himmel schon langsam heller wird.

Paco zieht sich ein Shirt und eine Shorts über und verlässt leise das Haus, er wird solange joggen gehen, bis er zu müde zum Nachdenken ist. Ihr Flug geht erst in ein paar Stunden und er wird sich jetzt auspowern, sodass er dann vielleicht die mehr als drei Stunden schlafen kann. In Kolumbien muss er in jeder Sekunde hundertprozentig aufmerksam sein.

Als er aus der Haustür tritt, sieht er, wie sein Bruder zu seinem Auto geht. Paco pfeift leise und Rodriguez wendet sich völlig verschlafen zu ihm um. Er muss gerade erst aus dem Bett gekommen sein.

»Was ist los?«

Sein Bruder hebt sein Handy hoch. »Dilara hat mich angerufen. Musa und Adán sind noch in Venezuela und Latizia hat ja heute Nacht bei euch geschlafen. Ihr ging es in der Nacht so schlecht, dass einer von den Tijuas sie ins Krankenhaus gefahren hat, ich fahre zu ihr.«

Paco hat gesehen, dass es Dilara in den letzten Tagen nicht so gut ging und ist schon bei seinem Bruder, um ihm die Autoschlüssel abzunehmen. Rodriguez ist noch komplett verschlafen. »Ich fahre dich.« Auch wenn er nicht widerspricht, sieht ihn sein jüngerer Bruder an und reibt sich müde die Augen. »Hast du nicht geschlafen?« Natürlich merkt auch er, dass etwas nicht stimmt, wahrscheinlich weiß er, dass das mit Mano nicht so ist, wie Paco sagt, doch er vertraut ihm genug, das nicht anzusprechen.

»Doch, ich wollte nur mal wieder joggen gehen, was denkst du hat Dilara?« Rodriguez zuckt die Schultern. »Seit einigen Tagen geht es ihr schlecht, sie hat gesagt, dass sie letztens Fisch gegessen hat und sich übergeben musste und das hat bei ihr die Tage noch eine gewisse Übelkeit hinterlassen, doch offenbar ist es jetzt wieder schlimmer geworden.«

Paco hebt die Augenbrauen. »Weißt du noch, Juan, letztes Jahr, als er sich eine Fischvergiftung geholt hat? Er war davon knapp zwei Wochen krank.« Rodriguez nickt und gähnt. »Die sollen sie jetzt richtig untersuchen und ihr etwas geben, damit es besser wird.«

Paco nickt und ist froh, dass er so nun auf andere Gedanken kommt.

Im Krankenhaus angekommen, gehen sie direkt in die erste Hilfe, wo einer von Adáns Männern vor dem Untersuchungsraum sitzt und ihnen besorgt entgegenblickt. »Musa ist schon auf dem Rückweg. Der Arzt war gerade bei ihr.« Rodriguez nickt und sie gehen in den Untersuchungsraum. Dilara liegt auf einer Liege, ein feuchtes Tuch auf der Stirn und hat die Augen geschlossen. Eine Schwester ist bei ihr und sieht nach einer Flasche, die Dilara offenbar mit Flüssigkeit versorgt.

Es ist ein komisches Bild, Dilara so zu sehen. Sie war eigentlich kaum krank, selbst wenn sie mal etwas hatte, ist sie trotzdem draußen herumgerannt. Es muss ihr wirklich schlecht gehen, wenn sie jetzt kaum die Augen offen halten kann.

Rodriguez tritt zu ihr und nimmt ihre Hand in seine. »Wir sind da, geht es dir besser? Was sagt der Arzt?« Auch Paco tritt zu Dilara und gibt ihr einen Kuss, bevor er sich an die Wand auf einen Stuhl setzt und seinen Bruder bei seiner Tochter sein lässt. »Er hat mir Blut abgenommen, er sagt, es kann sein, dass es wegen des Fisches ist. Die Ergebnisse sind gleich da, sie geben mir Flüssigkeit und jetzt geht die Übelkeit langsam wieder weg. Ich hatte eigentlich das Gefühl, es wird besser, doch heute Nacht konnte ich nichts mehr bei mir behalten.«

Die Schwester misst Dilaras Puls, dafür muss Rodriguez etwas zur Seite gehen. »Wenn du krank bist, wieso kommst du dann nicht zu uns, wenn Musa nicht da ist?« Dilara versucht sich aufzusetzen, doch ihr Vater deutet ihr, das sein zu lassen. »Hatte ich eigentlich vor, ich wollte zusammen mit Latizia nach Hause kommen, doch dann ging es mir besser und ich wollte die neuen Gartenmöbel besorgen gehen und eine … ich wollte Musa überraschen mit etwas, aber mir ging es nur schlechter und schlechter und nichts hat mehr funktioniert.«

Paco muss lächeln. Wenn sie so enttäuscht etwas erzählt, erinnert sie ihn sehr an die kleine Dilara. Der Arzt kommt herein und stockt einen Moment. Wahrscheinlich hat er damit gerechnet, die Frau eines Anführers der Tijuas hier zu haben, nicht, dass sie auch noch die Tochter eines Surena-Anführers ist. Er begrüßt sie beide und sieht sich dann in einer Akte einige Zettel an.

»Ist das noch wegen der Fischvergiftung?« Der Arzt sieht hoch und lächelt. »Nein, sie haben keine Fischvergiftung. Ich sehe mir das mal genauer an.« Er zieht einen Ultraschall zu sich und bittet Dilara, ihr Shirt hochzuziehen. Als er dann über ihren Bauch fährt, ahnt Paco schon, was der Arzt im selben Augenblick strahlend verkündigt.

»Das hat nichts mit einer Fischvergiftung zu tun. Sie sind schwanger und das so ungefähr in der zehnten Schwangerschaftswoche. Sehen Sie hier das Herz schlagen?«

Wenn Dilara gerade schon blass war, so ist sie nun weiß. Paco sieht seine Nichte besorgt an, er kann Rodriguez' Gesicht nicht sehen, doch er ist sicherlich sehr überrascht. »Schwanger? Das kann … ich wollte noch nicht so früh ein Kind haben und … ich habe vor drei Tagen mein Essen auf dem Herd vergessen und fast das Haus abgebrannt … ich bin noch … ich kann noch kein Baby bekommen.«

Der Arzt beendet die Untersuchung. »Es ist ganz normal, dass Sie erst einmal Panik bekommen, die meisten Frauen brauchen einige Tage, um sich an den Gedanken zu gewöhnen, schwanger zu sein, besonders wenn man das nicht geplant hat. Legen Sie sich hin und ruhen Sie sich aus. Ich schreibe Ihnen hier einige Vitamine auf, die Sie nehmen sollten und auch etwas gegen die Übelkeit.«

Paco steht auf und da reagiert auch Rodriguez das erste Mal. Er bemerkt, wie durcheinander Dilara ist und obwohl sie noch halb liegt, nimmt er sie in den Arm und im gleichen Augenblick beginnt sie zu weinen.

Der Arzt überreicht Paco das Ultraschallbild und die Rezepte und zieht sich zurück. »Das bekommen wir schon alles hin. Hast du das Kleine gesehen? Deine Mutter und ich werden immer für Musa und dich da sein und du hast so einen starken und großen Rückhalt. Du kannst froh sein, wenn du dein Baby überhaupt mal zu Gesicht bekommen wirst ...« Rodriguez schafft es, dass Dilara wieder lacht und auch Paco geht näher zu ihr.

Rodriguez sieht seiner Tochter in die Augen und küsst ihre Wange. »Lass uns nach Hause fahren und in Ruhe über alles reden. Willst du es Musa gleich sagen?« Dilara schüttelt den Kopf, sie scheint sehr durcheinander zu sein. »Ich werde ihm allerdings schon dafür den Kopf abreißen, dass du schwanger bist und ihr noch nicht verheiratet seid.« Nun muss Paco leise auflachen, er wusste sofort, dass Rodriguez das aufregen wird.

»Lass das, es ist nicht Musas Schuld, er fragt mich ständig.« Paco hilft Dilara auf die Beine und umarmt sie ebenfalls, er gratuliert ihr und auch er versichert ihr noch einmal, dass sie alle sich freuen. Doch für Rodriguez ist das Thema noch nicht beendet. »Wieso heiratest du Musa nicht, du liebst ihn doch, heißt das, du sagst jedes Mal nein?«

Sie laufen langsam zurück zum Auto. »Na ja, nicht nein, aber noch nicht jetzt. Ich war nicht einmal für eine Beziehung bereit und dann soll ich gleich heiraten? Das macht mir Angst. Je fester etwas wird, umso mehr Angst macht es mir und nun bin ich schwanger und ...«

Dilara atmet schneller und Rodriguez sieht sie wieder besorgt an. »Okay, egal. Wir besprechen das später, du darfst dich nicht so aufregen, hörst du?« Sie nickt und Paco legt den Arm um seine Nichte.

»Ich freue mich wirklich, Prinzessin, und ich finde es unglaublich schön, dass mein Bruder vor mir Opa wird.« Dilara lacht leise und haut ihm leicht auf die Seite, während Rodriguez ihm einen bösen Blick zuwirft.

Während der gesamten Rückfahrt bekommt Dilara immer wieder Panik und sie reden auf sie ein. Das wird sicherlich nicht leicht in den nächsten Tagen, doch als sie bei ihnen ankommen, stehen Latizia und Melissa schon vor ihrem Haus. Sie alle werden das zusammen hinbekommen, wie immer, daran hat Paco keine Zweifel.

Sie gehen zu Rodriguez, Paco verabschiedet sich und geht seine Tasche holen, die er gestern schon gepackt hat. Er nimmt Bella und Lando in den Arm, die auch gleich zu seinem Bruder wollen. Paco ist froh, dass nun alle Aufmerksamkeit erst einmal von ihm weg ist, er braucht jetzt ein paar Tage, um herauszufinden, was genau los ist.

Mano wartet schon vor seinem Auto und Paco erzählt ihm auf dem Weg zum Flughafen die Neuigkeiten über Dilara.

Sobald er das beendet hat, sieht ihn sein bester Freund von der Seite an.

»Ich habe die Tage nichts gesagt, weil ich gesehen habe, wie du mit dir selbst kämpfst, Paco, doch jetzt sollte ich so langsam mal wissen, was du wirklich vorhast. Ich weiß ja, dass es kein Treffen oder neuen Deal gibt.«

Paco deutet auf das Fach beim Beifahrersessel, in das er den Zeitungsartikel gelegt hat, damit auch niemand ihn finden kann. Mano ist ruhig, während er sich das alles ansieht, zu ruhig, mehrere Minuten sagt er kein Wort, doch dann klappt er den Artikel wieder zu und flucht laut auf.

»Das kann nicht sein, Paco, wir haben ihn gesehen, wir alle haben ihn beerdigt, das muss ein bearbeitetes Bild, ein Trick, eine Falle, irgendetwas ...«

Paco nickt.

»Das denke ich auch und ich habe sogar kurz darüber nachgedacht, dem nicht nachzugehen, doch schon nach einer Nacht war mir klar, dass das nicht geht. Ich muss genau wissen, was es mit dem Bild auf sich hat, wer dahintersteckt. Ich bin davon ausgegangen, dass es ruhig in Kolumbien ist, nachdem Garcias und viele andere nicht mehr da sind, doch offenbar ist das nicht so. Ich muss wissen, wer das war, auch auf die Gefahr hin, dass uns wieder jemand versucht hereinzulegen.«

Mano nickt und Paco sieht seinem besten Freund in die Augen.

»Ich wollte, dass niemand das weiß, niemanden da hineinziehen. Es ist gefährlich und ich wollte das hier alleine machen, doch das ... wäre nicht gegangen. Ich hätte niemandem erklären können, wo ich plötzlich alleine hinmuss. Deswegen dachte ich, du machst dir ein paar schöne Tage in einem Hotel und ich fliege ...«

Mano verzieht das Gesicht.

»Das denkst du doch nicht wirklich, oder?«

Paco muss leise lachen. »Eigentlich nicht, aber ich musste dir das trotzdem anbieten.«

Er wird wieder ernst und hält auf dem Parkplatz des Flughafens. Er zieht seine Waffe aus dem Hosenbund, nimmt das Bild aus dem Schubfach und steckt seine Waffe dort hinein.

»Das kann böse werden da unten. Wir sind nicht als Familia da, wir fliegen als Touristen mit gefälschten Pässen dahin, wir leben in einem normalen Hotel und verhalten uns komplett unauffällig, bis wir heimlich in dieses Kloster kommen.«

Mano legt seine Waffe auch weg und schließt das Fach.

»Weißt du nicht mehr ... ich für dich, du für mich ... egal was kommt? Daran hat sich nie etwas geändert, auch die ganzen Jahre haben das nicht getan, also lass uns herausfinden, was da in Kolumbien los ist.«

Kapitel 10

»Sami, warte mal!«

Sami sieht zu Rodriguez, der in seinem Garten sitzt und mit Amalia frühstückt. Die Sonne ist gerade erst aufgegangen und die beiden sind die Einzigen im Haus, die schon wach sind.

Er wollte in der Nacht nur kurz nach Dilara sehen, nachdem er erfahren hat, dass es ihr nicht gut geht und sie schwanger ist. Musa wird auch heute früh ankommen, er weiß noch nichts davon, doch in ihrer Familia hat sich das sehr schnell herumgesprochen.

Sami hat gestern die ganze Zeit nach Banu Ausschau gehalten, er ist ganz Sierra abgefahren und war immer wieder an ihrem Haus, doch er hat sie nicht gefunden. Eigentlich wollte er sofort weitersuchen, wenn er kurz nach Dilara gesehen hat, doch seine Cousine hat bereits geschlafen, neben ihr hat auch Latizia in Dilaras großem Bett gelegen. Er wollte sich nur einen Moment ausruhen und wieder klar denken können.

Für sie alle sind ihre Cousinen immer ein gewisser Ruhepunkt in dieser verrückten Welt, Sami liebt Latizia und Dilara beide über alles, deswegen hat er sich schnell so sehr entspannt, dass er gerade eben neben den beiden aufgewacht ist. Er muss eingeschlafen sein.

Nachdem er sich leise frisch gemacht hat, wollte er jetzt gleich weitersuchen gehen. Er hat noch eine Idee, doch nun geht er erst einmal hinaus zu seinem Onkel an den gedeckten Frühstückstisch. Es ist kurz nach acht Uhr am Morgen und noch sehr ruhig in ihrem Gebiet.

»Morgen, ich muss gestern bei Dilara eingeschlafen sein.«

Rodriguez nickt und Sami nimmt Amalia auf seinen Arm, die gerade auf einem Brötchen herumkaut. »Habe ich gesehen und Leandro hat mir gestern noch erzählt, was los war. Hast du die Frau gefunden?« Rodriguez gießt ihm Kaffee ein und Sami nimmt sich ein Croissant. »Nein, ich werde sie gleich weitersuchen. Sie hat

Sierra wahrscheinlich verlassen. Sie ist drogenabhängig gemacht worden und wir haben gestern ihre Quelle zerstört, sie wird versuchen, sich irgendwo etwas Neues zu besorgen.«

Sein Onkel nickt und sieht ihn besorgt an. »Du weißt, dass du dafür nichts kannst. Dass wir nicht alles im Blick haben können, Sami. Ihr wusstet nicht, dass sich dieser Mann an ihr rächen wird und seine Wut an ihr auslässt. Wenn sie es nicht gewesen wäre, dann wäre es jemand anders gewesen. Deinem Vater, deinem Onkel und mir war es immer sehr wichtig, bei allem, was wir tun, fair zu Unschuldigen zu sein und sie so gut es geht zu schützen. Doch wir sind, was wir sind, und manche Dinge liegen nicht in unserer Macht. Wir können nicht überall sein und für jeden sorgen, das geht nicht und das musst du ganz schnell begreifen, sonst wird dich das früher oder später kaputtmachen.«

Leandro wird ihm alles gesagt haben und natürlich weiß Sami auch, dass sein Onkel recht hat. »Ich weiß, doch es … ich muss sie finden. Als sie mir gesagt hat, was die ihr angetan haben, konnte ich mir das kaum anhören. Ich habe gewusst, dass sie auch etwas damit zu tun hatte, doch ich habe mich nur um Nala gekümmert. Wir dürfen nicht nur auf die Frauen in unserer Familia aufpassen.«

Rodriguez nickt und trinkt seinen Kaffee. »Natürlich nicht, wir werden das auch noch einmal mit allen besprechen. Du magst sie, oder?« Sami wendet seinen Blick schneller ab, als er es sollte. »Ich möchte ihr helfen, zumindest jetzt endlich.« Amalia hat das Brötchen völlig zerquetscht und lacht vergnügt auf. »Aber denk daran, sie ist drogenabhängig, das ist nicht so einfach und es kann sein, dass sie deine Hilfe nicht will.«

Allein beim Gedanken, was Banu bereit ist zu tun, um an Drogen zu kommen, wird Sami ganz nervös und gibt Amalia an ihren Vater zurück, um endlich loszukommen. »Ich passe auf. Gib Dilara einen Kuss, ich komme später noch einmal vorbei.« Er weiß, dass seine Cousine ihre Schwangerschaft nicht so begeistert aufgenommen hat, wie sie sollte und er wird später mit ihr sprechen, doch zuerst muss er Banu finden.

92

Auf dem Weg ins Tijuas-Gebiet hält er noch einmal auf dem Hof von Banus Mutter. Sie kommt gerade aus dem Haus und wirft den Hühnern etwas auf den staubigen Boden. Als sie ihn sieht, schüttelt sie nur den Kopf und Sami fährt weiter.

Er hat Musa und Adán nicht erreichen können, sie werden auf dem Rückweg sein, deswegen währt er zum Haus von Diso, einem der nächsten Vertrauten Adáns. Dieser schläft natürlich noch, doch Sami klingelt ihn aus dem Schlaf und als er dann ziemlich müde vor ihm steht, kommt er auch recht schnell zur Sache.

»Wenn jemand unbedingt an Drogen rankommen muss, Heroin, Kokain, was auch immer, und er hat hier nichts bekommen, wohin geht er dann? Wo kommt man hier in der Nähe noch an Drogen heran?«

Diso kratzt sich seinen Lockenkopf und sieht ihm in die Augen. »Wir haben unseren Bestand fast völlig aufgebraucht, doch wenn du nicht ganz so etwas Hartes suchst, kann ich dir ...« Sami schüttelt den Kopf. »Nein, nicht für mich. Ich suche jemanden, der abhängig ist und die Person braucht höchstwahrscheinlich Drogen, harte Drogen, wo wird sie hingehen?«

Diso bekommt noch immer seine Augen kaum auf. »Sevilla, der Bahnhof. Dort ist der bekannteste Umschlagplatz für Drogen, man bekommt alles dort.« Stimmt, so etwas hat Sami auch schon mal gehört. »Danke. Grüß Adán später!« Er fährt sofort weiter.

Da sie nie viel mit dem Drogenhandel zu tun hatten und bei ihnen auch nur hin und wieder mal etwas geraucht wird, hat Sami nicht viele Erfahrungen mit dem ganzen Zeug oder wo man was bekommt. Er kennt die Dealer in Sierra, was in den anderen Städten vor sich geht, weiß er nicht genau, doch jetzt erinnert er sich auch, mal gehört zu haben, dass man richtig harte Drogen am besten am Hauptbahnhof in Sevilla bekommt.

Als er in Sevilla einfährt, sieht er sich bereits um, doch je näher er dem Bahnhof kommt, umso mehr hält er Ausschau nach Banu. An den Eingängen sitzen viele Obdachlose und einige Junkies. Sein

Magen rumort beim Gedanken daran, dass Banu eine von ihnen wird. Er möchte das verhindern, auch wenn er noch nicht genau weiß wie.

Sami parkt und geht in den Bahnhof hinein. Er zieht eine Sonnenbrille auf, in der Hoffnung, dass ihn nicht jeder sofort erkennt, hier in Sevilla kann er sich vielleicht etwas unauffälliger bewegen. Sami schreibt Nala und fragt, ob sie ein Bild von Banu hat und dass sie es ihm schicken soll, dann hält er Ausschau nach Dealern.

Zwischen all den Reisenden und den vielen Geschäften ist es nicht ganz so leicht. Sami holt sich etwas zu trinken und fährt in den ersten Stock, von dort hat er einen guten Überblick ins Erdgeschoss und beobachtet eine Weile alles.

Nala schickt ihm ein Bild von sich, Banu und noch einer Freundin. Sami erinnert sich an den Abend, als es gemacht wurde. Banu und die andere Freundin haben Nala abgeholt.

Sie ist Sami gleich aufgefallen, er fand Banu sofort anziehend, und als er jetzt auf das Bild blickt, weiß er auch wieder warum. Er zoomt in das Bild hinein und streicht mit seinem Daumen über ihr hübsches strahlendes Gesicht, ihre vollen Lippen, die dunklen Mandelaugen, die langen lockigen Haare, er erkennt deutlich, wie sehr Banu abgenommen hat. Jetzt wo er das Bild sieht, weiß er wieder, was ihm besonders gut an ihr gefallen hat: ihr Lächeln. Sie hat ein bildschönes Lächeln, sofort muss auch er schmunzeln, als er es wieder sieht und hofft, dass er es schaffen kann, dieses Lächeln wieder auf ihre schönen Lippen zu zaubern.

Sami steckt sein Handy weg und sieht weiter nach unten, es dauert auch nicht lange und er erkennt einen jungen Mann, zu dem immer wieder verschiedene Menschen gehen, mit ihm sprechen, ihm die Hand schütteln und dann wieder gehen. Der Mann läuft zwischen den Geschäften hin und her und sieht sich immer wieder um. Sami ist fündig geworden.

Er wirft seine Dose weg und fährt nach unten, den Mann immer im Auge behaltend. Als er dann bei ihm ist, ist auch gerade eine

Frau da, der er etwas zusteckt. Sami ist genau bei dem Mann, als die Frau sich entfernt und bevor der Mann reagieren kann, packt Sami ihn und drückt ihn in eine kleine Nische zwischen zwei Geschäften.

»Hallo, du bist ja schwer beschäftigt heute. Ich habe eine Frage und es ist wichtig, dass du sehr ehrlich zu mir bist.« Der Mann sieht Sami erschrocken an und Sami deutet auf die Waffe, die er in seinem Hosenbund hat. Der Mann sieht Sami ins Gesicht und scheint zu erkennen, wer er ist. »Natürlich ... ich will keinen Ärger, ich ...« Sami holt sein Handy heraus und zeigt ihm das Foto von Banu. »Hast du gestern oder heute diese Frau gesehen? Es ist wichtig!« Der Mann sieht sich das Bild an und nickt. »Ja, sie war gestern bei mir, sie hat sich etwas zum Spritzen gekauft und ist dann weggegangen. Ich habe sie das erste Mal gesehen.«

Sami flucht leise auf und lässt den Mann los. Die Fallaras haben ihr immer eine eigene Mischung gespritzt, wer weiß, wie Banu jetzt auf diese Drogen reagiert. Sevilla ist groß, sie hatte ja noch das Geld, was sie durch die Pillen eingenommen hatte, als er sie erwischt hat. Sie wird das Geld benutzt haben, vielleicht hat sie sich ein Zimmer in einem kleinen Motel genommen oder ist sonst irgendwo untergekommen. Er sieht zu dem Mann.

»Wenn sie süchtig ist und bei der Menge, die du ihr verkauft hast, wann müsste sie wieder herkommen?« Der Mann zuckt die Schulter. »Ich hatte gestern nicht mehr viel, es kommt drauf an, wie lange sie schon süchtig ist, wie lange das Zeug bei ihr wirkt ...« Dieser Dealer ist der Letzte mit dem Sami über all das sprechen möchte, doch er muss es tun, er kennt sich zu wenig aus. »Sie nimmt das erst seit einigen Wochen. Vielleicht einen Monat.«

Der Dealer sieht auf seine Uhr. »Dann wird sie heute sicherlich noch Nachschlag holen, ich habe aber nicht mehr viel und wollte heute auch ...« Sami unterbricht ihn. »Du wartest auf sie. Ich gehe in mein Auto und beobachte dich und sobald sie auftaucht, übernehme ich.«

Der Dealer sieht nicht begeistert aus, aber es ist nicht so, als würde Sami ihm eine Wahl lassen. Wenn er eine Chance hat, Banu schnell zu finden, dann so. Zumindest hofft er das. Wie er es gesagt hat, setzt sich Sami zurück in sein Auto und der Dealer platziert sich so an einem Eingang des Bahnhofes, dass Sami ihn gut im Blick hat. Während er dort wartet, telefoniert er mit Leandro und Miguel und bespricht ihre nächsten Termine. Er hätte heute Abend einen am Hafen, doch den übernimmt sein Bruder für ihn. Sami sagt ihnen nur, dass er in Sevilla etwas zu erledigen hat, sie werden aber sicherlich wissen, dass er auf der Suche nach Banu ist.

Sami lehnt sich zurück, er fragt nach, wie es Dilara geht und erfährt, dass Musa zurück und bei ihr ist. Er scheint sich sehr über die Schwangerschaft zu freuen, Dilara hat sich wohl noch nicht so ganz an den Gedanken gewöhnt. Als er die Gespräche beendet hat, beobachtet er eine Weile den Dealer, immer wieder kommen Leute zu ihm und nicht nur irgendwelche offensichtlich Abhängigen. Es sind Geschäftsmänner, junge Leute, Mütter, es ist unglaublich, wie viel unterschiedliche Leute sich bei ihm ihren Stoff besorgen.

Es wird später und später. Irgendwann besorgt Sami sich etwas zu essen und nachdem er das aufgegessen hat, entdeckt er endlich die dunkelhaarige Schönheit aus Sierra wieder, die mit unsicheren Schritten und verschränkten Armen auf den Dealer zugeht. Sie kommt aus dem Bahnhof, vielleicht hat sie ihn dort gesucht. Als sie jetzt zu ihm geht, blickt dieser unsicher zu seinem Auto, er steigt langsam aus. Er will Banu nicht wieder verlieren.

Der Mann spricht mit Banu, sie hält ihm Geld hin und er gibt ihr etwas, da erreicht Sami die beiden und nimmt Banu den kleinen Beutel aus der Hand. »Ich habe dich gesucht.« Sie zuckt erschrocken zusammen, als er neben ihr steht und erst da sieht er, dass sie noch blasser ist und zittert. Die Wirkung der Droge lässt offenbar nach und ihr Körper verlangt nach mehr. Es scheint sie gar nicht zu interessieren, dass er hier ist. Sie starrt auf die Tüte in seiner Hand.

»Gib mir das! Ich habe dafür bezahlt. Ich habe kein Geld mehr, ich ...« Sami deutet zu seinem Wagen. »Steig ein!« Der Dealer verschwindet schnell. Banu folgt ihm zum Wagen und steigt auf dem Beifahrerplatz ein.

»Was soll das, Sami, gib mir das. Ich brauche es.« Sie hält ihre Hand auf. Sami wendet sich zu ihr um und sieht ihr in die Augen. »Nein, das brauchst du nicht. Ich suche dich die ganze Zeit. Ich will dir helfen.«

Banu sieht ihm in die Augen, nachdem er seine Sonnenbrille abgenommen hat und lacht leise auf. »Ich habe dich nicht um Hilfe gebeten, gib mir die Drogen und fahre zurück nach Sierra. Hilf lieber den Frauen aus deiner Familia und lass mich machen, was ich will.« Sami schüttelt den Kopf. »Nein, wir hätten damals auch auf dich aufpassen sollen und das werde ich jetzt tun.«

Banu wird ungeduldig. »Ich möchte aber keine Hilfe von dir.« Sie schreit ihn an, Sami nimmt die Tüte mit dem Pulver und will das Fenster öffnen, um das Pulver auszuschütten, doch schneller als er reagieren kann, sitzt plötzlich Banu auf seinem Schoß.

»Nein, nein .... tu das nicht.« Ihre Stimme ist leise und zitterig. Sie presst sich an seinen Unterleib, sie trägt nur ein weißes Sommerkleid, sogar durch den Stoff seiner Shorts spürt er ihre zarte Unterhose. Banus Hände greifen in seine Haare und Sami sieht ihr in die Augen.

»Was muss ich tun, um die Drogen zu bekommen, Sami? Du bist doch wie die anderen Männer ...« Auch wenn man Banu ansieht, wie fertig sie ist, duftet sie wie frisch gewaschene Wäsche mit einem Hauch von Jasmin, der Duft hat etwas ganz Eigenes und Sami kann nicht verhindern, dass sein Körper reagiert, dafür hat er viel zu oft in letzter Zeit an diese Schönheit auf seinem Schoß denken müssen.

Ihre Lippen fahren seinen Hals entlang.

»Was willst du, Sami? Denkst du, ich habe in deinen Augen nicht erkannt, dass du mich willst? Von Anfang an?«

Sie reibt sich stärker an seinem Unterleib, ihre Lippen fahren zu seinen hoch und sie küsst ihn so fordernd, dass es Sami einen Moment wirklich aus der Fassung bringt. Verdammt, sie hat recht. Er will sie, das wollte er von Anfang an.

Er küsst sie zurück, genießt ihren süßen Geschmack, spürt ihren sexy Körper und inhaliert ihren Duft, bis er sie zittern spürt und laut fluchend den Kuss beendet.

»Du hast recht, Banu, ich will und wollte dich von Anfang an, doch nicht so. Niemals so. Ich werde dir helfen, du kannst mir nicht erzählen, dass du so weiterleben möchtest.« Banus Atem geht schneller, ihre Nasenspitzen berühren sich fast und sie sehen sich in die Augen und da erkennt Sami, wie stark ihre Schmerzen sein müssen.

»Ich versuche es, ich versuche es wirklich, doch es tut so weh. Bitte Sami, gib mir das. Ich brauche es dringend und dann ...« Sami hält die Tüte hoch. »Ich gebe dir das hier und das ist das letzte Mal. Danach finden wir eine Lösung, wie ich dir helfen kann, okay?« Er weiß, dass er ihr helfen muss, doch er spürt ihr Zittern und sieht ihre Schmerzen, er wird das nicht von einer zur anderen Sekunde schaffen. Sie nickt.

Sami gibt ihr die Drogen und flucht, als sie sich nach hinten setzt. Er hört, wie sie anfängt etwas vorzubereiten und egal, wie sehr sie auf Entzug ist und wie sehr ihr Körper danach verlangt, sie hält kurz ein.

Sami sieht in den Rückspiegel und genau in ihre Augen, aus der sich eine Träne löst. »Kannst du so lange rausgehen? Ich möchte nicht, dass du mich so siehst.« Sami erwidert ihren Blick. »Das haben doch sicher schon einige gesehen.« Sie nickt, doch sieht ihn bittend an. »Aber ich möchte nicht, dass du mich dabei siehst ... bitte. Ich schäme mich.«

Sami erwidert ihren Blick noch einige Sekunden, dann steigt er aus und lehnt sich an das Auto.

Die nächsten Minuten sind wirklich schwer für ihn, ihm wird klar, dass seine Sorge um Banu nicht einfach nur die Folge eines schlechten Gewissens ist. Da ist mehr, das spürt er und so wie sie ihn angesehen hat, spürt auch sie das.

Er hält es kaum aus, vor dem Auto zu bleiben und zu wissen, was sie da tut, doch er weiß, dass er ihr nicht so schnell helfen kann, nicht hier und jetzt.

Nach einigen Minuten steigt Sami auch nach hinten ein.

Banu lehnt entspannt an den weichen Lederbezügen und lächelt, als er sich neben sie setzt. »Danke.« Sami flucht. Er greift nach dem Zeug, Spritzen, Feuerzeug und allem anderen und steigt wieder aus. Er schmeißt alles in den nächsten Müll, dann setzt er sich neben sie und sie sieht ihn wortlos aus ihren großen Augen an.

»Du solltest versuchen, dich zu entspannen.« Banu lächelt und sieht ihm weiter in die Augen. »Wie soll ich das tun? Mir auch so eine Spritze reinjagen?«

Banu zieht die Augenbrauen zusammen, langsam, ihr Körper ist langsam. »Nein. Probier's mal mit Gemütlichkeit, mit Ruhe und Gemütlichkeit ...« Sie summt ein Lied und muss leise lachen, während Sami nur den Kopf schüttelt. »Du bist wie Mogli, der immer Fragen stellt. Du bist Mogli und ich bin Balu.« Sie lacht und schließt die Augen.

Eine Weile sagt niemand etwas. Sami sieht sie an, jeden Millimeter ihres hübschen Gesichtes. Er bemerkt ein kleines Muttermal an ihrem Kinn. »Ich wünschte, du hättest mich nie so gesehen.« Von einer auf die nächste Sekunde beginnt Banu zu weinen. Er weiß nicht, was die Drogen genau bei ihr bewirken, doch auch wenn sie nun entspannter wirkt, kommen plötzlich ihre wahren Emotionen hervor.

Sie sieht weg und weint, sodass sie erneut zu zittern beginnt.

»Es ist so schwer. Ich möchte nicht so leben, da hast du vollkommen recht. Jedes Mal sage ich mir, dass ich das schaffe. Gerade auch. Ich habe versucht, meinen Körper zu besiegen und bin im

Hotel geblieben, bis ich nicht mehr konnte. Doch irgendwann sind die Schmerzen so stark, dass ich es einfach nicht mehr aushalte, aber denke nicht, dass ich das will.«

Sami streicht mit seiner Hand über ihren Rücken und in dem Moment wendet sie sich zu ihm um und er nimmt sie in den Arm.

»Das wirst du nicht alleine schaffen, Banu. Ich helfe dir. Ich kennen mich zu wenig aus, ich weiß noch nicht, wie wir das machen, doch ich bin da und ich helfe dir, du musst mir nur vertrauen.«

Banu weint und zittert. Er spürt, wie erschöpft und schwach ihr Körper ist. Er wird alles tun, damit sie wieder völlig gesund wird. Während er sie fester an sich zieht, schließt er einen Moment die Augen und ist dankbar, dass sie ihn nicht von sich stößt.

Als sie sich dann von ihm löst und müde aus ihren braunen Mandelaugen ansieht, liegt darin Angst. Wenn sie von alleine probiert hat aufzuhören, weiß sie, dass es auch dieses Mal schwer und schmerzhaft wird.

»Warum tust du das? Ich bin ... kaputt, Sami, und das sage ich nicht nur so daher. Das, was diese Männer mit mir gemacht haben ... nicht nur, dass sie mich zu einem Junkie gemacht haben ... ich bin nicht einmal mehr wert, dass man sich nach mir umblickt. Du solltest dich nicht ...«

Sami hält ihrem Blick stand. Er holt sein Handy heraus und zeigt ihr das Bild, was nur kurz vor dem Tag, der alles für Banu geändert hat, aufgenommen wurde. »Ich möchte dich wieder so strahlen sehen.«

Als sie auf das Bild sieht, lächelt Banu, auch wenn ihr noch immer Tränen aus den Augen tropfen.

»Hilfst du mir, wieder diese Frau zu werden? Ich habe Angst, dass ich das nie wieder sein kann.«

Sami steckt das Handy wieder ein.

»Du kannst sogar noch viel mehr sein und ich werde dir dabei helfen, dass du bald wieder so strahlen kannst.«

Kapitel 11

»Dieses Land ist verflucht für uns.«

Mano lacht und zieht die Tasche heraus, die sie im Hotel zusammengepackt haben. Paco sieht auf die steinige Straße vor ihnen. Sie haben keine Chance, dort mit den Autos weiterzukommen. Sie müssen zu Fuß weiter und sie müssen sicherlich noch über eine Stunde den Berg hinauf, um so weit oben zu sein, dass sie das Kloster einsehen können.

Sie sind gestern angekommen und haben sich in ein kleines unauffälliges Hotel in der Nähe des Klosters eingemietet. In der Nähe des Klosters ist gut, auch von da ist es noch einmal fast eine Autostunde, das Kloster liegt sehr weit abseits von allem, nur vereinzelte Farmen liegen auf dem Weg und ein paar Fabriken. Erst nachdem sie sich im Internet in der Gegend umgesehen haben, haben sie festgestellt, dass sie von diesem Berg aus einen guten Einblick in das Kloster haben können. Sofern sie dort hinaufkommen. Allerdings wird der Berg von Wanderern empfohlen, also haben es schon Menschen hier heraufgeschafft, wieso sollten sie es nicht schaffen? Es reicht ihnen, bis zur Hälfte hinaufzukommen.

Paco ist noch nie so unterwegs gewesen: mit falschen Papieren, ohne Waffen, nur mit Bargeld. Sie haben es gerade mal so geschafft, ein Auto zu mieten, da sie vergessen hatten, einen Führerschein zu fälschen, doch einige hundert Dollar mehr haben das Problem gelöst. Auf dem Flug hat Paco geschlafen und nicht weiter darüber nachgedacht, wie sie nun vorgehen, doch als sie gelandet sind, hatte Mano schon einen Plan erstellt.

Sie haben nicht die Möglichkeit, einfach in das Kloster einzufallen und das wäre auch nicht das Klügste, wenn sie wirklich erfahren wollen, was los ist. Mano wollte, dass sie sich einen Überblick über die gesamte Situation dort verschaffen und das geht am besten von diesem Berg aus, deswegen sind sie direkt nach Sonnenaufgang losgefahren. Paco war froh, dass sie ein ganzes Stück mit dem Auto hochfahren konnten, doch hier ist offenbar Schluss.

Auch wenn es ungewohnt ist, hatten sie gestern richtig Spaß dabei, sich eine Tasche, Ferngläser, Proviant und einiges mehr zu besorgen, was sie jetzt brauchen werden. Mano scheint besonders motiviert zu sein. Sie haben beide lange Hosen an, falls sie auf Schlangen treffen, hier ist es zwar sehr schwül, aber nicht ganz so heiß wie in Puerto Rico, zumindest zur Zeit nicht und es sollte mit langen Hosen auszuhalten sein.

Paco folgt Mano und zieht sein Handy heraus. Natürlich haben sie hier auch keinen Handyempfang, wie sollte es auch anders sein. Paco hasst dieses Land einfach, auch wenn sie, seit sie wieder hier sind, nur freundlich begrüßt wurden und sie auch schöne Seiten Kolumbiens gesehen haben, Paco kann diese Gefühle nicht unterdrücken, nicht nachdem, was ihnen passiert ist.

»Weißt du noch, als wir mal in Chile auf einen Berg gewandert sind, weil Chico gehört hatte, dort gäbe es eine ganz besondere Bar?« Paco muss lachen, als er an diesen katastrophalen Nachmittag denkt. »Da waren wir nicht so gut ausgestattet wie heute.« Paco holt Mano ein und sie laufen nebeneinander einen Wanderweg nach oben. »Aber wir waren nur so schnell oben und dann wieder unten, weil uns die Wut auf Chico angetrieben hat, nachdem wir festgestellt haben, die tolle Bar existiert schon eine Weile nicht mehr.« Paco wollte ihn damals umbringen.

Er sieht sich immer wieder um, doch offenbar sind sie die Einzigen hier. Sie laufen durch kleine Waldabschnitte und immer wieder stehen sie an Abhängen, von denen sie hinuntersehen können. Bis sie allerdings so weit oben sind, dass sie komplett auf den Hof des Klosters sehen können, was in einem engen Tal liegt, laufen sie wirklich knapp eine Stunde. Auch wenn sie beide durchtrainiert sind, atmen sie tief ein und aus, als sie sich endlich an einer Stelle auf einer kleinen Ausbuchtung des Berges setzen und sich an einen Stein lehnen. Die Fläche ist nicht sehr groß, doch sie können bequem sitzen, haben unten alles im Blick und sehen es auch, wenn jemand den Berg heraufkommt.

Mano holt gleich ihre Getränke und die belegten Brötchen heraus, die sie sich heute aus dem Hotel mitgenommen haben. Paco stellt das Fernglas richtig ein und sie können wirklich den kompletten Hof des Klosters überblicken.

Der Hof ist leer, es gibt verschiedene Felder, einige Bäume, überall Bänke, einen Brunnen, es ist bereits kurz nach zehn Uhr und trotzdem ist noch kein Mensch auf dem Hof zu sehen. Paco dachte immer, die Geistlichen stehen sehr früh auf, sogar noch vor dem Sonnenaufgang, deswegen waren sie auch so früh schon unterwegs.

Er lehnt sich zurück und atmet tief ein, trinkt etwas und isst ein Brötchen, als sein bester Freund leise zu sprechen beginnt. Er weiß, wie schwer all das hier für Paco ist.

»Ich habe über die Worte des Padre nachgedacht, ganz unrecht hat er nicht, wir haben nie komplett überprüfen lassen, ob das Ramon war.« Paco wendet sich Mano zu, der nun auch mit dem Fernglas nach unten sieht. »Wir haben ihn gesehen, du warst dabei. Ich meine, natürlich war das Gesicht entstellt, doch man konnte trotzdem Ramon erkennen, er hatte seine Sachen an, seinen Schmuck, seine Tattoos. Glaube mir, wenn es einen Zweifel gegeben hätte, hätten wir das gemerkt.«

Mano legt das Fernglas weg, auch von so weit oben sehen sie, wenn sich etwas tut, nur um Genaueres zu erkennen, brauchen sie das Fernglas. »Ich weiß, nur … wir waren alle vielleicht gar nicht in der Lage, Zweifel zu haben, überlege doch mal, in was für einer Situation wir waren. Ich meine, im Grunde weiß ich auch, dass wir Ramon beerdigt haben, aber das Bild … es sah echt aus.« Nur weil Paco dieses Bild auch nicht einfach übergehen konnte, sitzen sie jetzt hier. »Deswegen müssen wir ja auch herausfinden, was los ist.«

Es dauert noch eine halbe Stunde, bis endlich etwas auf dem Hof passiert. Ein Auto kommt, ein Lieferwagen. Zwei Mönche in langen braunen Gewändern betreten den Hof und empfangen den Wagen. Sie sind beide älter, mit den Ferngläsern können sie ihre Gesichter genau erkennen. Sie begrüßen den Fahrer freudig, der ihnen mehrere Körbe mit verschiedenen Lebensmitteln und anderen Sachen hinstellt. Eine ganze Weile stehen die drei auf dem Hof und sprechen miteinander, nach und nach kommen weitere Mönche auf den Hof, Paco behält alle im Auge, sieht jedem einzelnen ins Gesicht. Sie arbeiten an den Feldern, setzen sich auf die Bänke und sprechen miteinander oder lesen in einem Buch, bei dem Paco nicht lange überlegen muss, welches es sein könnte.

Der Mittag bricht an, es wird heißer, auch wenn sie durch den Wald schattig sitzen, spüren sie die Hitze. Sie sitzen schon mehrere Stunden hier und während sich Paco langsam fragt, ob die Idee wirklich so gut war, kommen zwei Männer auf den Hof. Nicht alle tragen hier die langen braunen Gewänder, manche auch schwarze oder weiße, einige nur einen leichten Kittel und zwei hatten auch nur weiße Leinenhosen und Hemden an. Genau wie einer der Männer da unten, der andere trägt einen weißen Kittel.

»Paco!« Mano deutet ihm, sich die Männer genau anzusehen. Paco sieht in das Gesicht des Mannes, nimmt das Fernglas wieder herunter, atmet ein und sieht dann noch einmal hin. Sein Herz droht zu platzen, Paco hat das Gefühl, jemand schnürt ihm die Kehle zu, als er in Ramons Gesicht sieht, der sich mit einem anderen Mann unterhält. »Was zur Hölle ist das?«

Paco steht auf, blitzschnell, er hört wie pfeifend sein Atem geht. Er hat so viel erlebt in seinem Leben, wie kann ihn noch etwas so aus der Bahn werfen? Doch als er erneut in das Fernglas sieht und genau in dem Moment dieser Mann, der aussieht wie Ramon, zu lachen beginnt, weiß Paco, dass das da unten sein Bruder ist, er würde ihn immer wieder erkennen.

Mano flucht auch auf. »Wie kann das sein?« Paco sieht sich noch einmal auf dem Hof um und packt alles ein. »Das werden wir jetzt herausfinden!«

Paco ist viel zu aufgebracht, um noch eine Sekunde länger zu warten, aufgebracht drückt nicht einmal annähernd aus, was er in diesem Moment empfindet. Als er Ramon tot vorgefunden hat, ist etwas in ihm gestorben, ihn jetzt gerade lachend auf diesem Hof erkannt zu haben, lässt ihn an allem zweifeln, woran er jemals geglaubt hat. Er hat das Gefühl, seinen Verstand zu verlieren und dass er wirklich nur ganz kurz davor ist, merkt er erst, als er schon fast am Auto angekommen ist. Erst dort gelingt es Mano, ihn einzuholen und er versucht, ihn völlig außer Puste zu stoppen.

»Paco, verdammt! Ich meine, ich verstehe das ja, aber warte ...« Sein bester Freund atmet hektisch ein und aus und hält Paco am Arm zurück, zumindest probiert er es. In der Nähe von der Stelle, wo sie den Wagen abgestellt haben, stehen mehrere weiße Autos, die offenbar zu Waldarbeitern gehören. Zwei sind gerade an ihnen vorbei in den Wald gegangen. Paco sieht, dass die Autos offen stehen und einiges an Werkzeug darin liegt. Er ignoriert Mano.

»Lass uns genau überlegen, was wir jetzt machen, vielleicht sollten wir ...« Paco greift sich eine Axt, da er hier ja keine Waffe hat und geht zu ihrem Mietwagen. »Ich werde nicht eine Minute länger warten.« Mano steigt neben ihm ein. Wenn es neben seinen Brüdern und seiner Frau einen Menschen gibt, der ihn in- und auswendig kennt, dann Mano. Er kennt ihn, er weiß, dass er jetzt nicht mehr aufzuhalten ist. »Versuche, dich wenigstens ein wenig zu beruhigen. Soll ich jemanden anrufen?« Paco rast in Richtung des Klosters. »Noch nicht, ich muss erst ganz genau wissen, dass ... ich nicht den Verstand verliere.« Er hat ihn gesehen und trotzdem kann er es nicht glauben. Sein Verstand will diesen Gedanken nicht zulassen.

Das Auto rast genau wie seine Gedanken, zum Glück begegnen sie niemandem mehr. Er hält genau vor den Toren des Klosters, was von hohen Mauern eingeschlossen und mit einer dicken Holztür verschlossen ist. Er schlägt mit seiner Axt gegen die Tür, laut und deutlich. Hier sieht es aus, als wäre die Zeit stehengeblieben und als er statt einer Klingel eine große Glocke entdeckt, an der man ziehen muss, zieht er so oft und so kräftig daran, dass Mano ihn mahnend ansieht.

»Beruhige dich, auch wenn wir nicht wissen, was hier genau passiert ist, sind das alles vielleicht auch nur einfache Männer Gottes, die mit alldem nichts zu tun haben.« Paco weiß, dass er recht hat, doch alles in ihm ist am Brodeln. Als ihm einige Minuten später die dicke Holztür geöffnet wird und ein alter grauhaariger Mann ihnen überrascht ins Gesicht sieht, kann er sich trotzdem nicht zurückhalten. Er drängt sich an dem Mann vorbei, bevor dieser überhaupt etwas sagen oder fragen kann und verschafft sich so Zutritt zum Kloster.

»Sie haben Besuch!«

Paco achtet nicht auf den alten Mann, zu dem Mano einiges sagt, er geht auf den Hof, der jetzt in der Mittagshitze wieder komplett leer ist. »Ramon!« Paco ruft mit all der Kraft, die er aufbringen kann, gegen die hohen Steinmauern an. »Ramon!« Die Stimmen hinter ihm verstummen. Zwei Männer sehen aus Fenstern im ersten Stock, doch Paco ignoriert auch sie.

»Ramon!« Paco spürt, wie seine Hände, die krampfhaft die Axt umfassen, als würde jemand ihn angreifen wollen, zu zittern beginnen und seine Stimme heiserer wird. »Sie sind wegen Jona hier, nicht wahr?« Einige Männer kommen aus verschiedenen Türen des Klosters, um nachzusehen, was auf dem Hof los ist und sehen verschreckt zu Paco, der mit der Axt mitten im Hof steht.

Paco dreht sich zu dem alten Mann um, der ihnen die Tür geöffnet hat und nun hinter ihn getreten ist. »Ich bin wegen meinem Bruder hier. Ramon.« Der alte Mann lächelt. »Ich habe die Ähnlichkeit zwischen Ihnen sofort erkannt, wir kannten seinen Namen nicht und haben ihn nach einer gewissen Zeit nach dem Propheten Jona benannt, weil auch er immer wieder Zweifel hatte und viele

Fragen gestellt hat. Ich weiß nicht, was genau Sie wissen, aber der Mann, der zu uns gekommen ist, Ramon, wie Sie sagen, weiß nicht, wer er ist. Er hat bei einem Unfall sein Gedächtnis verloren und hat hier quasi ein neues Leben angefangen. Hin und wieder kommen Fetzen seiner Erinnerungen hoch, wie Sierra oder Namen, er hat bei der letzten therapeutischen Sitzung von einem Miguel gesprochen, doch er erinnert sich nicht, nicht mehr bewusst. Das sollten Sie ...«

Paco erkennt in Manos Gesicht den Moment, wo der Mann, den sie für Ramon halten, auf den Hof tritt. Da er den alten Mann ansieht, hinter dem Mano steht, bemerkt er sofort, als sein bester Freund blass wird und sich bekreuzigt. Paco dreht sich um und sieht seinem ältesten Bruder in die Augen.

Kapitel 12

Manchmal werden Sekunden zu Stunden und umgekehrt, manchmal hört für wenige Augenblicke die Welt auf sich zu drehen und man hat keine Kraft, einen weiteren Atemzug zu nehmen. Genau das passiert in diesem Moment.

Paco weiß nicht, wie lange er Ramon ansieht, alles um sie herum ist völlig still. Paco sieht in das ihm so vertraute Gesicht, in die dunklen Augen, die auf Paco liegen, als wäre er wieder der kleine Bruder, der tadelnd von seinem großen Bruder angesehen wird, er kann das einfach nicht begreifen.

Paco lässt die Axt fallen. »Wie kann das sein?« Ramon erfasst blitzschnell, dass er die Axt hat fallen lassen, er sieht, wie schnell seine Augen das erfassen, eine Schnelligkeit, für die Ramon immer bekannt war. Paco geht zu ihm, auch wenn er genau erkennt, dass Ramon nicht weiß, was hier gerade passiert.

Ohne zu zögern geht er zu seinem Bruder, er berührt ihn, er ist warm, seine Haut hat noch mehr Farbe als früher. Er muss an den Moment denken, wo er seine graue, leicht blaue kalte Haut berührt hat, als sie ihn gefunden haben. »Wie kann das sein?« Selbst als er ihn berührt, kann er es noch nicht glauben, er nimmt Ramons Arm in seine Hand und obwohl der ihn unsicher ansieht, lässt er ihn machen.

Er zieht das Hemd so hoch, dass er die Tattoos sieht, schiebt es hoch, um das Tattoo auf dem Rücken zu sehen, sieht auf den Oberarm, wo die Geburtsdaten und das Hochzeitsdatum mit Jennifer in römischen Zahlen verewigt sind. »Das kann nicht sein!« Als er dann das Hemd so hochzieht, dass er die Narbe an seiner Leiste sehen kann, die er von einer schlimmen Messerverletzung behalten hat, weicht Paco zurück und flucht laut auf, sodass alle anderen und auch Ramon sich bekreuzigen.

»Was zur Hölle habt ihr gemacht, was ist hier los? Ramon, was tust du hier? Wir haben dich begraben, wir haben … deine Kinder, Jennifer, hast du uns alle verarscht? Was … wie hast du das getan?«

Ramon sieht auf ihn hinab, als wäre er ein verrückter Fremder. Auch wenn Paco so aufgebracht ist, dass er kaum klar denken kann, bricht das sein Herz ein weiteres Mal; er erkennt ihn nicht, er hat keine Ahnung, wer er ist.

»Ich weiß nicht, wovon du sprichst.«

Seine Stimme … Paco hat das Gefühl durchzudrehen. Er versteht, wieso ihn alle ansehen, als würde er den Verstand verlieren, er tut es und keiner wird verstehen können, was er gerade fühlt. Ein Mann tritt zu Ramon und klopft ihm leicht auf die Schulter. »Das ist keine leichte Situation, vielleicht ist es besser, wenn wir uns alle in meine Büroräume zurückziehen und das in Ruhe besprechen. Komm, Jona, wir haben besprochen, dass so etwas passieren kann.«

Mano tritt neben Paco und deutet ihm mitzukommen, doch Paco bleibt stehen. »Sein Name ist Ramon.« Der Mann und Ramon gehen einfach weiter. Mano, der wie Paco aussieht, als hätte er einen Geist gesehen, folgt den Männern und Paco flucht noch einmal auf, was wieder alle Männer auf dem Hof sich bekreuzigen lässt, und folgt den anderen dann. Was hat er für eine andere Wahl?

Sie gehen eine alte Treppe hoch und bevor Paco den anderen aber in einen Raum folgt, atmet er noch einmal durch, er traut niemandem mehr, weder den Mönchen, noch seinem Verstand oder seinem Körper. Als er dann in das Büro tritt, das ganz schlicht mit einem alten großen Holztisch, einem goldenen Kreuz an der Wand und vielen Bücherregalen ausgestattet ist, sitzen alle bereits. Der ältere Mann hinter dem Schreibtisch, Ramon schräg daneben und Mano vor ihm. Paco setzt sich neben Mano und sieht seinen Bruder an, er kann es nicht begreifen. Der ältere Mann fragt, was genau passiert ist, und da Paco weder denken noch reden kann, beginnt Mano zu erzählen.

Er erklärt, wer sie sind, woher sie kommen und was sie darstellen und ein klein wenig von ihrem Leben in Sierra. Dann erzählt er von dem Hinterhalt und ihrer Gefangenschaft, wie Ramon weggebracht wurde, um ins Krankenhaus zu kommen, ihrer Befreiung und wie sie Ramon tot in einem kleinen Raum gefunden haben.

Ramon und der alte Mann hören Mano genau zu, während Paco nicht aufhören kann, Ramon anzusehen. Als Mano endlich fertig ist, kommt ein anderer Mann im braunen Gewand herein und bringt ihnen allen Wasser, Brot, Schinken und Oliven.

»Das erklärt natürlich Ihre Verwunderung. Leider kann ich Ihnen auch nicht sagen, wie das alles passiert ist. Wie ich es meinem alten Freund, dem Padre ihrer Stadt, schon gesagt habe, haben wir vor zwei Jahren einen Anruf des Krankenhauses einige Städte weiter bekommen. Jona oder Ramon lag da schon mehrere Wochen. Er hatte einen schweren Unfall, der Fahrer des Autos, in dem er saß, ist gestorben und sie haben auch Ihren Bruder fast verloren. Er wurde in ein künstliches Koma gelegt und sein Körper hat sich erholt. Als er wieder wach wurde, kannte er nicht einmal seinen Namen. Die Ärzte haben etwas abgewartet, doch als sie gemerkt haben, dass die Erinnerungen nicht so schnell wiederkommen werden, haben sie uns verständigt und wir haben ihn abgeholt, seitdem ist er hier. Er hilft uns und hat alle Zeit der Welt, seine Erinnerungen wiederzuerlangen. Die Ärzte sind sich sicher, dass diese wiederkommen werden, aber nicht, wie lange das dauern kann. Vor Kurzem ist ein neuer Padre zu uns gekommen, der früher als Psychologe gearbeitet hat und sich Jona angenommen hat. Durch ihn sind diese ersten Erinnerungen hochgekommen und sicherlich wäre das mit der Zeit noch mehr geworden, doch nun haben Sie ihn ja gefunden.«

Seitdem Mano seine Erklärung beendet hat, ist es nun Ramon, der sie abschätzig ansieht. Paco versucht sich zusammenzunehmen, während der alte Mann aufsteht und zu einem Aktenschrank geht.

Paco sieht Ramon in die Augen und geht zu ihm. Er holt sein Handy heraus und öffnet die Fotogallerie. Es dauert ein wenig, bis er Bilder von Ramon findet, da die letzten zwei Jahre nichts Aktuelles dazugekommen ist, doch dann zeigt er ihm Bilder, Ramon mit seinen Söhnen, mit Rodriguez und ihm, von ihren Eltern, von Jennifer, der Familia. Ramon nimmt Paco das Handy aus der Hand und sieht sich die Bilder an, bei seinen Söhnen streicht er mit dem Daumen über das Bild, doch er schüttelt den Kopf und sieht Paco entschuldigend an. »Ich strenge mich an, doch ich erinnere mich nicht. Mein Kopf ... ich habe das Gefühl, er platzt gleich.«

Der Padre nickt und sieht zu Ramon. »Leg dich hin und ruhe dich aus, ich komme später noch einmal und wir reden in Ruhe.« Ramon steht auf und sieht Paco noch einmal entschuldigend an, dann geht er einfach wieder aus dem Raum. »Nein, warte. Ramon!« Auch Paco steht auf, doch Ramon schließt die Tür. Der alte Mann deutet Paco, ihn gehen zu lassen. »Wenn er sich zu sehr anstrengt, bekommt er starke Kopfschmerzen, das ist leider immer so. Glauben Sie mir, auch er hat oft nach Antworten gesucht. Es ist für keinen Menschen leicht, aufzuwachen und nicht einmal zu wissen, wie man heißt, doch sein Körper steckt ihm Grenzen und für heute war das ziemlich viel.«

Paco sieht den Mann wütend an. »Und was denken Sie jetzt? Das ich meinen Bruder einfach hierlasse? Ich bin hier, um ihn nach Hause zu holen. Ich weiß noch nicht einmal, wie ich das allen anderen erklären soll. Ich selbst habe noch das Gefühl, in einem Traum festzustecken. Seine Söhne, seine Frau, unsere Eltern, sie alle trauern noch immer um ihn. Wenn ich das meiner Mutter sage, kann es gut sein, dass ihr Herz das nicht mehr mitmacht. Ich verstehe, dass Sie das alles nicht zu kümmern hat, doch was denken Sie, was wir jetzt hier tun werden? Ihn hierlassen?«

Der Padre sieht ihm in die Augen. »Ich kann mir vorstellen, wie schwer das für Sie alle ist, keiner hier wusste, woher er kommt und wie man ihm helfen kann. Hätten wir das Tattoo auf seinem Rücken, was sie vorhin entblößt haben, vorher gesehen, hätten wir etwas geahnt, doch hier hat jeder seine Privatsphäre und außer den Tätowierungen am Arm haben wir das alles nicht gesehen.«

Der Mann öffnet einen Ordner und reicht ihnen einige Dokumente. Darin sind Polizeiakten von dem Unfall. Als Paco den Namen der Person liest, die bei dem Unfall neben Ramon saß und gestorben ist, bekommt er eine Gänsehaut. »Der Arzt? Dieser Arzt hat uns im Gefängnis geholfen. Als wir nach unserer Befreiung versuchten, ihn noch einmal zu kontaktieren, wurde uns von seiner Praxis gesagt, dass er einen Unfall hatte … er war mit ihm zusammen? Aber wie … ich verstehe das alles nicht.« Paco setzt sich wieder, er ist nie überfordert, er kann es nicht sein, er hat zu viel Verantwortung, doch das erste Mal weiß er weder etwas zu sagen, noch zu handeln, noch irgendetwas. Auf den Papieren stehen zwei Adressen neben dem Namen des Arztes. Von all den Unterlagen gibt es Kopien, die der Padre Paco überreicht.

»Sie werden Ihren Bruder wieder mit nach Hause nehmen können, doch er ist ein erwachsener Mann, er muss das selbst entscheiden, noch sind Sie fremd für ihn. Lassen Sie ihn das heute verdauen, kommen Sie morgen früh wieder und reden in Ruhe mit ihm, auch ich werde noch einmal mit ihm sprechen und dann können Sie ihm mehr von seinem alten Leben erzählen. Auch wenn es schwerfällt, darf man Jo … Ramon jetzt nicht überfordern, sonst macht er vielleicht ganz zu und möchte von nichts mehr etwas wissen.«

Mano nickt und sieht zu Paco. »Er hat recht, er sah völlig fertig aus. Lass uns morgen wiederkommen und …« Paco sieht den Padre an. »Woher weiß ich, dass er dann noch da ist? Ich traue weder diesem Land noch irgendjemandem hier.« Der alte Mann hebt die Augenbrauen. »Das kann ich sogar verstehen, nach Ihrer Geschichte. Wir haben die letzten zwei Jahre auf Ihren Bruder hier aufgepasst, das werden wir auch noch einen Tag länger schaffen.«

Mano und Paco stehen auf, als es leise durch die Gänge klingelt, wahrscheinlich ist das ein Ruf zum Gebet.

Paco sieht dem Mann in die Augen. »Ich komme morgen wieder und ich hoffe wirklich, dass mein Bruder dann noch da ist.« Wahrscheinlich ist es nicht das Klügste, einem Mann Gottes zu drohen, doch Paco kann nicht anders.

Als sie die Gänge entlanglaufen, bebt Pacos Herz noch immer. »Ich möchte ihn noch einmal kurz sehen.« Der Padre sieht ihn an, er trägt schon ein das-geht-nicht auf den Lippen, doch dann nickt er und führt ihn eine Treppe hinauf zu einem Zimmer, was genau wie alle anderen hier mit einer Holztür verschlossen ist.

Paco klopft leise an und tritt ein. Ramon liegt auf dem Bett, die Augen geschlossen, ein feuchtes Tuch auf der Stirn und atmet gleichmäßig. Er schläft. Bilder von seinem Gesicht mit dem Loch im Kopf kommen Paco wieder vor das innere Auge und er begreift nicht, wie das sein kann, doch er zieht sich einen Stuhl ans Bett von Ramon und sieht seinen Bruder an.

Das erste Mal, seit er ihn vom Berg aus gesehen hat, atmet Paco tief ein und aus und Tränen laufen über sein Gesicht. Auch wenn er nicht versteht, wie das sein kann, ist es das größte Geschenk, seinen Bruder wieder atmend vor sich zu sehen.

Er greift nach Ramons Hand und bettet sie in seine, legt sie an seine Stirn und spricht ein leises Gebet. Es ist egal, wie krank er ist, auch wenn es Jahre dauert, bis er sie alle wieder erkennt und auch wenn Paco keine Ahnung hat, wie er das jemandem erklären soll, ist er einfach nur dankbar, Ramon gefunden zu haben.

Er bleibt nicht lange, sein Bruder schläft tief und fest und solange möchte Paco herausfinden, was passiert ist, um endlich das Gefühl loszuwerden, völlig den Verstand verloren zu haben.

Sie fahren sofort zur ersten Adresse des Arztes, dort hatte er seine Wohnung, doch jetzt lebt schon eine neue Familie dort und keiner weiß etwas. Somit sind sie unterwegs zu seiner alten Praxis. Den ganzen Weg überlegen Paco und Mano, was passiert sein könnte oder wie man das erklären kann, auch Mano steht völlig neben sich. Paco ruft noch niemanden an, er weiß nicht, was er sagen soll.

»Ist es hier?«

Paco sieht auf ein heruntergekommenes altes Haus. »Scheint so.« Sie steigen aus ihrem Mietwagen. Die Fensterscheiben sind eingeschlagen, das Haus ist schon länger nicht bewohnt. Am Eingang hängt aber noch das Schild der Arztpraxis. Paco will gegen die Tür treten, doch Mano zeigt zum kaputten Fenster. »Wir sollten immer noch nicht zu auffällig sein.« Sie steigen durch das Fenster, wie offenbar schon einige vor ihnen.

Sofort schlägt ihnen ein übler Geruch entgegen. Sie halten sich beide die Shirts vor die Nase und durchqueren einen Raum, der wie ein Wartezimmer wirkt, sie gehen an einer Rezeption vorbei, dort liegen Akten herum, völlig eingestaubt, doch nichts, was mit ihnen zu tun hat. Ein Bad, eine kleine Küche, in der ein geöffneter Kühlschrank steht, aus dem der schreckliche Gestank dringt.

Sie sehen in zwei Behandlungszimmern nach, doch auch da finden sie nichts Besonderes. Erst im hintersten Zimmer, das offenbar das Büro des Arztes war, liegen Akten und Ordner herum. Einiges wurde auch hier ausgeräumt, doch unter dem Müll findet Paco eine Akte mit dem Namen des Gefängnisses drauf. Darin sind Bilder, Berichte und einiges mehr von damals. Paco nimmt die Akte an sich.

»Er wird sich vielleicht einiges nochmal angesehen haben, er ist ja dabei gestorben, Ramon da rauszuholen, das wird die letzte Akte gewesen sein, die er in der Hand hatte.« Sie sehen sich trotzdem weiter um und finden auch noch einen Ordner mit Daten über sich im Regal. Paco findet noch einige Telefonrechnungen und ruft seinen Kontakt in der Telefonzentrale Puerto Ricos an. Er gibt ihm die Nummer durch und bittet ihn, die letzten Anrufe und Nachrichten herauszufinden. Er kann ihm auch das Datum geben von dem Tag, als der Unfall passiert sein muss. Zum Glück hat sein Kontakt auch Zugriff auf das kolumbianische Netz, auch wenn er sagt, dass das etwas komplizierter wird.

»Lass uns hier verschwinden und die Sachen durchgehen.« Auch Paco will nur weg und so klettern sie wieder aus dem Haus und fahren zu einem Restaurant in der Nähe ihres Hotels.

Paco hat einige Nachrichten und Anrufe erhalten. Während sie das Essen bestellen, schreibt er seiner Frau, dass alles gut ist und er später anrufen wird, wenn er mehr Ruhe hat. Er weiß, dass er allen eine Erklärung schuldet, doch er kann nicht alleine entscheiden, wie und wann diese kommt, deswegen schickt er Rodriguez die Adresse von ihrem Hotel und ruft ihn an.

Als sein jüngerer Bruder abnimmt, wischt sich Paco müde über die Augen. Er weiß nicht, wie er auf all das reagieren wird. »Was ist das für eine Adresse?« Paco räuspert sich. »Das kann ich dir nicht am Telefon erklären, es ist wichtig, dass du heute noch einen Flug nach Kolumbien nimmst, alleine, nimm dir einen gefälschten Pass und rede mit niemandem darüber. Sag Melissa, dass du uns unterstützen musst, und Rodriguez … heute Nacht noch, pack und fahr zum Flughafen.«

Einen Moment ist es ganz still. Rodriguez flucht leise und man hört, dass er sich in Bewegung setzt. »Wenn das nur halb so schlimm ist, wie du dich anhörst, erwartet mich wohl einiges. Ich mache mich sofort auf den Weg, bis nachher.« Paco legt auf, nimmt einen großen Schluck Limonade und sieht auf die Akte vor sich.

Er wird seinem Bruder nicht dieses Gefühl nehmen können, was auch er hatte bei dem, was ihn hier erwartet, doch vielleicht kann er ihm, wenn er ankommt, wenigstens mehr Antworten geben, als er sie jetzt gerade hat.

»Ich hoffe, wir finden etwas. Sieh mal hier, der Arzt hat alles aufgeschrieben, wer wann was hatte, was er verschrieben hat, wann er mit den Frauen telefoniert hat …« Mano sieht sich den Ordner an, den sie im Regal gefunden haben, Paco öffnet die Mappe, die auf seinem Schreibtisch lag und in die er offenbar als Letztes gesehen hat.

Er sieht auf Überweisungen und eine Vereinbarung. Dort wurde festgehalten, dass einem gewissen Marco Basil eine Summe von 200.000 Dollar überwiesen werden, sobald die Vereinbarung eingehalten wurde. Drei Leute haben unterschrieben, der Arzt, dieser Marco und Ramon. »Wie kann das sein?« Paco reicht das Dokument an Mano weiter. »Wie konnte Ramon das unterschreiben und wer ist dieser Marco?«

Er sieht auf einige Visitenkarten von Visagisten und Theatervisagisten. Eine Buchung für ein Haus von dem Tag an, an dem der Unfall war. »Ramon muss etwas mit dem Arzt geplant haben. Sieh mal.« Er zeigt ihm die Unterlagen. »Weißt du noch die letzten Wochen, bevor wir befreit wurden? Der Arzt war nicht so oft da, doch wenn, dann hat er Ramon jedes Mal eine Infusion gegeben, die immer länger ging, wegen seiner leichten Lungenentzündung, die er kurz vorher hatte, das ist hier nirgendwo eingetragen, alles andere ja, das nicht.«

Paco erinnert sich. »Okay, sie hatten vielleicht die Zeit, etwas zu planen, doch wie soll das alles funktioniert haben?« Mano zeigt ihm einige Papiere. »Hier ist eine Akte dieses Marco, er war offenbar auch ein Patient des Arztes. Erst wenige Wochen, bevor all das passiert ist, war er das erste Mal bei ihm in der Praxis wegen … einer Geschlechtskrankheit. Danach hat der Arzt nur noch dazugeschrieben, dass sie telefoniert haben, aber nicht warum. Mehr steht da nicht.«

Paco sieht weiter in seine Akte und flucht auf. Er zieht Bilder hervor, Bilder von Ramon, aufgenommen im Gefängnis. Sieh dir das an, sie haben seine Tätowierungen und alles andere genau aufgenommen. Die Bilder muss der Arzt gemacht haben.« Paco zieht weitere Bilder hervor, darauf ist ein lachender Mann zu sehen. »Und das scheint Marco zu sein.«

So langsam bilden sich Brücken in Pacos Kopf und er hat nicht mehr das Gefühl, völlig neben sich zu stehen. »Er sieht Ramon schon sehr ähnlich, sieh dir mal seine Mundpartie an, klar, so auf dem Bild erkennt man einen Unterschied, doch sie haben schon starke Ähnlichkeit.«

Paco lehnt sich zurück, als der Kellner ihr Essen bringt. »Also was denkst du war ihr Plan?« Mano isst einige Nudeln, auch Paco spürt erst jetzt, wie hungrig er ist und isst etwas, dabei arbeitet sein Kopf weiter. Mano will gerade etwas sagen, da schickt ihm sein Kontakt aus Puerto Rico Daten zu. Die letzten Nachrichten und Anrufe, die der Arzt gemacht hat, die Anrufe helfen ihnen nicht weiter, doch sie können die letzten Nachrichten lesen, es war nicht sehr schwer für seinen Kontakt, diese zu finden, weil das Handy und diese Nummer danach nie wieder genutzt wurden.

Paco liest sich alles durch.

»Der Arzt hat mit zwei Nummern geschrieben. Auf der einen schreibt er einem Mann, dass sie das alles am Mittag starten; sobald Ramon sich meldet, soll er dafür sorgen, dass er in ein Krankenhaus gebracht wird. Der Arzt schreibt, dass er und der andere Mann am Hintereingang des Wachhauses warten. Es gab dort offenbar auch einen Hintereingang. Der Mann, dem er da geschrieben hat, ist wahrscheinlich eine der Wache von uns gewesen, die er bestochen hat und die dafür sorgen sollte, dass die anderen Wachen abgelenkt sind. Die Wache hat als Ablenkung von einem Platten gesprochen und dass sie Ramon deswegen solange in das Wachhaus sperren werden. In diesen Minuten sollte Ramon mit diesem Marco die Klamotten und den Schmuck tauschen, der Arzt und Ramon sind dann offenbar geflohen und dieser Marco an Ramons Stelle im Wachhaus geblieben. Außerdem schreibt er, dass, sobald sie in Sicherheit sind, ihm der Rest des Geldes überwiesen wird.«

Paco sieht Mano in die Augen, der den Kopf schüttelt. »Diese Schmerzen in der Schulter ... all das war geplant? Ramon hat seine Flucht geplant, nachdem der Arzt ihm von Marco und ihrer Ähn-

120

lichkeit erzählt hat. Aber wieso hat er uns nichts gesagt?« Paco schnalzt die Zunge. Die Antwort ist nicht schwer. »Er wollte niemanden sonst in Gefahr bringen, falls etwas schiefgeht.«

Er bekommt noch mehr Daten.

»Hier hat der Arzt noch mit diesem Marco geschrieben, er hat ihm eine Adresse geschickt, wo er die Tattoos aufgesprüht bekommen sollte und ihm die Bilder geschickt, nachdem er zurechtgemacht werde sollte, mit Schminke und allem was dazugehört. Seine Haare sollten genau so geschnitten werden, wie Ramon sie zu dem Zeitpunkt hatte .... deswegen haben wir nichts gemerkt, er hat Ramons Schmuck getragen, seine Kleidung, seine Tattoos. Der Kopfschuss und die Tage in der Hitze haben den Rest getan. Deswegen ist es niemandem aufgefallen, ich war mir absolut sicher, dass da Ramon vor uns liegt.«

So langsam ergibt alles einen Sinn. »Wie … ich meine, wir alle haben Ramon gesehen, doch niemand hat ihn sich ganz genau angesehen, bei diesem Anblick … nur, wie ist dann alles schiefgegangen?« Paco liest weiter. »Hier steht noch, dass Marco, sobald der Wächter ihn ins Krankenhaus gebracht hat, für drei Tage in seiner Rolle bleiben und dann fliehen soll. Der bezahlte Wächter wird ihm auch bei dieser Flucht helfen und dann bekommt er das Geld.«

Paco legt seine Gabel weg. »Nur hatten die anderen Wächter oder Garcias auf all das keine Lust und Marcos Auftrag endete mit dem Kopfschuss, der für Ramon bestimmt war, während der Arzt wahrscheinlich das erste Mal in seinem Leben solch eine Aktion gemacht hat und extrem nervös war, sodass Ramon und er in diesen schweren Unfall verwickelt wurden und … wir nie erfahren haben, dass Ramon noch lebt.«

Mano nickt, auch er scheint sehr erleichtert, dass sie langsam verstehen, was hier passiert ist. »Okay … das alles verstehe ich, aber wieso hat er dann einige Tage vorher Miguel gehen lassen, und was hatte Ramon vor?« Paco sieht weiter auf die Papiere und hebt den unterschriebenen Vertrag hoch. »Das ist erst kurz vorher unterschrieben worden. Er wusste nicht, ob das wirklich funktioniert und wollte wahrscheinlich nicht die Chance, dass Miguel freikommt, verpassen. Ich kenne Ramon, er wird schon einen Plan gehabt haben, was er in diesen drei Tagen, wo keiner weiß, dass er entkommen ist, tun wollte, um uns da rauszuholen, doch dann kam der Unfall.«

Mano flucht auf. »Dieses Kolumbien lässt keinen guten Plan von uns zu. Wir sollten Ramon holen und so schnell wie es geht verschwinden.« Paco schiebt den Teller von sich.

»Ramon? Ich weiß nicht, ob wir ihn wirklich noch einmal zurückbekommen, du hast doch gesehen: Er weiß nicht, wer wir sind. Wir sind Fremde für ihn.«

Mano schüttelt den Kopf. »Nein, denk nicht so, Paco. Wir haben Ramon wieder, wir dachten, er ist tot und haben eine zweite Chance. Ich habe gesehen, wie er dich immer wieder angesehen hat. Vielleicht sind die oberflächlichen Erinnerungen weg, doch ich habe in seinen Augen die Bindung zu dir gesehen, wir müssen ihm nur Zeit geben.«

Paco trinkt einen Schluck, er kann nur hoffen, dass Mano recht hat, in seinem Bauch kehrt langsam Ruhe ein, er versteht jetzt ungefähr, was passiert ist. Ganz genau kann ihnen das wahrscheinlich nur Ramon selbst sagen, falls er sich jemals wieder daran erinnert, doch er fühlt sich schon besser. Ramon ist nicht tot, er lebt, es geht ihm gut. Er weiß nicht mehr, wer sie sind, doch er lebt und Paco sollte endlich anfangen, sich darüber zu freuen, zumindest so weit es geht.

Den ganzen Weg zurück zum Hotel überlegt er sich, wie er Ramon morgen zeigen kann, wer er ist und wohin er gehört, doch als sie dann in das Foyer ihres Hotels kommen, stocken Mano und er, als sie dort einen Padre und Ramon stehen sehen.

Ramon hat dieselbe weiße Hose und das Hemd wie vorhin an, er hat eine schwarze Tasche bei sich und sieht ihnen unsicher entgegen.

Der Padre tritt vor. »Wir hatten vorhin nicht die Zeit zu sprechen. Ich behandle Ramon zurzeit und würde Sie gerne etwas aufklären, wie man mit ihm und seinen Erinnerungen umzugehen hat, eigentlich wollte ich das morgen tun, doch ...«

Ramon sieht Paco in die Augen, und auch wenn er ihn vielleicht nicht erkennt, springt Pacos Herz vor Freude fast aus der Brust, als er seinem älteren Bruder endlich wieder in die Augen sehen kann.

»Ich weiß nicht warum ... ich kann mich nicht wirklich an euch erinnern, doch seit ich wach geworden bin, hat alles in mir gesagt, dass ich bei euch bleiben muss, zu euch muss, unbedingt. Als würde mich tief in mir etwas zu euch ziehen.« Paco kann nicht anders. Er geht zu Ramon und umarmt ihn.

»Weil du zu uns gehörst. Es ist schön, dass wir dich zurückhaben, du weißt gar nicht, was bei uns zu Hause los war.« Paco gibt Ramon einen Kuss auf die Wange, und auch wenn dieser sich im ersten Moment versteift, spürt er dann Ramons Hand in seinem Nacken, so wie er ihn früher immer gehalten hat und lächelt. Ramon wird es gar nicht bemerken, doch Paco weiß in diesem Augenblick, dass Ramon noch da ist und dass er ihn nach Hause bringen wird.

Kapitel 13

Sami öffnet langsam die Augen. Alles ist abgedunkelt, doch er bemerkt sofort, dass er in seinem Schlafzimmer ist, wenn auch nicht in seinem Bett. Er liegt auf dem bequemen Sessel, einer Chaiselongue in beige, sein Vater hat sie damals für seine Mutter anfertigen lassen, da sie immer, wenn sie solche Filme gesehen hat, erwähnt hat, wie schön sie diese findet. Ihre beiden Initialen sind eingestickt und es sieht wirklich edel aus.

Nachdem seine Mutter beschlossen hatte, zurück nach Schweden zu gehen und sie das Haus übernommen haben, hat sie ihn gebeten, diesen Sessel aufzuheben und gut aufzubewahren, deswegen hat er ihn in seinem Zimmer hingestellt. Er hat als eines der wenigen Möbelstücke die Zeit überstanden, als sie alle nicht in Sierra waren und wird sicher noch einiges überstehen. Es ist sehr bequem, darauf zu schlafen.

Sami steht auf und sieht auf das Bett, in dem Banu liegt und sich unruhig hin und her wälzt. Auf seinem Handy sieht er, dass er einige Anrufe verpasst hat und dass es bereits Mittag ist. Sie haben beide lange geschlafen und er weiß, dass ihr Körper jetzt immer mehr unter dem Entzug leiden wird.

Nachdem er sie gestern gefunden hat und sie noch einmal Drogen zu sich genommen hat, konnte er Banu dazu überreden, bei ihm zu bleiben. Er wird ihr beim Entzug helfen. Sie sind zu Banu nach Hause gefahren, wo sie sich einige Sachen geholt hat und sie beide ihrer Mutter gesagt haben, dass sie für einige Tage wegfahren wird. Ihre Mutter scheint nicht sehr viel mit ihrer Tochter zu sprechen. Sie hat nur genickt und beobachtet, wie sich Banu von ihren Brüdern verabschiedet hat, wahrscheinlich weiß sie, wie es ihrer Tochter geht und dass sie Probleme hat, doch ihre Mutter wirkt so, als hätte sie nicht die Kraft, ihr zu helfen. Als sie sich verabschiedet haben, bildete sich Sami ein, so etwas wie Dankbarkeit in ihren Augen gelesen zu haben.

In solchen Momenten wird Sami immer bewusst, wie stark die Bindung in ihrer Familie und Familia ist. Das ist nicht selbstverständlich, das ist es nie, schon gar nicht, wenn eine Familie so groß ist wie ihre, doch bei ihnen ist immer jemand da. Du wirst immer gesehen, hier ist es unmöglich, dass du nicht jemanden triffst, der dir in die Augen sieht und fragt, was los ist und Sami ist sehr dankbar dafür.

Banu ging es noch gut und sie sind etwas essen gegangen. Dabei hat er ihr erzählt, dass sie sich um Diddy und die Fallaras gekümmert haben. Sie war eher ruhig, sie hat Sami immer wieder angesehen, als würde sie nicht verstehen, wieso er das tut, doch sie hat ihn nicht gefragt. Er hat sie danach zu dem alten Haus der Fallaras geführt und ihr gezeigt, dass dort niemand mehr ist, damit sie seinen Worten auch wirklich trauen kann und die Angst vor Diddy und den Fallaras ablegen kann, doch Banu hat kaum darauf reagiert. Vielleicht war das schon der Moment, als die Drogen aufgehört haben zu wirken. Deshalb hat er Schmerzmittel besorgt und sie sind zu ihm nach Hause gefahren.

Sie haben nur Nesto im Haus angetroffen und sind direkt auf Samis Zimmer gegangen. Er hat eines der größten Zimmer hier im Haus. Er wünschte, er hätte sich schon etwas mehr mit seinem neuen Haus beschäftigt und hätte Banu dorthin bringen können, doch so muss er sie in das Haus lassen, wo immer jemand ist. Er schätzt, dass die nächste Zeit nicht leicht wird, er hat keine Ahnung, was auf ihn zukommt, er wird versuchen, Banu zu helfen, wo er nur kann.

Von seinem Schlafzimmer geht auch ein kleines Bad ab und Banu hat gleich nachgefragt, ob sie duschen gehen kann. In dieser Zeit hat Sami versucht, etwas Ordnung in das Durcheinander zu bringen. Als Banu dann in einer schwarzen Leggins und mit einem weißen Leinentop wieder aus dem Bad kam, musste Sami sich wirklich zusammenreißen, sie nicht anzustarren. Er weiß, dass sie die letzten Wochen einiges ertragen musste und er möchte ihr helfen, und das, ohne dabei etwas von ihr nehmen zu wollen, doch sie

126

ist unglaublich sexy, als sie sich langsam durch den Raum bewegt, die Haarspitzen noch nass, barfuß, viel zarter, als sie es sein sollte und völlig ungeschminkt. Er registriert ihre goldfarbene Haut, die sehr weich wirkt und den kleinen Leberfleck, der nur halb zu erkennen ist auf den Rundungen ihrer rechten Brust. Banu ist eine sehr hübsche Frau, dass hat er die ganze Zeit gewusst, doch in diesem Moment hat Sami das erste Mal registriert, wie anziehend sie auf ihn wirkt.

Sami hat ihr alles gezeigt, die Balkontür geöffnet, damit frische Luft hereinkommt und ihr gesagt, dass sie es sich auf dem Bett gemütlich machen kann und ihr die Fernbedienung für den Fernseher gegeben. Doch sie hat nach den Schmerztabletten gefragt. Sami hat extra starke besorgt, die auch müde machen und einen beruhigenden Effekt haben. Sie hat ihm gesagt, dass sie müde ist und hofft, so länger und besser schlafen zu können. Also hat er ihr eine Tablette gegeben und ist duschen gegangen, auch für ihn waren das zwei lange Tage und eine viel zu kurze Nacht dazwischen.

Als er aus der Dusche gekommen ist, war Banu bereits eingeschlafen. Sami hat sie zugedeckt und sie eine Weile von seinem Schlafsofa aus beobachtet, dabei muss auch er eingeschlafen sein. Als er sie jetzt betrachtet und sieht, wie sie immer unruhiger wird, weiß er, dass ihr Körper und die Sucht gerade einen inneren Kampf austragen.

Er geht ins Bad und macht sich frisch, immer mit einem Ohr bei Banu, er lässt alles abgedunkelt, kippt aber ein Fenster, um frische Luft in den Raum zu lassen. Er hat gelesen, dass sich die Nebenwirkungen in Unruhe, Zittern, Übelkeit, Schmerzen am ganzen Körper und einigem mehr äußern, und er hat auch gelesen, dass man viel Wasser trinken soll, deswegen geht er leise nach unten in die Küche, solange Banu noch schläft und besorgt einige Flaschen Wasser.

Sein Onkel Rodriguez sitzt in der Küche, Damian steht gerade auf und packt einige Unterlagen ein, Nesto liegt am Pool mit

Sanchez, sonst scheinen nicht viele da zu sein oder sie schlafen noch. Damian hebt die Papiere hoch. »Kommst du gleich mit mir mit?« Sami schüttelt den Kopf und geht zur Vorratskammer, um Wasser zu holen. »Ich werde die nächsten Tage nicht viel Zeit haben, plant mich nicht ein, ich denke mal so ...« Sami holt sein Handy heraus: Wie lange dauert so ein Entzug überhaupt? Er findet keine klare Aussage auf Anhieb und steckt das Handy wieder weg. Er wird sich später eh noch mehr damit beschäftigen müssen. Damian sieht ihn nur etwas verwundert an und Sami kratzt sich am Kopf. »Ich falle bestimmt einige Tage aus.« Sein Cousin nickt nur leicht. Er weiß, dass Sami sonst immer überall mitgemacht hat, doch genau deswegen werden sie auch mal einige Tage ohne ihn klarkommen müssen.

Rodriguez deutet Sami, sich neben ihn zu setzen, dann sieht er ihm in die Augen und deutet ihm ebenfalls, etwas zu frühstücken. Auf ihrer Küchenanrichte steht einiges herum: Croissants, Obst, Toast, Rührei und frisch gebackene Pancakes. Das kommt nicht aus ihrem Haus, wahrscheinlich hat Rodriguez das alles mitgebracht. Sami muss gleich wieder hoch, Banu wird bald wach werden, doch er nimmt sich einige Pancakes und Obst.

»Nesto hat mir gesagt, dass du Banu gefunden hast.« Sami nickt und deutet nach oben. »Sie ist oben, ich werde ihr helfen, von dem Zeug loszukommen.« Rodriguez sieht ihn ernst an. Er weiß, dass seine Onkel versuchen, für ihn Väter zu sein, nachdem er nun keinen mehr hat.

»Das kann ganz schön hart werden. Je nachdem, was sie genommen hat, wird das nicht einfach mal eben so zu machen sein und keiner hier hat Erfahrungen damit. Vielleicht solltest du ...« Sein Handy klingelt und Rodriguez deutet Sami an zu warten. Er nimmt an und Sami hört seinen Onkel Paco, Rodriguez hört einen Moment zu und steht dann auf. Er deutet Sami, dass er später noch einmal kommen wird und geht dann hinaus. Es scheint wichtig zu sein.

Damian setzt auch an, etwas zu sagen, da hört man oben eine Tür aufgehen und Banu steht plötzlich am oberen Absatz. Sie hat sich eine Strickjacke angezogen und hält sich den Bauch, man sieht ihr deutlich an, dass es ihr nicht gut geht.

»Ich muss … etwas erledigen, danke für deine Hilfe, Sami, aber …« Sami flucht leise auf und nimmt die Wasserflaschen, es geht los. Damian sieht unsicher zwischen ihm und Banu hin und her. »Brauchst du Hilfe?« Er schüttelt den Kopf und geht Banu entgegen, die nur schnell aus dem Haus kommen will.

»Banu, wir hatten das besprochen, du bleibst hier. Ich weiß, was du vorhast, doch du musst mir jetzt vertrauen. Komm mit, ich zeige dir etwas …« Sie steht auf der Hälfte der Treppe und sieht ihn unsicher an. Sami deutet nach oben, doch Banu sieht zur Ausgangstür. »Komm mit mir, Banu, ich habe etwas, was dir hilft. Du willst das nicht mehr, du hast mir gesagt, dass du dein altes Leben zurück willst und ich habe dir versprochen, dir dabei zu helfen, also versuch, mir zu vertrauen.«

Sami hat selten jemanden so offensichtlich einen inneren Kampf führen gesehen, doch dann folgt Banu ihm zurück in sein Zimmer. Er hat gestern gesehen und gespürt, dass sie das nicht will, sie will diese Drogen nicht, auch wenn sie momentan noch nicht so einfach von ihnen loskommt.

Sobald sie im Zimmer sind, schließt Sami die Tür und riegelt sie leise ab. Er hat noch immer keine Vorstellung davon, wie er Banu helfen soll, doch er wird einfach für sie da sein. »Mir ist kalt und ich habe … ich brauche dringend etwas, um wieder klar denken zu können. Ich weiß wirklich zu schätzen, dass du mir helfen möchtest, doch ich denke, wenn ich noch einmal …«

Sami geht an seinen Kleiderschrank, es ist jetzt schon sehr warm, eigentlich wollte er die Terrassentür aufmachen, doch sie zittert und ihr scheint wirklich kalt zu sein. Er holt einen dicken Hoodie heraus und hält ihn Banu hin, die sich ihre Strickjacke schnell aus- und den Hoodie überzieht und dann sich selbst umarmt. Sie blickt sich unsicher im Zimmer um und Sami räuspert sich leise. Er sieht einmal an Banu hoch, auf ihre zarten nackten Füße mit dem dunkelroten Nagellack, zu den zarten Beinen in der schwarzen Leggins und dem viel zu großen Hoodie, der sie zu verschlingen scheint, man sieht nicht einmal ihre Hände. Sie ist blass, sie wirkt immer blasser, sie sieht gleichzeitig fiebrig aus und ihre schönen braunen Augen sehen immer schneller umher.

»Sag mir, was du noch brauchst, Banu. Ich habe hier Wasser, soll ich dir etwas zu essen holen oder möchtest du noch einmal Schmerzmittel? Ich kann dir Eier ...« Banu sieht ihn an, plötzlich hält sie sich den Mund zu und rennt in Richtung Bad. Sami flucht, er folgt ihr. Sie hat es noch geschafft, den Toilettendeckel hochzuheben und als er näher kommen will, deutet sie ihm wegzubleiben. Er möchte es respektieren, dass sie sich schämt, sie kennen sich kaum und doch kann er auch nicht einfach nichts tun, als sie sich über die Kloschüssel beugt und nicht mehr an sich halten kann.

Als Sami näher tritt, deutet sie noch einmal, dass er da bleiben soll, doch er denkt nicht daran. Er geht zu seinem Badezimmerschrank und sieht in die Schublade, wo er immer alles hineinpackt, was die Frauen bei ihm im Schlafzimmer vergessen. Da liegen einige Haargummis und er nimmt sich einen. Ohne zu zögern tritt er hinter Banu und hält ihre Haare zusammen, was gar nicht so leicht ist. Sie hat viele dicke Haare. Das sieht immer so leicht aus, doch er tut sich schwer, die vielen Haare durch den Gummi zu ziehen, und nachdem er es geschafft hat, sieht es auch nicht so elegant aus wie bei seinen Cousinen immer, aber die Haare fallen nicht mehr nach vorne und das ist das Wichtigste.

Jetzt begreift Sami das erste Mal, wie schlecht es Banu bereits jetzt schon geht. Man hört, wie viel Kraft es sie kostet. Sami holt ein Handtuch und befeuchtet es mit kaltem Wasser, er legt es ihr in den Nacken und streicht ihr über den Rücken. Während Banu eine Pause macht, spült er und bringt ihr ein Glas Wasser, doch jedes Mal wenn er denkt, dass es zu Ende ist, beginnt es immer wieder von vorn.

Es ist hart zu sehen, wie sehr das Ganze ihr wehzutun scheint, Banu zittert immer stärker und der Entzug hat komplett die Kontrolle übernommen.

Sie sitzen lange im Bad, erst als Banu eine längere Zeit erschöpft ihren Körper gegen die Fliesen drückt und angestrengt ein- und ausatmet, traut Sami dem Ganzen wieder. Banu zittert immer mehr, da erinnert er sich daran, dass die Frauen in seiner Familie immer auf ein warmes Bad schwören, denn auch wenn es draußen warm ist, scheint Banu zu frieren.

Er geht zur Badewanne und lässt warmes Wasser ein. In seiner Dusche stehen nur Shampoos für Männer, er geht wieder an die Schublade, doch da findet er nichts. Dann sieht er auf den Geschenkkorb, den er vor einigen Wochen zu seinem Geburtstag von Dilara bekommen hat, darin waren viele verschiedene Leckereien, zwei Shirts und noch einiges mehr, aber auch einiges an Dusch- und Bademitteln und Cremes. Sami hat alles herausgenommen und den Korb mit dem Badezeug in eine Ecke gestellt. Als er jetzt da nachsieht, findet er Badebomben, die nach Vanille duften und schäumen. So etwas müsste gehen.

Er wirft so eine Badebombe ins Wasser und prüft, dass es eine geeignete Temperatur hat. Banu reagiert kaum, sie ist sehr schwach, doch als er ihr ein Glas Wasser hinhält, trinkt sie es und lehnt sich dann erschöpft zurück. »Danke.« Sami streicht ihr eine Strähne nach hinten, die sich aus dem ersten Zopf, den er je gemacht hat, gelöst hat. »Nicht dafür.«

Er hält ihr die Hände hin und hilft ihr auf die Beine. Einen Moment wirkt es so, als würde sie sich wieder übergeben müssen, doch dann geht es. Sami führt sie zur Badewanne. Sie hat sich fast eine Stunde immer wieder übergeben, sie sieht dankbar auf das Schaumbad, doch sie zittert so sehr, dass Sami ihr hilft, den Hoodie auszuziehen. Sie findet an seinem Arm Halt, als sie sich die Leggins von den Beinen streift, und als sie dann nur noch in einem Slip und dem Leinentop vor ihm steht, dreht sich Sami respektvoll um, bis er hört, wie sie langsam ins warme Wasser gleitet.

Durch den vielen Schaum kann Sami nichts erkennen, einen Moment wartet er, dann geht er zu seinem Kleiderschrank und zieht sich ein frisches Shirt an, bevor er wieder ins Bad geht. Banu liegt in der Badewanne, ihre Augen sind geschlossen und sie scheint zu versuchen, Kraft zu tanken, auch wenn Sami sofort bemerkt, dass sie weiter zittert. Er geht zu seiner Zimmertür, öffnet sie und sieht über das Geländer nach unten.

Sanchez und Leandro sitzen in der Küche und sehen besorgt zu Sami, als er aus dem Zimmer tritt. »Kann mir einer Wasser und etwas zu Essen bringen, am besten etwas Leichtes, sind noch Brötchen da?« Leandro nickt und steht auf. »Melissa hat mir Suppe mitgegeben, als sie erfahren hat, was hier los ist. Die hat sie für Dilara wegen ihrer Übelkeit gemacht. Ich bring euch etwas davon hoch. Sami nickt und geht zurück ins Zimmer.

Er geht an Banus Tasche und sucht nach etwas Passendem zum Anziehen, doch da sind nur Shorts und Tops drinnen. Sie friert und er bezweifelt, dass das in nächster Zeit besser wird. Die Sachen, die sie anhatte, hat er in seine Wäschetruhe gestopft, also nimmt er nur eine frische Unterhose und ein Top mit, geht an seinen Kleiderschrank und holt einen weiteren Hoodie. Er sucht nach einer Jogginghose, die einmal beim Waschen eingegangen ist. Er erinnert sich, dass er sie zurück in seinen Kleiderschrank gestopft hat, weil er zu faul war, sie zu beseitigen und tatsächlich findet er sie.

Er geht zurück ins Bad, wo Banu sich gerade ein Handtuch umbindet, sie wirkt alles andere als entspannt, sie sieht sich hektisch um. »Hier sind Sachen zum Anziehen.« Sami legt ihr die Sachen hin und verlässt das Bad wieder, als es leise klopft. Leandro kommt herein, er hat ein Tablett in der Hand mit zwei Schüsseln Suppe, Brötchen und Obst, dazu auch Wasser, Limonade und Gläser. Sami nimmt es ihm ab, stellt es auf das Sideboard und murmelt ein Danke. »Kommst du klar?« Er will gerade antworten, da tritt Banu aus dem Bad und sieht zwischen Leandro und Sami hin und her.

»Ich möchte gehen. Ich habe es mir anders überlegt, ich möchte ...« Während sie spricht, versucht sie schon, an Sami und Leandro vorbeizukommen, doch Sami hält sie am Arm zurück. Sie hat sich die Sachen nur schnell übergestreift, ihre Haare fallen ihr klitschnass ins Gesicht und ihre Augen blicken ängstlich und schmerzvoll umher. »Nein, Banu. Du hast es jetzt schon eine ganze Weile ausgehalten, du wirst das auch weiter schaffen. Hier hast du Suppe, die hilft dir gegen die Übelkeit und dann nimmst du noch ein Schmerzmittel und ...«

Schneller als einer von ihnen reagieren kann, schlägt Banu die Teller mit Suppe vom Tablett. »Ich brauche keine Suppe, ich brauche etwas anderes, du kannst mich hier nicht festhalten.« Dabei schüttet sie die Hälfte der heißen Suppe auf ihren Arm und schreit schmerzhaft auf. Es scheppert und knallt, durch die Schmerzen hat sie das gesamte Tablett heruntergerissen.

Sami, der noch immer ihren anderen Arm hält, flucht auf, nimmt den verbrannten Arm in seine Hand und bringt sie zurück ins Bad. Er hält den verbrannten Arm unter lauwarmes Wasser. Banu weint und kann trotzdem nicht aufhören zu zittern, er greift an ihre Stirn und spürt, wie warm sie ist, im selben Moment bricht Banu zusammen und er kann sie gerade noch auffangen, bevor sie mit dem Kopf auf dem Boden aufschlägt. Sie ist ohnmächtig geworden.

Er trägt sie ins Schlafzimmer und legt sie auf das Bett; als er sich umdreht, stehen Miguel, Leandro und Sanchez in seinem Zimmer. »Ich habe Celestines Mutter angerufen, sie ist gleich da und sieht nach ihr. Auch wenn es richtig ist, dass du ihr helfen möchtest, ist das ohne Hilfe zu schwer, sieh doch, sie quält sich.« Sami dreht sich wieder zu Banu, die langsam wieder zu Bewusstsein kommt. Sie krümmt sich und stöhnt schmerzvoll auf. Sami deckt sie zu und nickt. Auch wenn er wünschte, er könnte das allein hinbekommen, weil er gesehen hat, wie unangenehm es Banu schon bei ihm ist, ist er froh, dass er sich immer auf die Hilfe der anderen verlassen kann.

Kapitel 14

»Sie macht einen schweren Entzug durch.«

Die Ärztin ihrer Familia, die sich schon immer um sie alle gekümmert hat, wendet sich zu Sami um, nachdem sie so gut sie konnte Banu untersucht hat. Sie steht auf und sofort krümmt sich Banu wieder zusammen, sie hat sich noch zweimal übergeben und zittert immer stärker, sie hat große Schmerzen und hat noch einmal versucht aus dem Zimmer zu kommen und das alles nur, bis die Ärztin endlich da war. Jetzt liegt sie wieder im Bett, alle anderen sind hinausgegangen.

Die Ärztin packt alles wieder ein und sieht Sami ernst an. »Ich habe ihr ein Beruhigungsmittel gegeben, doch nur etwas Pflanzliches. Ich kenne mich viel zu wenig mit einem Drogenentzug aus, ich darf ihr keine falschen Medikamente geben, das hätte schlimme Folgen und das, was du hier gerade erlebst, ist nur der Anfang. Ich finde es sehr gut, dass du dieser Frau helfen möchtest, doch so etwas alleine und zu Hause durchzuziehen, ist kaum möglich. So quält sie sich nur unnötig.

Es gibt in Sevilla eine gute Entzugsklinik, ich kenne die Leiterin, dort kann sie einen Entzug machen, der viel milder ist. Die Angestellten dort wissen, was sie für Medikamente braucht, in was für einer Phase sie sich befindet und sie wird auch psychologisch betreut. Ich kann dort gerne anrufen und du kannst sie gleich vorbeibringen, ich denke, es ist höchste Zeit. Wenn du ihr wirklich helfen möchtest, solltest du sie dahin bringen.«

Sami sieht zu Banu, die vor Schmerzen aufstöhnt. »Ich habe ihr versprochen, für sie da zu sein.« Die Ärztin nickt und hat schon das Handy in der Hand. »Dann tue das und bringe sie in die Klinik, wo man genau weiß, wie man ihr am besten helfen kann.« Sami atmet tief aus, er will das nicht, er würde Banu am liebsten bei sich behalten und sich selbst darum kümmern, doch die Ärztin hat recht. Das hier ist erst der Anfang und er ist jetzt schon völlig fertig gewesen, weil er nicht weiß, wie er ihr helfen und die Schmerzen nehmen kann.

Sami nickt, er packt ihre herumliegenden Sachen ein und auch noch zwei Hoodies von sich. Dann setzt er sich zu Banu ans Bett. »Ich bringe dich wohin, wo man dir helfen kann.« Auch wenn sie abwesend scheint, nickt Banu sogar leicht, als er ihr aber auf die Beine helfen will, krümmt sie sich wieder und Sami nimmt sie einfach auf seinen Arm. Sie liegt ganz schlapp an seiner Brust, die letzten Stunden müssen sie unglaublich viel Kraft gekostet haben.

Sami bringt sie hinunter, die Ärztin folgt ihm und spricht mit jemandem am Handy. Leandro und Sanchez sitzen noch immer in der Küche und fragen gleich, ob sie helfen können, doch Sami deutet an, dass er das schon hinbekommt.

Er trägt Banu in seinen Wagen und setzt sie auf den Beifahrersitz. Die Ärztin nennt ihm die Adresse und Sami gibt sie in sein Navi ein. Sie sagt, dass das Personal informiert ist, dass Sami Banu bringt und wünscht ihm viel Glück. Als er dann Gas gibt und mit Banu nach Sevilla fährt, bereut er diese Entscheidung schon fast wieder.

»Ich bringe dich jetzt in eine Klinik, dort wissen sie genau, was du brauchst und können dir viel besser helfen, als ich es je könnte.« Er sieht zu ihr, sie hat die Augen geöffnet, doch statt zu sitzen, hat sie sich auch auf dem Beifahrersitz zusammengekugelt und starrt auf das weiße Leder seines Porsche.

»Wenn du mir wirklich helfen willst, dann besorge mit etwas Stoff, danach können wir in diese Klinik fahren, doch zuerst brauche ich etwas, um diese Schmerzen loszuwerden. Verstehst du das?« Sami sieht ihr in die Augen und lächelt nur matt. »Ja, ich verstehe.«

Er gibt Gas und fährt zur Entzugsklinik, die Beruhigungstabletten von der Ärztin scheinen ein wenig zu wirken, auch wenn sie nur pflanzlich waren, doch Banu dämmert immer wieder weg. Sie öffnet die Augen nur kurz, sieht ihn an und schließt sie wieder.

Sie brauchen eine Weile, bis sie vor einer abgelegenen weißen Villa halten. Von außen sieht das Gebäude sehr unscheinbar aus, doch Sami registriert sofort einen Wachmann am Eingang, der in einem kleinen Vorraum sitzt. Er bemerkt die Kameras und dass die Klinik relativ modern aussieht.

Sanft streicht er Banu die Haare aus dem Gesicht, die ihr aus dem Zopf gerutscht sind und sie öffnet ihre Augen müde. »Wir sind da.« Sie setzt sich langsam auf und sieht auf die Villa, während Sami aufsteht, zu ihr geht und ihre Tür aufhält.

Banu ist sicherer, sie läuft alleine. Sami trägt ihre Tasche, und als der Sicherheitsmann sie sieht und die Tür surrend öffnen lässt, schüttelt Banu nur leicht den Kopf. »Du wirst mir keinen neuen Stoff besorgen, oder?« Sami hält ihr die Tür auf. »Nur noch welchen, der dir hilft. Ich sorge dafür, dass du wieder die Alte wirst, so wie ich es dir versprochen habe.«

Sie betreten einen hellen Eingangsbereich, wo zwei Frauen sie freundlich begrüßen. Sie stellen sich als Ärztinnen der Klinik vor und sehen sehr schnell, dass Banu nicht in der Verfassung ist, sich lange auf den Beinen zu halten, deswegen bringen sie sie durch einige Flure zu einem Zimmer, vorbei an einer Essenshalle, in der drei Frauen sitzen und einem anderen Raum mit Sofas und Tischen. Sie bitten Banu, sich auf das Bett zu legen, wo sie sich sofort wieder zusammenrollt.

Die Ärztin erklärt Banu, dass sie ihr helfen und ihr nun einiges geben werden, was ihr die Schmerzen und das stärkste Verlangen nach den Drogen nehmen wird, zudem wird sie mit allen Nährstoffen versorgt, die sie braucht. Dann wird sie einen kompletten Gesundheitscheck bekommen, doch alles Schritt für Schritt und nur, wenn Banu die Kraft für alles hat.

Währenddessen bittet die andere Ärztin Sami in ein Zimmer und fragt ihn über Banu aus. Er gibt ehrlich zu, dass er nicht sehr viel weiß. Er beschreibt, wie sie lebt, wie sie früher war, was passiert ist und auch, was ihr alles angetan wurde. Sami weiß, dass es wichtig ist, dass die Ärzte alles wissen, um ihr auch richtig helfen zu können.

Dann berichtet er ihr, was er vorhatte und wie weit sie waren und wie es Banu jetzt geht. Daraufhin erklärt die Ärztin ihm, dass diese Klinik eine Privatklinik für Drogenabhängige ist. Hier wird ein sanfter Entzug durchgeführt und sie schätzt, dass das Ganze bei Banu um die drei Wochen dauern wird, danach wird sie aber weiterhin psychologisch betreut, um einen Rückfall zu vermeiden.

Ihm wird ausführlich erklärt, was alles getan wird: Erst der körperliche Entzug, den sie für die Patienten möglichst schmerzfrei durchführen und dann beginnt das Psychische. Sie untersuchen alles und versuchen, den Patienten wieder ganz gesund zu pflegen, in jeglicher Weise.

Sami verspricht, dass er alle Kosten übernimmt, er schreibt einen höheren Betrag aus, als die Ärztin fordert und macht deutlich, dass sie alles tun sollen, damit Banu wieder die Alte wird und damit es ihr schnell wieder besser geht.

Ihm wird die Küche gezeigt und wie gesund und frisch sie hier kochen und dann bekommt er den Rest der Klinik zu sehen. Alles ist hochmodern, es gibt große Therapieräume und einen Garten mit einem See. Die Ärzte wirken sehr nett und wissen, wovon sie sprechen. Er spürt, dass das die richtige Entscheidung war, trotzdem fühlt er sich schlecht, sie jetzt hierher gebracht zu haben.

Besonders als die Ärztin ihm erklärt, dass es ein Teil der Therapie ist, dass die Patienten die erste Woche keinen Besuch bekommen sollen. Es ist wichtig, dass sie sich komplett auf diesen Entzug konzentrieren und quasi von der Außenwelt abgeschottet sind.

Die Ärzte werden Sami aber täglich auf dem Laufenden halten. Er hört so etwas nicht das erste Mal, doch er findet die Idee, sie hier zu lassen und eine Woche nicht sehen zu können, nicht gut, allerdings muss er in dieser Sache wahrscheinlich den Ärzten hier trauen, sie wissen, was am besten ist.

Sami geht noch einmal in das Zimmer, das Banu zugewiesen bekommen hat. Sie liegt nun entspannter im Bett, zwei Schläuche versorgen sie mit Infusionen und sie hat die Augen geschlossen. Eine große Wasserflasche steht neben ihr und ein grüner Saft, von dem schon die Hälfte getrunken wurde.

Banu hat leichte Schweißperlen auf der Stirn, ihre Haare sind geöffnet und sie hat noch immer seinen Hoodie an, doch sie sieht trotzdem schon etwas besser und vor allem schmerzfreier aus.

Sami setzt sich zu ihr ans Bett. Er sieht in ihr hübsches Gesicht, beugt sich zu ihr und gibt ihr einen Kuss auf die Stirn. Als er dann aufsteht und leise das Zimmer verlassen will, hört er ihre leise erschöpfte Stimme. »Danke, Mogli.« Er lächelt und sieht noch einmal zu ihr, sie hat noch nicht die Kraft, ihre Augen offen zu halten. »Immer wieder, Balu.«

Als er dann nach Hause fährt, spürt er, wie kaputt und müde er ist. Die Ärztin hat ihm gesagt, dass sie sich morgen melden und ihm die neuesten Entwicklungen mitteilen wird. Trotzdem fühlt es sich nicht gut an, sie dort zu lassen.

Er geht direkt ins Haus und will sich nur noch hinlegen und schlafen, doch er läuft fast in Chico hinein, der ihn streng ansieht.

»Da bist du ja. Ich wollte gerade losfahren und dich suchen. Hat alles geklappt? Geht es der Kleinen besser?« Sami geht in die Küche und Chico folgt ihm. »Ich denke, dort kann man ihr gut helfen, es sieht zumindest so aus. Als ich gegangen bin, schien sie zumindest schmerzfrei zu sein.«

Chico setzt sich auf einen der Stühle und sieht Sami besorgt an. »Sie werden ihr dort helfen. Ich weiß, wie all das passiert ist, doch ich möchte nicht, dass du denkst, dass dich irgendeine Schuld an alldem trifft. Auch wir haben unsere Grenzen, Sami. Wir können nicht für alle verantwortlich sein und wir können nicht alles sehen und jeden retten.«

Sein Onkel sieht ihm in die Augen.

»Damals mit Adriana ging es mir auch so. Ich hatte lange ein schlechtes Gewissen, weil wir nie darauf geachtet haben, was mit den ganzen Frauen passiert. Wir wussten, dass es Frauenhandel gibt, doch wir haben uns nie darum gekümmert. Und dann war da Adriana, die gesehen hat, wie mächtig wir sind und doch nie etwas getan haben. Ihr wurde sehr wehgetan und es hat lange gedauert, bis ich an sie herangekommen bin, doch es hat auch seine Zeit gedauert, bis ich aufgehört habe, mir und allen anderen etwas vorzuwerfen. Wir können nicht alles machen.«

Chico verschränkt die Arme vor der Brust.

»Wenn wir etwas sehen, und das weißt du auch, greifen wir ein, doch auch uns entgeht etwas. Das war immer so und wird immer so sein, und keiner darf sich deswegen Vorwürfe machen. Hättest du gewusst, was die Fallaras ihr antun, hättest du … hätte jeder hier eingegriffen, doch wir wussten es nicht. Es ist gut, dass du ihr jetzt hilfst, doch lass deine Schultern deswegen nicht so hängen, hörst du?«

Sami hat sich einen Teller mit Nudeln aufgetan, er wird essen und dann schlafen, er hat Chicos Worte aufgenommen, er weiß, dass er recht hat und nickt. »Das werde ich nicht, danke.« Chico steht auf und umarmt Sami einen Augenblick. Er hat ihn mit großgezogen und sie alle hier sind ein Teil von Sami, ohne den er niemals leben könnte.

»Denk immer daran: Wir sind alle da, um dir zu helfen.«

Er kneift ihm einen Moment in die Wange und Sami muss lachen, das hat er früher immer getan.

»Ruh dich aus, Mano hat angerufen. Deine Onkel sind bald zurück und wir berufen für morgen Mittag ein Treffen ein, wo nur die engeren Kreise der Surenas anwesend sind. Es scheint ziemlich wichtig zu sein, also gönn dir ein paar Stunden Schlaf, du siehst aus, als könntest du sie gebrauchen.«

Chico klopft ihm noch einmal auf die Schulter und sieht ihm in die Augen, er hat nicht einmal richtig mitbekommen, wohin seine

Onkel überhaupt gefahren sind, doch wenn sie es sagen, wird es wichtig sein und vor allem mit einer Sache hat Chico völlig recht: Er braucht dringend Schlaf.

Kapitel 15

Paco öffnet müde die Augen.

Es war eine kurze Nacht, sie haben so gut wie gar nicht geschlafen. Er sieht auf Rodriguez' Rücken und setzt sich auf, sodass er auf Ramon blickt, der auf der Couch schläft. Paco lässt sich noch einmal ins weiche Hotelkissen fallen.

Die letzten Stunden haben erneut alles verändert.

Er ist so froh, Ramon wieder bei sich zu haben, auch wenn er noch nicht begreifen kann, dass er wirklich da ist. Es ist ein unwirkliches Gefühl, ihn anzusehen: Sie dachten er wäre tot und auf einmal steht er vor ihnen.

Der andere Padre hat gestern noch mit ihnen gesprochen. Er war früher Psychologe und hat sie ermahnt, dass sie Ramon nicht überfordern dürfen und sie haben erklärt, dass sie ihn erst einmal nach Hause bringen werden. Dort kann man nicht verhindern, dass vieles auf ihn einprasselt, doch sie werden ihm die beste medizinische Hilfe suchen, die man bekommen kann. Mano hat sich sofort darangesetzt, herauszufinden, welche Ärzte auf diesem Gebiet die Besten sind.

Paco hat sich gestern, nachdem Ramon auf sie im Hotel gewartet hat und der Padre gegangen ist, mit ihm in sein Zimmer zurückgezogen. Er weiß, dass Ramon nicht mehr weiß, wer er ist, doch tief in ihm liegen all diese Erinnerungen, das hat sich gestern ganz klar gezeigt.

Sein älterer Bruder hat Paco erklärt, dass er wach wurde und kaum mehr Luft bekommen hat. Seit er aus dem Koma erwacht ist, hatte er niemals dieses Gefühl, aber als er gestern wach wurde, nachdem sie da waren, wusste er noch immer nicht genau, wer Paco ist, doch er wusste, dass er bei ihm sein muss. Etwas tief in ihm und in seinem Herzen hat ihn seine Tasche packen lassen, um Paco zu suchen. Der Padre hatte gehört, wo sie untergekommen sind und sie haben Ramon ins Hotel gebracht, nachdem er erklärt hat, dass er zu ihnen muss.

Paco ist froh über diese Wendung. Er hat sein Handy mit dem Hotelfernseher verbunden, hat Ramons Lieblingspizza bestellt und ihm ihre Familia vorgestellt. Als er ihm noch einmal in Ruhe die Bilder von Jennifer, Sami und Miguel gezeigt hat, wurde Ramon nervös. Obwohl er kaum ein Wort verloren hat, konnte Paco spüren, dass Ramon diese Bilder aufwühlen.

Er hat ihm Bilder von früher gezeigt und auch Videos, wo Ramon im Pool steht und Sami und Miguel immer wieder ins Wasser wirft. In dem Moment hat sein Bruder ihn angesehen und Paco hat erkannt, wie sehr ihn das schmerzt. Er versucht sich zu erinnern. Ramon erklärt ihm, dass er spürt, dass er all das tief in sich kennt, doch die Erinnerungen kommen nicht heraus und das quält ihn. Um ihn nicht völlig zu überfordern, hat Paco dann auch wieder aufgehört, Ramon seine Vergangenheit zu zeigen und ihn über das Leben ausgefragt, was er hier geführt er.

Sein Bruder scheint die letzten zwei Jahre nur in diesem Kloster verbracht zu haben. Jeder Tag hatte den gleichen Ablauf, Ramon hat viel gebetet, um wieder gesund zu werden und zu erfahren, wer er ist. Er beschreibt, dass er tief in sich immer eine gewisse Sehnsucht und Unruhe verspürt hat, als wisse er genau, dass er irgendwohin muss, doch er wusste die ganze Zeit nicht wohin. Er hat außerdem gespürt, dass sein Körper unterfordert ist. Im Kloster hat er alle möglichen Arbeiten übernommen und hat irgendwann angefangen zu joggen und auch ein wenig zu trainieren und sich selbst gewundert, wie leicht ihm all das gefallen ist.

Paco musste lachen, man darf nicht unterschätzen, wie tief gewisse Gewohnheiten in einem verankert sind. Ramon ist nicht mehr so breit wie früher, doch er wirkt nicht untrainiert. Er sieht gut aus, ist dunkler als damals, weil er wahrscheinlich viel in der Sonne gearbeitet hat und er wirkt sogar ein wenig erholter.

Später erzählte Paco Ramon wieder ein wenig von ihren Geschäften, ihrem Vermögen und was die Surenas bedeuten, bis sie einen Anruf von der Rezeption bekamen, dass Rodriguez da ist. Er hat sich ein Taxi genommen, statt sich zu melden. Auch wenn Paco genau wusste, dass es nicht das letzte Mal sein wird, dass nun den Menschen, die er liebt, noch einmal der Boden unten den Füßen weggezogen wird, hatte er noch immer keine Ahnung, wie er das seinem Bruder beibringen sollte.

Er hat Rodriguez auf dem Flur abgefangen, der nicht einmal verstanden hat, was er in Kolumbien sollte und was Paco hier macht. Mano war bereits auf seinem Zimmer und Paco hat Rodriguez von dem Padre und dem Bild erzählt. Er hat ihm gesagt, dass er das allein abklären wollte, um bei niemand anderem alte Wunden aufzureißen. Und als Rodriguez ihn dann gefragt hat, was er herausgefunden hat, hat Paco die Tür zum Hotelzimmer geöffnet, in dem Ramon saß und dabei war, bereits seine zweite Pizza zu essen.

Die nächsten zwei Stunden würde Paco am liebsten vergessen, doch er weiß, dass ihn heute noch viel Schlimmeres erwartet.

Rodriguez ist völlig ausgeflippt. Er hat ihnen nicht geglaubt, er hat Ramon vor sich gesehen und konnte es nicht glauben. Er hat gedacht, Paco erlaubt sich einen kranken Scherz. Einen Moment, wollte er sogar einfach wieder gehen, doch Paco hat ihn dazu gebracht, sich zu setzen und hat begonnen, ihm zu erklären, was sie bereits herausfinden konnten.

Ramon war ganz still, während Paco ihren jüngsten Bruder über alles aufgeklärt hat. Er hat ihm erzählt, wie Mano und er Ramon entdeckt und was sie dann im Haus des Arztes erfahren haben, bis dahin, dass Ramon zu ihnen wollte, auch wenn er nicht weiß, wer sie genau sind und erst, als er all das erzählt hat, hat auch Rodriguez sich langsam beruhigt.

»Wieso hast du mir das nicht von Anfang an gesagt und mich mitgenommen?« Paco versteht die Wut und das Durcheinander, das Rodriguez fühlt, auch ihm ging und geht es nicht anders, doch er hatte ein wenig die Zeit, sich an diesen Gedanken zumindest zu gewöhnen.

Ramon ist irgendwann aufgestanden und durch den Raum getigert, so wie er es früher immer getan hat, wenn er nervös war oder nachgedacht hat. In dem Moment, als Rodriguez Paco einen Vorwurf machen wollte, hat Ramon sich zu seinem jüngsten Bruder umgedreht. »Du solltest deinem Bruder vertrauen, er tut nichts, ohne dabei an dich zu denken.« Das war der erste Moment, wo Paco und Rodriguez eingehalten haben. Das hat Ramon früher immer gesagt, und auch wenn er das jetzt völlig unbeabsichtigt und ohne drüber nachzudenken wiederholt hat, weiß er gar nicht, wie typisch das für ihn ist, er scheint es aber auf ihren Gesichtern erkannt zu haben.

Rodriguez stand auf und ging das erste Mal zu Ramon. »Das Gleiche kann ich dich genauso fragen, wenn das alles stimmt. Wieso hast du das getan? Wieso hast du solch einen Plan ohne uns durchgeführt? Hätten wir davon gewusst, hätten wir dich gesucht. Wir haben dich begraben oder in diesem Fall einen Fremden, den wir täglich betrauert haben. Es ist nichts mehr wie vorher bei uns und wir mussten dich zwei Jahre hier lassen, alleine und das nur, weil wir nicht wussten, dass du noch lebst.«

Paco hielt sich im Hintergrund als Ramon seinem jüngsten Bruder in die Augen sah. »Ich weiß es nicht. Ich kann mich daran nicht erinnern, doch ich denke, dass ich das genau wie Paco getan habe, um meine Brüder zu schützen.« Es kann sich auch noch so unglaubwürdig anfühlen, aber in diesem Moment steht ihr Bruder wieder vor ihnen, und als er Rodriguez in den Arm nimmt und sein Bruder Tränen verliert, weil sie Ramon zurückhaben, hat auch Paco wieder Tränen in den Augen. Er dankt Gott ein weiteres Mal, dass sie ihn gefunden haben und er lebt.

Sie haben kaum geschlafen, neben dem was passiert ist, haben sie versucht, Rodriguez zu erklären, wie es Ramon geht und was sie genau darüber wissen, was es mit dem Gedächtnisverlust auf sich hat.

146

Paco weiß, dass es kurz vor Sonnenaufgang war, als er das letzte Mal aus dem Fenster gesehen hat, und obwohl sie noch zwei Zimmer gebucht hatten, sind sie alle drei bei ihm eingeschlafen.

Es klopft an der Tür, wahrscheinlich hat ihn das wach werden lassen. Mano tritt ein und lächelt, als er auf sie alle blickt. »Wie sehr ich diesen Anblick vermisst habe.« Paco setzt sich komplett auf, auch Rodriguez und Ramon werden langsam wach. »Unser Flugzeug ist auf dem Weg hierher. Ich habe gestern noch mit Chico telefoniert. Er weiß nichts Genaues, doch er hat uns alle verflucht, als ich ihm gesagt habe, er soll unser Flugzeug nach Kolumbien schicken und dass wir heute Mittag ein wichtiges Treffen einberufen. Ich habe ihn aber gerade noch einmal angerufen, er soll mit Miguel, Sami, Hernandez, Ramos und Josir alleine bei sich im Haus warten. Wir müssen die Jungs erst einmal alleine sprechen.« Rodriguez wischt sich müde mit der Hand über das Gesicht.

»Wie sollen wir ihnen das alles erklären? Was ist mit Mama, Papa, Jennifer …?« Paco steht auf, um zu duschen, sie werden frühstücken und direkt zurückfliegen. »Ich habe gestern kurz mit Papa gesprochen. So etwas können wir ihnen nicht am Handy sagen, deswegen habe ich gesagt, sie sollen dringend nach Sierra kommen. Sie sind in zwei Tagen da. Jennifer konnte ich gestern nicht erreichen, für sie ist es schwer, mit uns zu sprechen, sie leidet noch immer sehr, sobald sie sich meldet, bitte ich sie, nach Puerto Rico zu kommen, auch sie sollte das nicht am Handy erfahren.«

Er sieht zu Ramon, der den Blick bei den Namen seiner Söhne und Jennifer gesenkt hat.

Rodriguez flucht auf. »Das wird … eine Katastrophe, es ist das, was sich alle wünschen, doch niemand wird es glauben können.«

Paco kramt in seiner Tasche, es wird Zeit, dass sein Bruder die Leinensachen loswird, die er noch immer trägt. Er wirft ihm eines seiner Shirts und eine Shorts zu und geht als Erstes in Richtung Bad. »Doch am Ende werden sie alle genau wie wir dankbar sein, dass er wieder bei uns ist. Pack alles ein, Ramon, es geht nach Hause nach Puerto Rico.«

Und tatsächlich setzen sie einige Stunden später schon zum Landeanflug an. Der Rückflug hat sich hingezogen, sodass sie sich gleich Mittagessen mit in den Flieger genommen haben, und danach hat jeder noch einmal Schlaf nachgeholt. Nun hatte auch Mano Zeit, Ramon richtig zu drücken und mit ihm zu sprechen, davor hat er Paco und Rodriguez den Vortritt gelassen.

Als Paco aus seinem Schlafbereich heraustritt, nachdem der Kapitän den Landeanflug angekündigt hat, sieht er auf Rodriguez, Mano und Ramon. Wenn man nicht wüsste, dass Ramon nicht weiß, wer er ist oder wer sie so wirklich sind, könnte man glauben, die letzten zwei Jahre wären nicht gewesen.

Ramon sitzt mit Mano zusammen, sie spielen auf der Playstation, Ramon hat das früher nie gerne gemacht, und auch jetzt sieht er nicht so aus, als wäre das sein neues Hobby, doch er hat auch zwei Jahre in einem Kloster gelebt, wo es nicht einmal einen Fernseher gab. Paco hat vorhin gesehen, dass Ramon sich zum Beten zurückgezogen hat, sie werden sich an den Gedanken gewöhnen müssen, dass sie vielleicht niemals den ganz alten Ramon zurückbekommen werden, selbst wenn sie die allerbesten Ärzte der Welt aufsuchen. Er hat zwei Jahre lang ein anderes Leben gelebt, doch erst einmal zählt, dass er wieder da ist.

Als Ramon Paco bemerkt, wendet er sich zu ihm um. Rodriguez kommt gerade aus dem Bad. »Mir ist eingefallen, dass ich mich nach der Operation und als ich aus dem Koma erwacht bin, an eine Sache erinnern konnte, es war ein Name: Tajo und dass ich ihn gesucht habe. Das war eine der wenigen Erinnerungen, die ich noch hatte, doch Mano sagt, er weiß nichts von einem Tajo.«

Paco muss lachen und Rodriguez schnalzt die Zunge. »Im Ernst? Du hast alles vergessen, doch an den Scheiß erinnerst du dich?« Paco zieht sich sein Shirt wieder über. »Das war dein erster Hund. Du hast ihn über alles geliebt, bis Rodriguez ihn hat entwischen lassen, du hast fast zwei Monate nicht mit ihm gesprochen.« Rodriguez sieht Paco böse an. »Ich habe ihn nicht entwischen lassen, ich habe nur die Tür nicht ganz geschlossen, der Hund war einfach nicht richtig erzogen.«

Nun muss auch Mano lachen und Ramon sieht amüsiert zu seinen Brüdern. »Also das scheint tief in mir verankert zu sein, Rodriguez.« Der steckt sich sein Handy wieder ein und setzt sich zu Ramon. »Alles klar, du bekommst einen neuen Tajo von mir, ist das dein Ernst? Wie kannst du so hoch gegen Mano verlieren? Du weißt das nicht mehr, aber du bist einer der Anführer der Surenas, du musst immer etwas besser in allem sein, gib mal den Controller her, ich rette unsere Ehre.«

Paco lächelt, auch wenn noch vieles vor ihnen liegt, spürt er, wie ihm Felsbrocken vom Herzen fallen.

Mano hat Chico gebeten, sie alleine abzuholen.

Er ist von ihnen allen am entspanntesten, doch als sie zusammen mit Ramon aus dem Flieger steigen, hat Paco einen Moment wirklich Angst, dass Chico ohnmächtig wird. Er stand gegen seinen Range Rover gelehnt, nun kommt er näher und sieht sie an, als hätten sie einen Geist neben sich, und ja … im Grunde ist es ja fast so, also zumindest für die, die noch nicht wissen, was passiert ist und dass Ramon lebt.

Chico flucht laut auf und dreht sich um. »Wollt ihr mich verarschen?« Einen Moment wirkt es fast so, als wolle er zu seinem Auto und einfach wegfahren, doch Paco ruft ihn und er dreht sich wieder um. »Was zur Hölle ist hier los?«

Sie versuchen es ihm zu erklären, doch anders als sie hört sich Chico nicht erst alles an, er kommt zu ihnen. Während Paco versucht, in so wenigen Worten wie möglich dass Unbegreifbare zu erklären, geht er zu Ramon. Er sieht ihm in die Augen, hebt sein Shirt und sieht sich seine Tattoos an, und auch er sieht nach seiner Narbe. Eine Mischung aus Wut und Erkenntnis liegt auf Chicos Gesicht.

Ramon lässt alles zu, Paco versucht, Chico begreiflich zu machen, was nicht so einfach zu verstehen ist.

»Wo hast du gesteckt?« Chico ignoriert Paco einfach und sieht Ramon in die Augen. »Und um wen trauern wir ständig an deinem Grab?« Ramon unterbricht den Augenkontakt nicht. »Ich war in einem Kloster und ich hab keine Ahnung, wer da unter der Erde ist, ich bin es aber offensichtlich nicht.« Chico flucht noch einmal, aber dann umarmt er Ramon erleichtert.

Dafür, dass Ramon nicht weiß, wer hier wie zu ihm steht und wer sie alle sind, lässt er diese Nähe erstaunlich gelassen zu. Er wird spüren, wer sie sind und dass sie alle ihn lieben.

Als Chico die Umarmung löst, sieht er ihm noch einmal ins Gesicht, lacht laut auf und legt den Arm um Ramon, während er mahnend den Finger zu Paco hebt. »Das bekommst du zurück, dass du mich nicht mitgenommen hast. Wer von denen, die jetzt auf uns warten, weiß Bescheid, dass du noch lebst?« Rodriguez legt seine Tasche in Chicos Kofferraum, als sie beim Auto ankommen. »Keiner, das wird gleich nicht leicht werden, uns war klar, dass du das alles am entspanntesten aufnehmen wirst, und ich hatte selbst bei dir ein paar Sekunden das Gefühl, du warst kurz davor, deine Waffe zu ziehen.«

Chico lacht und sieht zu Ramon. »Ich dachte, ihr hättet … keine Ahnung, einen geklonten Ramon, einen Doppelgänger … ich habe bis jetzt immer noch nicht verstanden, was wirklich passiert ist.« Rodriguez und Mano erklären es Chico auf dem Weg nach Hause. Paco sitzt mit Ramon und Mano hinten, er zeigt seinem älteren Bruder ihre Gegend, fragt ihn, ob er sich an etwas erinnern kann, doch Ramon sieht nur ruhig aus dem Fenster.

»Es ist nicht so, als würde ich das hier kennen, aber ich spüre, dass ich schon hier war, es ist mir nicht fremd.« Chico sieht zu ihm und flucht ein weiteres Mal, als er begreift, dass sie Ramon zwar zurückhaben und er lebt, er aber noch lange nicht der alte Ramon ist.

Chico hat dafür gesorgt, dass niemand bei ihm im Haus ist.

Mano geht mit Ramon nach oben, ihr Bruder braucht wahrscheinlich selbst erst einmal einen Moment, der Padre hatte ihnen ja gesagt, dass sie ihn nicht überfordern dürfen, doch zunächst wird das nun auf ihn zukommen. Sie können ihn hier auch nicht verstecken.

Nur ein paar Minuten später kommen Miguel und Ramos lachend in Chicos Garten und begrüßen sie. Als sie Paco und Rodriguez in die ernsten Gesichter sehen, vergeht ihnen allerdings das Lachen. Auch als Hernandez und Josir kommen, spüren sie schnell, dass etwas nicht stimmt. Sie setzen sich alle zusammen an den großen Holztisch, der unter einem Sonnensegel im Garten von Chico steht. Sie trinken nur still etwas und als Sami dann kommt, wissen sie, dass sich nun ein weiteres Mal ihrer aller Leben komplett ändern wird.

Paco sieht vor allem seinen Neffen ins Gesicht. Miguel ist nach allem, was er miterlebt hat, wieder der Alte. Er ist glücklich mit Shanice und nach und nach hat er zu seinem alten Lachen gefunden. Sami scheint gerade einiges durchzumachen, er sieht aus, als wäre er aus dem Bett gefallen, doch egal, was er gerade mitmacht, die Neuigkeiten, die er gleich erfahren wird, werden all das noch einmal in den Schatten stellen.

Rodriguez neben ihm räuspert sich, sie wissen nicht, wie sie ihren Neffen beibringen sollen, dass ihr Vater noch lebt, wahrscheinlich wäre es am einfachsten, wenn Ramon kommen und seinen Söhnen um den Hals fallen würde, doch er weiß nicht, wer sie sind und das macht die Sache noch viel komplizierter.

Paco nimmt seinem jüngeren Bruder das ab und beginnt, allen zu erzählen, was die letzten Tage passiert ist. Als er von dem Bild erzählt, was ihm der Padre gezeigt hat, werden Miguel und Sami schon unruhiger, die anderen hören ihm einfach nur zu. Als er berichtet, dass er mit Mano nach Kolumbien geflogen ist, hebt Hernandez verwundert seine Augenbrauen, und als er ihnen dann von dem Kloster erzählt und dass sie Ramon gefunden haben, sagt keiner mehr ein Wort.

Wenn du zwei Jahre denkst, jemand sei tot und dann steht jemand vor dir und sagt dir, dass es nicht so wäre, wartest du einfach nur darauf, dass er sagt, das Ganze sei nur ein Scherz. Genauso reagieren alle, die vor ihm sitzen und ihn ansehen, als hätte er den Unfall gehabt und nicht sein Gedächtnis, aber seinen Verstand verloren. Sie können es nicht glauben, weil es unmöglich ist.

Erst als Paco beginnt, von dem zu erzählen, was sie herausbekommen haben, von dem Plan, den Ramon und der Arzt hatten und wie all das schief gelaufen ist und dass Ramon dabei sein Gedächtnis verloren hat und sie deswegen nicht kontaktiert hat, unterbricht Miguel ihn, was er sonst niemals tun würde.

»Du willst uns also sagen, dass unser Vater lebt und sich an nichts erinnern kann?«

Rodriguez ruft Mano und Sami steht auf, als Mano mit Ramon aus Chicos Haus kommt, alle anderen bleiben wie versteinert sitzen. Ramon sieht unsicher zu Sami und Miguel. Er weiß, dass sie seine Söhne sind und nun erkennt Paco das erste Mal Tränen in seinen Augen, als er zu Sami geht und dieser schneller in seinen Armen liegt, als Paco es hat kommen sehen.

Hernandez spricht ein Gebet und bekreuzigt sich, als auch Miguel aufsteht, nachdem sein Vater ihm angedeutet hat, zu ihm zu kommen und er beide gleichzeitig in den Arm nimmt.

In diesem Augenblick sind das nicht mehr die mächtigen Männer, zu denen sie geworden sind, es sind die kleinen Jungs, die von ihrem Vater durch die Luft geworfen und lachend aufgefangen wurden und die viel zu lange und völlig umsonst um ihren Vater getrauert haben.

»Meinst du, er erinnert sich wieder?« Rodriguez sieht zu Paco. Sie alle lassen den dreien diesen Moment. »Ich denke, es ist, wie er es vorhin im Auto beschrieben hat, so war es auch, als er wach wurde und ich weg war … er kennt uns nicht, weiß nicht, wo er ist, doch er spürt trotzdem, wer wir sind und wie wichtig ihm all das hier ist. Der Padre meinte, dass das so ist, weil seine Erinnerungen da sind, eine Blockade in seinem Kopf hält sie noch zurück, doch er spürt uns, auch wenn er uns nicht mehr kennt.«

Rodriguez und Paco gehen einige Schritte zurück. Sie haben ihren Bruder schon für sich gehabt und lassen nun allen anderen die Zeit. Nach Miguel und Sami nehmen auch alle anderen Ramon in den Arm, bevor er erneut seine Söhne umarmt. Paco sieht, wie sich Ramon bei ihnen entschuldigt, dass er sich nicht mehr erinnert, doch das scheint allen völlig egal zu sein, sie haben Ramon wieder.

Auch Paco kann endlich wieder lächeln, als Miguel zu ihm kommt und ihm sagt, dass er sofort Shanice anruft und sie bitten wird, den besten Spezialisten für solch einen Fall herauszufinden. Miguels Freundin arbeitet selbst als Therapeutin und Paco weiß, dass sie auch das noch hinbekommen werden.

Er spürt, wie nach und nach ein ungeheurer Druck von ihm abfällt und er immer deutlicher begreift, dass sie wirklich wieder Ramon bei sich haben.

Er weiß nicht, wer Bescheid gesagt hat, doch plötzlich kommen Bella, Melissa, Dilara und einige andere Frauen. Und im Gegensatz zu den Männern brauchen diese keine Erklärung, sondern liegen so schnell in Ramons Armen, dass ihr Bruder so laut und herzlich lacht, dass Paco erst in dem Moment begreift, wie sehr er dieses Geräusch vermisst hat. Bella weint in Ramons Armen genau wie die anderen und dann kommen auch schon die ersten Puntos und er weiß, dass nun die Feier gar nicht mehr aufzuhalten sein wird. Rodriguez und Mano erzählen immer wieder, was passiert ist und Paco zieht sich ins Haus zurück, um Jennifer anzurufen.

Er weiß, dass sie alle jetzt ein absolutes Gefühlschaos erleben, von ungläubig zu überglücklich, auch bei ihm hält dieses Chaos noch an und das wird sie alle die nächsten Tage begleiten.

Paco hat Angst, Ramon den Rücken zuzudrehen und dann wieder hinzusehen, nur um festzustellen, dass er weg ist, doch das ist er nicht. Er ist wieder da und das begreift er erst nach und nach, und mit jeder Minute wird er dankbarer und gelöster, doch sie alle werden das, was gerade passiert und was ihnen nun widerfährt, im vollen Ausmaß erst in einigen Tagen oder Wochen komplett begreifen können.

Er wählt erneut Jennifers Nummer. Wieder nur die Mailbox. Paco hinterlässt eine Nachricht, dass sie ihn dringend zurückrufen soll, für sie wird das … er kann sich nicht vorstellen, wie die Frau seines Bruders das aufnehmen wird. Er weiß, dass sie angefangen hat weiterzuleben, genau das, was sie alle sich für sie gewünscht haben.

Als Paco sich wieder umdreht, sieht er in die verweinten Augen von Bella, die sich zu ihm beugt und ihm einen Kuss gibt.

»Wie geht es dir, mein Herz? Es ist wie ein Wunder, ich habe meinen Augen nicht getraut.« Sie sieht ihn besorgt an, sie weiß, dass das nicht leicht für ihn war und ist.

Paco nimmt seine Frau in seine Arme. Er schließt die Augen, als Bellas Hand beruhigend auf seinem Rücken hoch und runter streicht und spürt ihre Tränen an seiner Schulter, während er den vertrauten Geruch ihrer Haare aufnimmt und auch ihm noch einmal einige Tränen die Wangen herunterrollen, während er aus der Terrassentür in den Garten blickt, wo Leandro gerade seinen Onkel umarmt und Ramon Lando auf den Arm nimmt.

»Er ist wieder da. Wir haben Ramon zurückbekommen und ich weiß nicht, wie ich Gott jemals genug dafür danken kann.«

Kapitel 16

»Das ist eine unglaublich interessante Geschichte und ich verstehe, wie sehr das Sie alle mitnimmt. Deswegen haben mein Team und ich uns auch so schnell wie es geht daran gesetzt und alle Untersuchungsergebnisse zusammengetragen.«

Sami räuspert sich und sieht zu seinem Vater, der neben ihm auf der Couch sitzt. Noch immer ist das völlig unglaublich für ihn.

Vor vier Tagen stand sein Vater plötzlich wieder vor ihnen. Es war so eine unglaubliche Situation, dass er sich jetzt, vier Tage später, kaum noch an diesen Moment erinnern kann, weil so viele Emotionen auf ihn eingewirkt haben, dass es ihm teilweise so vorkam, als stände er nur daneben und würde zugucken.

Von seinem Vater wieder in den Arm genommen zu werden, Sami hätte die letzten Jahre alles dafür getan. Im Gegensatz zu Miguel hat Sami ihn fast vier Jahre nicht gesehen, die knapp zwei Jahre, die sie gefangen waren und die zwei Jahre, die sie ihn für tot gehalten haben. Vier Jahre sind eine lange Zeit und Sami hat sich jeden Tag nach seinem Vater gesehnt, dann plötzlich wieder in seinen Armen zu liegen, hat ihm den Boden unter den Füßen weggezogen und ihn gleichzeitig wieder geerdet.

Auch wenn noch viel vor ihnen liegt, war Sami seit Jahren nicht mehr so klar im Kopf wie in diesem Augenblick, alles fühlt sich wieder richtig an, noch nicht beendet, aber richtig. Ihm ist klar, dass noch einiges auf sie zukommt, doch es ist alles wieder, wie es sein sollte.

Sie waren in dieser Nacht bis zum Sonnenaufgang zusammen, alle, es gab keine Ausnahme, sie haben nicht genügend Platz in Chicos Haus gefunden und haben auch die Gärten der beiden anderen Häuser mitbenutzt. Auch wenn sie die Geschichte mit der Zeit immer mehr begriffen haben, war es immer noch viel zu irreal und keiner wollte dem so richtig trauen, doch je mehr Zeit verging, umso klarer war, dass wirklich ihr Vater wieder da war.

Auch wenn er sich nicht mehr richtig erinnern kann, so ist er noch der Gleiche. Er lacht auf dieselbe Art und Weise, noch immer hat er diese Art an sich, die ihm immer einen gewissen Respekt von jedem entgegenbringen ließ. Irgendwann hat er sich neben seine Söhne gesetzt und wie früher Sonnenblumenkerne geknackt. Auch wenn er nicht mehr alles genau weiß, zeigt ihm sein Unterbewusstsein seinen Weg. Man hat sofort gemerkt, dass er spürt, welche Menschen ihm am nächsten stehen.

Als sie sich am Morgen zu ihren Häusern aufgemacht haben, stand er vor den drei Haupthäusern und hat zu seinem alten Haus gezeigt, ohne dass einer etwas gesagt hat. Er wusste, dass das sein Haus war, auch wenn er sich nicht mehr genau an das Haus erinnern kann und was darin alles passiert ist und das zieht sich bis heute durch. Er spürt und weiß vieles, kann sich aber nicht erinnern.

Paco wollte Ramon zu sich holen. Sie mussten kleinlaut zugeben, dass das Haus, nachdem es zerstört war, für die jüngere Generation als Unterkunft gedient hat und nicht mehr viel von ihrem alten Zuhause übrig ist, doch keiner hatte geahnt, dass nun ihr Vater wieder hier steht. Am Ende sind ihre Cousins dann aus dem Haus gegangen, damit Miguel, Sami und ihr Vater sich wie früher alleine dort zurückziehen konnten.

Obwohl es schon Morgen war, hat keiner von ihnen geschlafen und sie wollten eigentlich erst frühstücken und dann schlafen gehen, doch als Sami einige Minuten später nach ihrem Vater geguckt hat, war er bereits auf dem Bett eingeschlafen. Da wusste Sami, dass alles wieder gut wird, er war nicht auf irgendeinem Bett eingeschlafen. Das alte Schlafzimmer ihrer Eltern war das einzige Zimmer, das niemals jemand von ihnen übernommen hat. Sie haben dort ein neues Bett hingestellt, für ihre Mutter, wenn sie zu Besuch kommt, auch wenn diese dieses Haus dann fast nie betreten hat, weil die Erinnerungen für sie zu schwer zu ertragen sind.

Ihr Vater hat sich genau in dieses Zimmer zurückgezogen. Wahrscheinlich hat sein Herz ihm das verraten hat und er hat dort sehr lange und tief geschlafen. Er hat fast einen ganzen Tag und die nächste Nacht geschlafen, aber als er dann aufgestanden ist, hat er gesagt, dass er seit seinem Aufwachen aus dem Koma nicht mehr so gut geschlafen hat.

Seitdem genießen sie es einfach wieder, ihn bei sich zu haben. Er sieht sich um, trifft alle Leute wieder, verbringt den ganzen Tag mit seinen Brüdern und seinen Söhnen und auch viel Zeit mit seinen Neffen und Nichten. Doch irgendwann hat er sich immer wieder an die Brust gefasst und gesagt, dass er das Gefühl hat, etwas stimmt noch nicht, etwas fehlt und sie alle wissen, was es ist.

Ihre Mutter kommt morgen nach Puerto Rico und weiß von nichts.

Keiner fand es gut, ihr so etwas am Handy zu sagen, sie konnten sie nicht erreichen, da seine Uroma, die Oma seiner Mutter, im Krankenhaus liegt. Sie ist schon über neunzig Jahre alt, doch immer noch sehr fit. Bei Samis letztem Besuch in Schweden hat sie ihm sogar noch am Ohr gezogen und mit ihm Karten gespielt, doch nun scheint sie immer schwächer zu werden.

Umso schwerer war es dann, ihrer Mutter zu erklären, dass sie nach Puerto Rico kommen muss, sie kommt ohnehin nicht gerne her. Sami sieht, wie sie in Schweden atmen kann, und auch wenn sie sich dort auch herumquält, ist es besser als hier, wo sie Stunden in ihrem Garten sitzt und an alte Zeiten denkt. Sie vermisst seinen Vater sehr und er weiß nicht, wie sie reagieren wird, wenn er jetzt plötzlich wieder da ist.

Sami verdrängt das, er weiß, dass es sie genau wie ihn förmlich umhauen wird und alles, was seiner Mutter wehtut, will er verhindern, doch dieses Mal wird er das nicht können. Doch wenn sie den ersten Schock überwunden hat, hat auch sie seinen Vater endlich wieder. Er weiß allerdings nicht, ob das so einfach ist wie in ihrem Fall, er ist und bleibt ihr Vater.

Seine Mutter hat krampfhaft versucht, einen Schlussstrich unter all das zu setzen. Er hat gesehen, wie sie sich immer wieder gezwungen hat, ein neues Leben aufzubauen und er weiß nicht, ob sie diesen Schalter jetzt einfach wieder von einem auf den anderen Tag umlegen kann, doch er hat Hoffnungen, dass irgendwann, wenn eine gewisse Zeit vergangen ist, alles wieder beim Alten sein wird.

Nun sitzen sie hier mit den Ärzten, die dafür sorgen wollen, dass ihr Vater wieder der Alte wird. Sie sind gestern angekommen. Shanice hat die besten Ärzte auf dem Gebiet des Gedächtnisverlustes organisiert. Sie haben gestern alle Tests gemacht und sich alles angehört und nun besprechen sie, wie sie weiter vorgehen.

»Die guten Neuigkeiten zuerst, sie haben keinerlei Schädigungen im Gehirn. Deshalb schließen wir einen dauerhaften Gedächtnisverlust aus, und das zeigt auch ganz deutlich, dass sie sich hin und wieder an Sachen erinnern können, wie Namen und die Orte. Ich vergleiche das oft so: Alle Patienten können noch Auto fahren, sie wissen nur nicht mehr genau, wie man sich im Verkehr verhält. Wir sind sehr zuversichtlich, dass wenn wir jetzt mit der Therapie beginnen, nach und nach alle Erinnerungen zurückkommen und sich festigen. Es ist nicht ausgeschlossen, dass die ein oder andere Erinnerung für immer weg sein wird, dass betrifft aber meistens nur Kleinigkeiten. So kann es sein, das sie sich an einen bestimmten Urlaub nie wieder erinnern können, aber das kann auch Menschen ohne solch einen Unfall passieren.«

Paco, der ihnen gegenübersitzt und nervös auf seinem Kaugummi herumkaut, lacht leise auf, diese Nachrichten beruhigen sie alle.

Der Arzt lächelt.

»Ich würde heute Mittag gern mit der ersten Sitzung beginnen, es ist gut, wenn wir für die ersten Sitzungen alleine sind. Wir arbeiten mit Hypnose, Entspannungsübungen und versuchen, die Blockade, die sich in Ihrem Kopf aufgebaut hat, nach und nach zu lösen. Danach wäre es gut, wenn immer jemand von Ihnen auch zu den

Sitzungen kommt und von früher erzählt, aber das besprechen wir dann. Ich freue mich auf heute Nachmittag, wir haben im Krankenhaus einen Teil der obersten Etage eingerichtet und erwarten Sie dort.«

Ihr Vater nickt und bedankt sich, Rodriguez bringt die Ärzte zur Tür und ihr Vater steht auf und beginnt im Raum auf und ab zu laufen. Schon heute früh war er nervös und unruhig, nun beginnt es wieder. Auch Paco sieht sofort auf.

Er hat ihn heute Morgen das erste Mal mit zum Trainieren genommen und ihnen erzählt, dass er sofort wie ein Verrückter angefangen hat mitzutrainieren. Er wusste noch genau, wie er was zu machen hat, und als hätte er all die Monate nur darauf gewartet, wollte er gar nicht mehr aufhören. Sie waren gestern auch neue Kleidung kaufen, alles, was ihr Vater so braucht, und haben lange zusammen im Garten von Rodriguez gegrillt. Die Ärzte haben gute Nachrichten und trotzdem scheint ihr Vater immer unruhiger zu werden.

»Was ist los? Das sind doch gute Nachrichten.« Ramon nickt und sieht dabei in ihren Garten, bevor er sich zu Miguel, Rodriguez, Paco und ihm umdreht. Sie vier lassen ihn nicht eine Minute mehr aus den Augen, als hätten sie Angst, ihn noch einmal zu verlieren.

»Als ich im Kloster gelebt habe, wusste ich immer im Unterbewusstsein, dass ich irgendwohin muss, es war komisch, man kann das kaum beschreiben, doch ich wusste immer, etwas stimmt nicht, etwas fehlt. Und dann kam Paco und seit ich hier bin, fühlt sich alles wieder richtig an, dachte ich, doch jetzt kommt es wieder … es fehlt etwas, etwas ist nicht richtig.«

Sami muss lächeln und Rodriguez geht in die Küche und holt sich eine Limonade aus dem Kühlschrank. »Das erinnert mich an die paar Male, als Jennifer dich verlassen wollte, du warst genauso nervös und unruhig. Sie ist morgen da … und dann wird alles wieder richtig sein.«

Sie können nur hoffen, dass es wirklich so kommen wird. Keiner weiß, wie seine Mutter reagieren wird.

Sie essen noch zusammen, doch als seine Onkel seinen Vater dann ins Krankenhaus bringen, setzt er sich ins Auto und fährt nach vier Tagen zurück in die Klinik, in der er Banu gelassen hat.

Die Ärzte haben ihr Wort gehalten. Sami hat morgens und abends einen Bericht bekommen, wie es Banu geht und was sie für Fortschritte macht.

Die ersten drei Tage hat sie einen sehr harten Entzug durchgemacht, aber seit gestern geht es etwas besser. Sie bekommt noch Medikamente und der richtige Entzug dauert auch noch einige Tage, doch sie ist schon aufgestanden und etwas herumgelaufen und hat wieder normal gegessen.

Sami weiß, dass er noch einige Tage warten sollte, doch er möchte nur kurz nach Banu sehen. Er hält vor der Klinik und der Wachmann lässt ihn auch sofort herein, er hätte eh keine andere Wahl.

Die Ärztin, die Banu auch schon begrüßt hat, kommt zu ihm. »Herr Surena, ich weiß, dass Sie sich um ihre Freundin Sorgen machen, doch es wäre wirklich besser, die ersten Tage ...« Sami hebt die Arme. »Ich lasse Sie, ich vertraue Ihnen, ich wollte nur für einige Minuten sehen, wie es ihr geht, das ist alles.«

Die Ärztin sieht ihm in die Augen und nickt. »Sie sitzt am See, sie hat in fünf Minuten die nächste Therapie, Sie können sie gerne vom See holen und zur Therapie bringen.« Sami nickt und geht durch den Essensraum in den Garten.

Jetzt, so im Tageslicht, wirkt das Ganze doch noch einmal anders. Viele Frauen sitzen hier herum, er hat gar nicht gefragt, ob diese Einrichtung nur für Frauen ist, doch es sieht auf den ersten Blick so aus.

Sie alle beachten ihn kaum, wahrscheinlich bekommen sie viele Medikamente, einigen sieht man den jahrelangen Drogenmissbrauch an. Sami ist froh, dass Banu nur einige Wochen diese Drogen genommen hat, jeder Tag war zu viel, doch wenigstens ging es nicht über Jahre.

Schon von Weitem sieht er Banu alleine am See auf einer weißen Bank sitzen. Sie hat die Knie angezogen und blickt aufs Wasser. Ihre langen Haare hat sie zu einem Zopf hochgebunden und sie trägt einen grauen Bademantel. Auch wenn es ziemlich warm ist, weiß er ja, dass ihr bei dem Entzug kalt ist.

Als sie seine Schritte hört, wendet sich Banu zu ihm um und lächelt, sobald sie ihn erkennt. Auch sein Herz schlägt schneller, als er in ihr müdes und blasses, doch einfach nur wunderschönes Gesicht sieht. Ihre braunen Mandelaugen fangen an zu strahlen, als er sich neben sie setzt und ihr in die Augen sieht.

»Balu ... ich habe den Auftrag erhalten, dich zu deiner nächsten Therapie zu bringen.« Banu legt den Kopf schief und lacht leise, er hat das wirklich vermisst. »Mogli, sie haben dich hier hereingelassen? Mir haben sie gesagt, dass du erst in ein paar Tagen kommen kannst.«

Sami sieht nach hinten, die Ärztin steht auf der Terrasse und deutet auf die Uhr, auch Banu sieht zu ihr. »Das ist auch so, doch ich musste dich sehen.« Das war zu schnell und zu ehrlich.

Banus Lächeln vergeht und sie sieht ihm in die Augen. Einen Moment bildet sich Sami ein, die gleiche Sehnsucht in ihren Augen zu sehen, die auch er verspürt, denn das tut er, seit er sie hier abgesetzt hat.

Es mag sein, dass sie sich noch nicht gut kennen und nicht gerade den besten und romantischsten Start hatten, doch er denkt ständig an sie und weiß, dass das nicht nur etwas damit zu tun hat, dass er sich Sorgen um sie macht.

Doch sie wird nicht an so etwas denken, sie ist auf Entzug, sie hat tausend andere Dinge im Kopf, deswegen fügt er schnell etwas dazu.

»Ich habe mir Sorgen gemacht und wollte gucken, dass sie dich hier gut behandeln.«

Banu nickt und steht auf, nachdem die Ärztin wieder auf die Uhr zeigt.

»Ja, es ist gut hier. Sie helfen mir und ich habe viel Zeit zum Nachdenken. Mach dir keine Sorgen, ich denke, ich schaffe das. Ich bin schon darüber hinweg, dass ich unbedingt neue Drogen will, ich will vor allem gesund werden und dabei wird mir hier geholfen.«

Banu hält vor einem kleinen Gebäude. »Dort bekomme ich eine Massage und gehe in die Sauna, um die Giftstoffe schneller abzubauen, danach habe ich eine Gruppentherapie. Den meisten Frauen hier geht es viel schlechter als mir, ich hatte wirklich Glück ...«

Eine Frau öffnet Banu die Tür und sie bleibt noch in dieser stehen und wendet sich zu ihm um.

Sami ist zufrieden, dass es Banu wirklich besser geht. Sie sieht ihm in die Augen. »Kommst du wieder?« Er nickt. »Sobald ich darf, bin ich wieder hier, soll ich dir etwas mitbringen?« Banu schüttelt den Kopf. »Es reicht, wenn du kommst.«

Es ist Sami egal, ob sie noch die Zeit dafür haben oder wer sie beobachtet, er geht noch einmal zu Banu und umarmt sie. Als sich ihre zarten Arme um seinen Hals legen und sich diese Umarmung viel vertrauter anfühlt als nur eine einfache Umarmung zwischen Freunden, drückt Sami sie noch einmal fester an sich. »Danke, Mogli.« Sami muss leise lachen, er lässt sie los und sieht ihr in ihre schönen Augen.

»Pass auf dich auf, Balu, ich komme in ein paar Tagen wieder.« Er küsst ihre Stirn und sieht zu, wie sie in den Raum geht, wo eine Ärztin sie in Empfang nimmt.

Als Sami in sein Auto steigt, muss er daran denken, wie er sich gefühlt hat, als er Banu hierlassen musste und noch nichts von seinem Vater wusste.

Es sind nur vier Tage vergangen und er fühlt sich komplett anders. Mit einem Lächeln im Gesicht startet er den Motor, er spürt, dass alles in Ordnung kommen wird.

Kapitel 17

»Sami, lass das. Gib Miguel das Spiel wieder.«

Jennifer sieht ihren Sohn mahnend an, der sie aus seinen schönen blauen Augen bittend anblickt, dann aber Miguel sein Spiel zurückgibt, der sie anstrahlt und dabei seine erste Zahnlücke entblößt. Er hat vor vier Tagen seinen ersten Zahn verloren. Das ist auch der Grund, wieso sie wieder hier sind.

Jennifer konnte die Jungs fast drei Wochen gut in Schweden ablenken, doch als er seinen Zahn verloren hat, wollte Miguel unbedingt zu seinem Vater und seinen Onkeln, um ihnen seine Zahnlücke zu zeigen. Sie sollten schon vor einigen Tagen zurück sein, doch sie ist mit den Kindern bei ihren Eltern in Schweden geblieben.

Jennifer lehnt sich zurück und sieht auf die Lichter in den Fenstern der Häuser, an denen sie vorbeifahren. Es ist schon viel zu spät, Sami und Miguel müssen längst im Bett sein, doch es gibt nur wenige Flüge von Schweden nach Puerto Rico, sie mussten einmal umsteigen und sind fast 18 Stunden geflogen. Sie sind müde und auch wenn sie gerade nicht sehr gut auf all das hier zu sprechen ist, fühlt es sich doch gut an, wieder zu Hause zu sein.

Keiner weiß, dass sie kommen, sie hat sich die letzten Tage nur mit Ramon am Telefon gestritten, weil sie einfach nicht zurückgekommen ist und ihm auch gesagt hat, dass sie nicht weiß, wann sie zurückkommen. Er ist selten wütend auf sie, eigentlich nie, doch jetzt gerade ist er es, allerdings ist das Jennifer egal. Sie hat genug davon.

Als der Taxifahrer sie am Surena-Anwesen herauslässt, nehmen die Wachen ihnen die Koffer ab und bringen sie zu ihrem Haus, in dem alles dunkel ist. Sie sagen, dass bei Rodriguez eine Feier stattfindet, Jennifer verdreht die Augen, doch Sami und Miguel rennen schon in Richtung des Hauses ihres Onkels. Jennifer ruft sie zurück, zusammen gehen sie dann zu dem Haus, aus dem laute Musik kommt und zwei Frauen hinaustorkeln, die nur noch einen Bikini und High Heels tragen.

Jennifer hasst diesen Part an ihrem Leben, Sami und Miguel reagieren nicht einmal mehr darauf, sie sind das schon gewohnt, was sie einfach nur traurig macht. Wie wollen ihre Söhne Frauen jemals richtig respektieren lernen, wenn sie von klein auf diese Art mit Frauen umzugehen kennenlernen?

Natürlich trägt Jennifer bei solch einem langen Flug nur eine schwarze Jogginghose und ein Top. Sie hat ihre Haare hochgebunden und ist ungeschminkt, doch auch so würde sie hier immer aus allen herausstechen mit ihren hellblonden Haaren und den blauen Augen.

Sobald sie das Haus betreten, werden sie überall begrüßt, Sami und Miguel rennen in den Garten und als Jennifer diesen betritt, ist Miguel schon bei Ramon auf dem Arm und zeigt ihm und Paco seine Zahnlücke und Sami sitzt bei Chico auf den Schultern. Die Musik ist laut, Grills sind aufgestellt und Chicas tanzen, offenbar ist die Krise, die dazu geführt hat, dass sie mal wieder das Land verlassen sollten, bereits vorbei.

Jennifer lehnt sich nur an die Terrassentür und hebt die Hand. Alle sehen zwischen Ramon und ihr hin und her, sie werden wissen, dass sie Streit haben, hier weiß jeder alles, deswegen macht sich Jennifer gar nicht die Mühe, etwas zu verbergen. Rodriguez kommt an ihr vorbei, gibt ihr einen Kuss auf die Wange und fragt, ob sie etwas trinken will, doch sie schüttelt nur den Kopf. »Nein, die Jungs wollten nur schnell hallo sagen, ich bringe sie ins Bett, es ist schon ...«

Sami und Miguel wollen sich beschweren, doch Ramon reagiert und lässt Miguel gleich auf seinem Arm. »Sagt euren Onkeln gute Nacht, ich bringe euch ins Bett.« Sie hat seinen wütenden Blick auf sich gespürt, ignoriert ihn jedoch komplett, dreht sich um und geht schon mal vor, sie weiß, dass ihre Männer kommen werden.

Jennifer bringt die beiden Koffer der Jungs nach oben und lässt sie in ihren Zimmern stehen, die kann sie auch morgen noch auspacken. Ramon kommt und die Jungs rennen in ihre Badezimmer, um sich fertigzumachen. Ramon hat ihre zwei Koffer nach oben gebracht und während er sich um die Jungs kümmert, packt Jennifer ihre Sachen aus.

Man hört, wie sehr Ramon die beiden vermisst hat, auch ihre Söhne vermissen ihren Vater schnell, sie hängen sehr aneinander. Doch nach diesem langen Flug dauert es nur einige Minuten, bis ihre Söhne eingeschlafen sind und Ramon zu ihr ins Zimmer kommt. Sie hatte gedacht, er würde vielleicht einfach zurück zur Feier gehen, sie kennt es nicht, dass er sauer auf sie ist und weiß ihn, selbst nach all den Jahren, da kaum einzuschätzen, doch er kommt direkt zu ihr.

»Was soll das, Jennifer? Was hast du dir dabei gedacht, einfach in Schweden zu bleiben und meine Söhne dort zu behalten?« Jennifer lässt sich von seinen lauten Worten nicht beeindrucken, auch wenn er noch so wütend klingt, und sortiert weiter ihre Sachen in den Schrank. »Das ist es doch, was du immer willst.«

Sein Arm geht an ihren und er dreht sie um, und fast muss sie sich ein Schmunzeln verkneifen. Egal, wie sauer er ist, er ist trotzdem immer sanft zu ihr, selbst in dieser Berührung jetzt. »Ist das dein Ernst? Was ist los mit dir? Sonst bist du doch auch nicht ...« Nun reicht es ihr, sie hat die letzten Wochen viel darüber nachgedacht und eigentlich nur auf diesen Augenblick gewartet.

»Ich bin sonst was, Ramon? Deine stille liebe Frau, die tut, was du sagst? Was willst du eigentlich, ist doch wohl viel eher die Frage? Du hast mich damals aus Schweden hergeholt und mir gesagt, wir kriegen das schon alles hin, du wirst es schaffen, mir dieses Leben hier so einfach wie möglich zu machen, und immer wenn es irgendwie gefährlich wird, schickst du mich und die Kinder weg wie es dir passt. Sieh dich doch an, Ramon, du hast eine riesige Wunde an der Wange, das läuft ja ganz wunderbar, dein Leben, und dann denkst du, du pfeifst und deine Familie kommt zurück und spielt weiter heile Welt? Das werde ich nicht mehr tun, Ramon, und wenn dir das nicht passt, packe ich jetzt sofort meinen Koffer wieder ein und bin wieder weg.«

Ramon hat nicht eine Sekunde ihren Augenkontakt getrennt und hat sie auch nicht losgelassen. »Jetzt kommt das schon wieder, willst du jetzt etwa sagen, du bist unglücklich hier? Jedes Mal wenn dir etwas nicht passt, muss ich mir das anhören mit deinem Schweden.«

Jennifer schüttelt den Kopf. »Natürlich bin ich glücklich hier, wenn alles gut läuft, doch wenn etwas nicht so läuft, wie du es gerne hättest, schickst du uns weg und begibst dich in Gefahr, und wenn ich dann zurückkomme, feierst du mit halbnackten Frauen und Platzwunden Partys.« Ramon lässt ihren Arm los. »Ich bitte dich, du weißt ganz genau, dass mich keine andere Frau außer dir interessiert.« Jennifer sieht ihm weiter in die Augen. »Ja, das weiß ich.« Das tut sie, daran hatte sie nie einen Zweifel.

Ramons Blick wird sanfter. »Ich verstehe, dass du sauer bist, Engel, doch du und die beiden, ihr seid mein Leben und ich möchte euch in Sicherheit wissen, wenn es mal ... ernster wird.« Jennifer verschränkt die Arme vor der Brust. »Dann zieh mit uns nach Schweden, dort sind wir alle sicher und es kann nichts passieren, und die beiden werden ohne all das Chaos groß.« Ramon schließt die Schranktür, die noch offen steht. »Du weißt, dass das nicht geht und ich weiß auch, dass du Puerto Rico mittlerweile liebst, das ist doch nicht immer so. Gerade geht alles drunter und drüber, Paco hat sich mit einer Frau getroffen und ist seitdem völlig neben der Spur und sie würde für unsere Familia ... es geht nicht und es passieren auch einige Dinge ... doch das wird wieder besser. Aber egal was ist, wir hatten ausgemacht, dass wir beide immer zusammenhalten und nicht, dass du plötzlich mit meinen Kindern abhauen willst.«

Jennifer lacht leise auf. »Du weißt doch ganz genau, wo wir sind, letzten Monat warst du doch selbst noch da. Hör auf so zu tun, als hätte ich die beiden entführt. Schick uns nie wieder weg, ganz oder gar nicht. Wenn es zu gefährlich ist, dann werde ich schon von allein entscheiden, dass es besser ist zu gehen, so langsam solltest du mir auch zutrauen, so etwas zu entscheiden.« Ramon muss auch lächeln und schon ist ihr Streit nicht mehr so gewichtig wie noch vor einigen Minuten.

»Okay.«

Jennifer löst ihre Arme. »Gut.« Ramon lächelt noch mehr, als sie zufrieden ihren kleinen Sieg erkennt. »Ihr fehlt mir wahnsinnig, wenn ihr weg seid.« Nun wird auch Jennifer weicher, sie kann kaum schlafen ohne Ramon an ihrer Seite und sie vermisst ihn immer. »Du den Kindern auch ...« Ramon lacht auf, es gibt kein schöneres Geräusch für sie.

Als er zu ihr kommt und seine Arme um sie legt, ist ihre Wut schon wieder vergessen. Sie streicht über seine Wunde im Gesicht. Seine dunklen Augen fahren ihr Gesicht ab und er sieht ihr wieder in die Augen, bevor er ihr einen kurzen Kuss auf die Lippen gibt.

»Dir nicht? Ich dachte, ich bin dein Lieblingsmensch.« Jennifer lacht auf und auch ihre Arme schlingen sich um ihn, während er ihr einen zweiten Kuss gibt. »Wieso musst du auch aus dem fried-lichsten Land der Welt kommen, neben Schweden wirkt jedes Land wie ein Kriegsgebiet.« Nun sind es ihre Lippen, die seine streifen, seine Wange und sein Kinn. »Ach komm, tue nicht so, du genießt die Ruhe dort auch und ich dachte immer, dir würde alles aus Schweden ...« Sie stockt, als seine Hände unter ihre Jogging-hose fahren und ihren Po umfassen. »... gefallen.«

Ramons Stimme wird rauer. »Gefallen? Ich würde dafür sterben, ohne zu zögern.« Sein dunkler Blick durchfährt sie und ihr Herz schlägt schneller, als er nun sehnsüchtig ihre Lippen zu einem lan-gen Kuss vereint, den sie sofort erwidert. Wie sehr sie diesen Mann liebt und wie sehr er ihr gefehlt hat.

Sie lösen ihre Lippen nur, um sich die Kleidung vom Körper zu ziehen, Jennifer fährt mit ihren Händen über seine Muskeln und krallt sich an seinem Rücken fest, um Halt zu finden. Als Ramon sie dann gegen den Schrank drückt und tief in sie eindringt, sieht er noch einmal in ihre Augen. »Ich liebe dich, Engel, du warst und ...«

»Entschuldigen Sie, wir sind gelandet.«

Jennifer wird unsanft aus ihrem Traum und einer so realen Erinnerung gerissen, dass sie einige Male tief einatmen muss, um wieder im Hier und Jetzt zu sein.

Das ist immer so, wenn sie zurückkommt.

Sie sieht aus dem Fenster hinaus auf Puerto Rico. Die Leute steigen schon aus und Jennifer atmet tief ein. Jedes Mal wenn sie hier ist, bricht ihr Herz erneut und die Erinnerungen ersticken sie.

Ihre Oma ist krank, sie wurde von Tag zu Tag schwächer und Jennifer wollte nicht kommen, doch seit sie im Krankenhaus gelegen hat, ging es ihr wieder besser, und Paco hat ihr immer wieder gesagt, wie dringend es ist, genau wie ihre Söhne. Keiner wollte ihr etwas sagen, doch sie hat an Pacos Stimme erkannt, dass er es ernst meint.

Als sie jetzt aus dem Flugzeug steigt, sieht sie auch direkt auf ihn. Es ist manchmal richtig unheimlich, wie stark seine Ähnlichkeit zu Ramon ist. Er lehnt gegen seinen schwarzen Jeep und kommt ihr entgegen, sobald er sie entdeckt. Normalerweise darf niemand hier aufs Rollfeld, schon gar nicht mit einem Auto, doch was ist in Puerto Rico schon normal?

Paco umarmt sie lange und küsst mehrmals ihre Wangen, bevor er ihr die kleine Reisetasche abnimmt. Sie hat nicht vor, lange zu bleiben, sie hält das nicht aus. »Schön dich zu sehen, du siehst gut aus.« Jennifer sieht an sich herunter, wie immer trägt sie eine Jogginghose und ein Top. Sie hat ihre Haare zur Seite geflochten und ist ungeschminkt. Die letzten Jahre sind nicht spurlos an ihr vorbeigegangen und das weiß sie auch, doch sie lächelt Paco an.

Er war ein großer Halt für sie und sie stehen sich sehr nahe. Sie vermisst ihn und alle anderen, gleichzeitig erinnern sie sie an das Schrecklichste in ihrem Leben.

»Das liegt an dem tollen Flug.« Paco schüttelt nur den Kopf, sie gehen zu seinem Auto. »Ich verstehe nicht, wieso du nicht einfach unser Flugzeug nimmst.« Jennifer winkt ab. »Du weißt nur nicht, wie es sein kann, siebzehn Stunden mit so vielen Menschen zusammen zu verbringen.« Paco lacht auf und legt ihre Tasche nach hinten, bevor er ihr die Beifahrertür aufhält. »Das ist sicher ganz entzückend.« Jennifer zwinkert ihm zu und sieht sich dann um. »Wo sind meine Söhne?« Normalerweise kommt immer mindestens einer sie abholen, doch Paco ist komplett allein. »Ich wollte erst alleine mit dir sprechen. Es tut mir leid, dass du es erst jetzt erfährst, doch ich konnte dir das nicht am Handy sagen, du hättest wahrscheinlich einfach aufgelegt und … ich musste warten, bis du hier bist.«

Ja, Jennifer und Paco kennen sich sehr gut und deswegen steigt sie auch ein und wartet ab, bis er den Wagen startet und zu erzählen beginnt. Sie erkennt sofort, wie ernst es ist.

Sie versucht all seinen Erzählungen zu folgen, er erzählt vom Padre, von einem Bild und einem Kloster, von Kolumbien und wie er Ramon gefunden hat. Jennifer kneift die Augen zusammen und sieht Paco ernst an, sagt aber kein Wort, als er dann erzählt, dass Ramon sein Gedächtnis verloren und sie deswegen nicht kontaktiert hat.

Jennifer sieht immer besorgter zu Paco und unterbricht ihn. »Nimmst du Drogen?« Was ist mit Ramons Bruder passiert? Als Paco aber weiter erzählt und von Unterlagen berichtet, die sie gefunden haben und dann, was angeblich wirklich passiert ist, beginnt Jennifers Herz immer schneller zu schlagen. All das hört sich viel zu ernst an und je mehr er erzählt, umso mehr Sinn ergibt das alles.

Sie fahren auf ihr altes Grundstück und Jennifer unterbricht Paco erneut. »Willst du mir gerade sagen, dass Ramon lebt, nicht mehr weiß, wer wir sind und wir den Falschen beerdigt haben? Was für einen schlechten Film hast du denn gesehen? Das ist nicht lustig, Paco, ich weiß …«

Sie steigt aus und auch Paco verlässt das Auto. »Manchmal schreibt das Leben selbst die merkwürdigsten Geschichten, sieh mich an, Jennifer, es stimmt. Wir haben ihn nicht verloren, es war nur ein ...«

In diesem Moment geht die Tür zu ihrem alten Haus auf, das Haus, was die Jungs nun bewohnen, und Jennifers Herz bleibt stehen. Es sind Sekunden oder Minuten, sie kann es nicht sagen, sie spürt Paco bei sich, doch sie erstarrt und sieht in Ramons Gesicht, der sie unsicher ansieht.

Er ist da, er steht vor ihr, der Mann, der ihre Welt war.

Sie knickt ein, ihr wird schwindelig, doch als Paco nach ihrem Arm greifen will und Ramon besorgt einen Schritt auf sie zumacht, hebt sie die Hand. Sie weiß nicht, was hier Krankes gespielt wird, doch sie will hier nur noch weg.

»Das ist nicht real!«

Jennifer schreit und sieht sich panisch um, sie erkennt Bella in ihrer Haustür stehen und geht schnell zu ihr. Sie hört Pacos Stimme. »Lass sie, Sami, bleib zurück, sie zittert, gebt ihr einige Minuten, um das zu ...«

Jennifer geht in Bellas Haus und schließt schnell die Tür, bevor sie zusammenbricht und auf den Boden fällt. Sie spürt Bellas Hände an sich. »Was passiert hier gerade?«

Kapitel 18

»Geht es besser?«

Bella überreicht Jennifer einen Becher Kaffee, doch auch das lehnt Jennifer ab und läuft weiter im Wohnzimmer ihrer Schwägerin hin und her. Melissa ist auch da und sie weiß, dass die Männer alle zu Rodriguez gegangen sind, um sie erst einmal zur Ruhe kommen zu lassen. Sie bekommt das alles am Rande mit, doch ihre Gedanken rasen.

»Das kann doch nicht sein ... bitte sage mir, dass ich träume, ich meine, wo gibt es so etwas? Da stand ... wie kann das sein?«

Im ersten Moment ist sie zusammengebrochen, dann hat sie geweint, dann hat sie keine Luft mehr bekommen, und nun kann sie nicht stillstehen und läuft auf und ab. »Ich träume doch, ich wette, jeden Moment wache ich auf und jemand ... gerade im Flugzeug hatte ich einen Traum, der hat sich auch so real angefühlt, ich wette, gleich ...«

Bella sieht sie besorgt an.

»Deine Reaktion ist ganz normal. Als ich ihn plötzlich im Garten hab stehen sehen, bin sich sofort zu ihm gerannt und habe ihn umarmt, geweint, ich habe gar nicht darüber nachgedacht, dass das gar nicht sein kann, ich war so dankbar, dass er lebt. Erst dann, nach und nach, als wir erfahren haben, was passiert ist und nachdem ich wirklich nachdenken konnte, wurde es unreal. Ich ... wir alle haben die erste Nacht nicht geschlafen, auch die nächsten Nächte waren merkwürdig. Ich habe viel mit Paco gesprochen, auch für seine Brüder war es komisch, doch jetzt am Ende sind wir alle einfach froh, dass er da ist und das ist er.«

Jennifer bleibt stehen und Bella lächelt. »Er ist wieder da, Jennifer. Ramon ist nicht gestorben. Es war alles ein großes Missverständnis. Er hatte einen Plan, die Männer rauszuholen und der ist schief gelaufen, er hat zwei Jahre in einem Kloster verbracht und weiß nicht mehr genau, wer er ist, er kannte nicht einmal seinen Namen, nur deswegen hat er sich nicht gemeldet. Doch das wird besser, die Ärzte arbeiten mit ihm und sind sich sicher ...«

Jennifer legt den Kopf in den Nacken. »Er ... wir haben ihn begraben. Ich bin fast verrückt geworden vor Schmerzen darüber, ihn verloren zu haben. Weißt du, wie oft ich die ersten Tage gedacht habe, dass ich keinen Tag ohne ihn überstehen werde? Dass ich morgens aufgewacht bin und nicht mehr wusste, wozu oder weshalb ich überhaupt noch aufstehen soll ... und jetzt steht er einfach wieder da?«

Melissa reibt sich über die Arme und sieht zu ihr. »Ich habe ihn die ganze Zeit beobachtet. Ich dachte auch, dass das nicht sein kann, doch wenn man genau hinsieht, erkennt man diese typischen Kleinigkeiten. Sein Lachen, seine Grübchen. Er legt immer seine Hand in Samis und Miguels Nacken, wie er es früher immer getan hat, so etwas macht er ganz unbewusst, er selbst merkt das wahrscheinlich gar nicht. Doch ich achte auf all die Kleinigkeiten und erkenne, dass es unser Ramon ist, der einfach viel vergessen hat, doch das wird wieder, Jennifer, und dann ist alles wie früher.«

Bella lacht leise auf. »Gestern habe ich Hähnchen mit Reis gekocht, was Ramon immer geliebt hat. Er hat zwei Teller gegessen und wie damals hat er die ganzen Kapern rausgepult, Paco hat das auch sofort bemerkt. Keiner erwartet, dass du das einfach so wegsteckst, doch auch wenn dein Herz gerade nicht weiß, was es fühlen soll und sich das unreal anfühlt, Ramon ist zurück.«

Jennifer atmet tief ein, sie bekommt kaum Luft. »Ich gehe mich frisch machen, ich muss versuchen, klar denken zu können.« Sie sieht ihren Schwägerinnen in die Augen, die sie besorgt angucken. Melissa und Bella sind so viel mehr als Freundinnen oder einfach nur Schwägerinnen, sie haben so viel geteilt und durchgestanden, auch das tägliche Zusammensein mit den beiden, mit Sara und all den anderen fehlt ihr sehr in Schweden, doch gerade kann sie an all das nicht denken.

Sie geht die Treppen hoch in das Gästebad.

Als sie die Tür schließt, lehnt sie sich dagegen und lässt sich auf die kalten Fliesen nieder. Sie schließt die Augen, denkt an das, was sie gerade mit eigenen Augen gesehen hat.

Ramon, er kam aus ihrem Haus, als wäre nichts passiert, als hätte es die letzten vier Jahre nicht gegeben. Dieser Blick auf ihr, diese zwei Sekunden, die sie sich in die Augen gesehen haben … er hat sich kaum verändert, er ist etwas schmaler geworden, doch ansonsten … als hätte sie die verfluchten vier Jahre der Angst und Sorge und dann der Trauer einfach nur aus Spaß erlebt.

Er lebt? Sie hat Pacos Erklärung gehört, aber nicht für voll genommen, so etwas kann doch gar nicht sein. Sie schließt die Augen und wünschte, sie könnte weinen, ihr Körper lechzt danach, etwas herauslassen zu können, Tränen, ein Schrei, irgendetwas, doch sie ist wie erstarrt.

Eine Weile bleibt sie einfach nur sitzen und hat die Augen geschlossen, dann geht sie an das Waschbecken und kühlt ihr Gesicht und dann ihren Nacken, als es an der Tür klopft.

Jennifer öffnet die Tür, sie rechnet mit Bella oder Melissa, doch Ramon steht da und sieht sie besorgt an.

Wieder weicht sie automatisch einen Schritt zurück, sie kann diesen Anblick nicht verarbeiten, doch dann gibt sie sich selbst einen Ruck und sieht ihm in die Augen. Sie erkennt die ganz feinen helleren Sprenkelungen, die er in seinen Augen hat, die einem nur auffallen, wenn man ihm lange genug in die Augen sieht. Endlich lösen sich die ersten Tränen aus ihren Augen, sie hebt ihre zitternde Hand und führt sie an Ramons Wange. »Wie …?«

Ramon schließt einen Moment seine Augen, als sie seine Wange berührt, sonst hält er einfach nur still und sieht sie wachsam an. Sie muss sehr durcheinander wirken. Als sie seine Haut berührt, beginnt sie immer stärker zu weinen, dann zieht Ramon sie in seine Arme, wo sie komplett die Fassung verliert und er ihr den Halt gibt, den er ihr schon immer gegeben hat.

»Es tut mir so leid.« Jennifer hat ihre Hände in sein Shirt gekrallt, was nun nass wird, sie weiß nicht, wie lange sie da stehen und Ramon sie bereits hält, als sie seine ersten Worte hört.

Jennifer versucht sich etwas zu beruhigen, sie geht wieder einen Schritt zurück und sieht ihm in die Augen und da erkennt sie es: Sie erkennt, dass er sich Sorgen um sie macht, doch auch, dass er ja eigentlich gar nicht weiß, wer sie ist. Nun tritt sie noch weiter zurück.

»Für dich bin ich eine völlig Fremde.« Die Erkenntnis hört sich so verzweifelt und bitter an, dass Ramon seine Hand hebt. »Nein, nein, auf keinen Fall. Die ganze Zeit war es, als … ob ich nicht ganz wäre, ich kann mich an nicht viel erinnern, doch ich habe gefühlt, dass etwas nicht stimmt und etwas fehlt, die ganzen zwei Jahre, doch ich wusste nicht, was es ist, Jennifer. Als dann Paco kam, hat mein Herz das erste Mal reagiert. Ich wusste, dass, egal was ist, ich bei ihm bleiben muss, dass ich zu ihm und Mano gehöre. Ich wusste nicht, wer er war, doch ich wusste, dass er ein Teil von mir ist. Es ist schwer zu beschreiben … als ich unsere Söhne gesehen habe, konnte ich sie kaum loslassen, auch wenn ich nicht mal gewusst habe, wer wer ist.«

Jennifer kann sich das kaum anhören. Wenn ihr Herz gerade angefangen hat, vor Freude schneller zu schlagen, so krampft es jetzt schmerzhaft zusammen. Sie schüttelt den Kopf. Wie kann das sein? Seine Söhne? Ramon nimmt ihre Hände in seine. »Ihr seid mir nicht fremd. Versteh das nicht falsch. Selbst als ich hier war und so viele Leute um mich herum hatte, wusste ich, dass etwas fehlt, ich bin immer unruhiger geworden und als ich dich dann gesehen habe und du hier warst, weil du dich erschreckt hast … eigentlich sollte ich dir Zeit geben, doch ich hatte das Gefühl durchzudrehen und musste zu dir, um nachzusehen, ob es dir gut geht.«

Jennifer atmet ein und aus, ihr Kopf wird noch zerplatzen, es ist zu viel, all das ist zu viel.

»Ich brauche Luft. Ich bekomme keine Luft mehr.«

Ramon tritt zur Seite und Jennifer geht nach unten. Sie läuft in den Garten von Bella und Paco, zum hinteren Teil, den Bella sehr romantisch mit einigen gemütlichen Loungemöbeln, Lampions, Laternen und vielen schönen Details eingerichtet hat. Sie haben es immer geliebt, sich abends hier zurückzuziehen und zu reden, wenn die Männer unterwegs waren. Jennifer wusste nicht, dass Bella das, nachdem alles zerstört war, fast wieder exakt so aufgebaut hat.

Sie setzt sich an ein Kissen gelehnt auf ein Strandbett und zieht ihre Beine an. Ramon ist ihr gefolgt, er hat etwas zu trinken für sie in der Hand und eine dünne weiße Decke, die er ihr umlegt, dann gibt er ihr die Dose mit Limonade, setzt sich neben sie und lehnt sich an die andere Seite, sodass er sie genau ansehen kann, dabei blickt er ihr in die Augen. »Geht es besser?« Jennifer schüttelt den Kopf. »Nein.«

Eine kurze Zeit sagt niemand etwas, Ramon sieht sie an und Jennifer erwidert seinen Blick. »Es tut mir leid, dass ich nicht anders reagieren kann, doch ich bin die letzten vier Jahre durch die Hölle gegangen und jetzt sitzt du vor mir und ich … kann es nicht begreifen.« Ramon nickt. »Ich weiß, Paco hat mir erzählt …«

Jennifer lacht bitter auf. »Nein, das weißt du nicht. Du weißt nicht mehr, was ich für Erinnerungen habe, du hast all das vergessen, doch ich erinnere mich jeden Tag an das, was wir hatten, und es bringt mich um den Verstand. Ich konnte nicht schlafen aus Angst, von dir zu träumen und jeden Morgen aufzuwachen und erneut festzustellen, dass du tot bist.« Jennifer wischt sich die Tränen weg und hebt die Arme. »Aber das bist du ja nicht, das alles war nur …«

Jennifer bricht ab, sie dreht sich im Kreis und wird da auch nicht mehr so leicht herauskommen, das merkt auch Ramon. »Ich fühle mich schuldig, all das vergessen zu haben, was wir zusammen hatten, doch ich spüre es, Jennifer, und ich tue alles dafür, dass ich diese Erinnerungen wiederbekomme. Ich habe mir unsere alten Bilder angesehen, auch von dir damals in Schweden. Es war sicher nicht leicht für dich, dich hier in Puerto Rico einzugewöhnen und all das hinter dir zu lassen, und jetzt bist du zurückgekehrt? Lebst du jetzt wieder dort?«

Auch er spürt, dass all das für Jennifer zu viel ist und versucht, sie aus der Situation herauszuholen. Wahrscheinlich ist das genau das Richtige jetzt. Da sie kurz davor ist, einen Nervenzusammenbruch zu bekommen, atmet Jennifer durch und lässt sich darauf ein. Sie nickt ruhig. »Ja, ich habe es hier nicht mehr ausgehalten, jeder Millimeter hier hat mich an dich erinnert und ich konnte es nicht mehr ertragen. Ich bin zurück zu meiner Mutter, in mein altes Zimmer, weißt du noch, das Prinzessinnen-Zimmer, wie du es immer genannt hast.«

Ramon lächelt gequält, nein, natürlich, er erinnert sich nicht. »Erzähle mir davon, was hast du damals getan, bevor du mich in deinem Urlaub kennengelernt hast und ich alles auf den Kopf gestellt habe.« Jennifer muss lächeln, als sie daran denkt. »Das hast du wirklich. Wenn ich jetzt darüber nachdenke, war von dem Tag an, als ich dich damals vor der Eisladen getroffen habe, nie wieder etwas wie vorher, du hast alles verändert.«

Sie schließt einen Moment die Augen, als eine kühle Brise ihr Gesicht streift, sie hat es immer geliebt, am Abend im Garten zu sitzen und die kühlere Luft zu genießen. Es ist der Geruch der von der Sonne verbrannten Steine des Tages, der Duft des Rasens, der erleichtert die Kühle der Nacht aufnimmt, auch das hat sie in Schweden vermisst.

Als sie die Augen wieder öffnet, blickt sie in Ramons. »Wir haben uns kennengelernt und uns Hals über Kopf verliebt. Du bist danach nach Schweden gekommen und hast mich gebeten, zu dir zu ziehen. Ich habe nicht gezögert. Ich habe meine Schule abgebrochen und meine Familie und alles, was ich kannte, aufgegeben und bin mit dir nach Puerto Rico. Ich konnte nur sehr schlecht Spanisch sprechen und ich habe dieses Leben in der Familia lange nicht richtig verstanden. Es gab viel Streit, ich war immer wieder mit einem Bein im Flugzeug zurück nach Schweden, doch am Ende hat unsere Liebe immer wieder gewonnen. Ich wollte hier die Schule weitermachen, doch bis ich gut genug Spanisch sprechen konnte, war schon Miguel unterwegs. Er war und ist dein ganzer Stolz, dieser Moment hat uns ein weiteres Mal verändert und genauso Samis Geburt.«

Jennifer spürt, wie sehr sie ihre Söhne vermisst hat, sie hat sie noch nicht einmal begrüßt. »Du hast alles für mich aufgegeben, das würde nicht jede Frau tun.« Jennifer sieht ihm in die Augen. Das hat sie oft gehört, von vielen Leuten, doch ihre Antwort ist immer gleich. »Unsere Liebe ... war auch mit nichts zu vergleichen, auch du hast alles dafür getan.«

Das Gefühl, plötzlich Ramons Blick wieder so intensiv auf sich zu spüren, macht sie ganz nervös, ihre Nerven beginnen wieder zu flattern. »Sami hat mir erzählt, wie schwer dir diese Zeit gefallen ist, in New York und als du von meinem falschen Tod erfahren hast. Unsere Söhne haben sich sehr große Sorgen um dich gemacht, alle haben das getan und auch erzählt, dass es lange gedauert hat, bis du einigermaßen angefangen hast, weiterzuleben. Du hast jemand Neues kennengelernt und es geht dir langsam besser? Und jetzt komme ich und stelle wieder alles auf den Kopf, du solltest nicht noch einmal so leiden, es tut mir leid, dass du heute wieder so viel weinen musstest.«

Jennifer schüttelt den Kopf. »Daran erkenne ich, dass du dich wirklich nicht mehr erinnerst, sonst würdest du mich nicht fragen, ob ich jemand Neues kennengelernt habe.« Sie lächelt matt und sieht in den Garten hinaus. »Ich habe angefangen, jemanden zu treffen und gehofft, dass ich damit ein wenig den besorgten Blicken entgehen kann; es ist ziemlich anstrengend, wenn alle dich beobachten, als würden sie keinem deiner Schritte trauen und denken, du würdest jeden Moment wieder zusammenbrechen.«

Nun lacht Ramon auf. »Das geht mir seit ich hier bin so. Es ist das erste Mal, dass meine Brüder mich aus den Augen lassen und auch unsere Söhne scheinen zu denken, ich könnte jeden Moment wieder verschwinden, dabei habe ich nicht vor zu gehen. Ich werde alles tun, was die Ärzte sagen und dann hoffentlich bald wieder genau wissen, wer ich wirklich bin. Gestern wurden viele Untersuchungen gemacht. Meine Mutter war mit mir bei allen Untersuchungen, auch sie weicht kaum von meiner Seite ...«

Jennifer unterbricht ihn. »Deine Eltern sind hier und wissen Bescheid?« Ramon nickt. »Ja, sie sind gestern früh angekommen. Auch ihnen zu erklären, was passiert war, war nicht einfach, doch meine Mutter hat gesagt, dass sie immer geglaubt hat, dass ich nicht tot bin. Sie hat mich fast eine Stunde nicht losgelassen und mein Vater war sehr ... es war sehr emotional gestern, und dann hat meine Mutter mich überallhin begleitet, sie sind auch bei Rodriguez im Haus und freuen sich, dich wiederzusehen. Sie haben mir erzählt, dass sie dich vor einigen Monaten in Schweden besucht haben, doch sie lassen uns beiden Zeit.«

Jennifer nickt. »Ja, sie waren da. Deiner Mutter hat es sogar so gut gefallen, dass dein Vater darüber nachgedacht hat, sich dort auch ein Haus zu kaufen.« Ramons Mutter hat tatsächlich immer gesagt, fest daran zu glauben, dass Ramon nicht tot ist, dass sie etwas anderes spürt. Jennifer muss an die Beerdigung denken und wie schlimm das damals war. Sie streicht automatisch über ihre beiden Eheringe, die sie niemals abgenommen hat. Sie spürt Ramons Blick auf den Ringen und streift seinen ab.

»Als ich ihn bei deiner ... Beerdigung bekommen habe, war er viel zu groß und ich musste ihn etwas verkleinern lassen ...« Sie streift sich Ramons Ehering vom Finger. Nach dem Tod des Ehepartners trägt man seinen Ehering über dem eigenen als Zeichen dafür, dass diese Liebe auch über den Tod hinaus Bestand hat.

»Es ist dein Ring.« Sie legt ihn Ramon in seine Hand.

Er wird ihm nicht mehr passen und sie weiß auch nicht, ob er ihn überhaupt noch tragen würde, er erinnert sich ja nicht einmal an sie und ... Sobald ihre Gedanken in diese Richtung gehen, ist sie froh, dass Ramon reagiert und den Ring betrachtet.

»Miguel hat mir die Kette gegeben, die er seit der Beerdigung getragen hat und Paco mein Armband.« Er zeigt Jennifer all den Schmuck, den er früher auch getragen hat, am liebsten würde sie über die Kette mit dem Kreuz streichen, wie sie es früher oft getan hat, doch sie lächelt nur.

»Du hast die Eheringe nie abgelegt?« Jennifer versucht, nicht sauer zu werden, er versteht nicht, was das zwischen ihnen war. »Niemals.«

Ramon sieht auf seinen und Jennifer muss leise lachen.

»Es hat so lange gedauert, bis du dich daran gewöhnt hast, einen Ehering zu tragen, du hast das Gefühl gehasst, etwas um deinen Finger zu haben und wolltest mich sogar zu Tattoos in Form von Eheringen überreden, doch dann hast du ihn auch irgendwann nicht mehr abgelegt, nie, nicht einmal zum Duschen oder zum Schlafen. Er war ein Teil von dir.«

Ramon sieht ihr in die Augen und Jennifer beginnt, ihm einige Geschichten von früher zu erzählen, an die sie in letzter Zeit oft gedacht hat. Es tut ihr gut, genau in diesem unwirklichen Moment sich all diese Erinnerungen wieder hochzuholen, um nicht völlig den Verstand zu verlieren und sie sieht, wie Ramon all das aufsaugt. Er will mehr von sich erfahren.

Sie lachen viel und er fragt immer weiter, und plötzlich ist es fast, als würden sie sich neu kennenlernen.

Als es wieder heller wird, erschrickt Jennifer.

Sie haben sich am Abend, als es noch nicht einmal richtig dunkel war, zusammen nach draußen gesetzt und die ganze Nacht über hier zusammengesessen und miteinander geredet. Sie hat nicht gespürt, wie viel Zeit vergangen ist.

»In Puerto Rico sind die Sonnenaufgänge am schönsten.«

Sie sehen zu, wie sich der Himmel über ihnen verfärbt. Dann sieht Ramon wieder zu Jennifer.

»Ich bin froh, dass du jetzt nicht mehr von mir weichst, als sei ich ein Geist und mir wieder in die Augen sehen kannst.«

Jennifer ist fix und fertig, ihre Gefühle und Gedanken spielen verrückt, doch diese letzten Stunden mit Ramon, so verrückt das alles auch ist, haben sie eine Ruhe verspüren lassen, die sie seit Jahren nicht mehr erlebt hat und die ihr so sehr gefehlt hat.

»Es wird dauern, bis wir alle richtig damit umgehen können.«

Jennifer steht auf und streckt sich. »Das war viel, ich brauche dringend Schlaf.«

Auch Ramon erhebt sich und sie laufen nebeneinander ins Haus von Paco und Bella zurück. Es ist ganz still, es ist früher Morgen und alle haben sie in Ruhe gelassen. Jennifer weiß nicht einmal, ob jemand hier ist.

»Wo schläfst du? Kommst du zu Sami, Miguel und mir ins Haus?« Jennifer zieht die Augenbrauen hoch. »Du schläfst dort? Hast du verdrängt, wie wild die Jungs sind?«

Sie muss lachen. »Ich schlafe immer hier bei Bella, dort sind noch zu viele Erinnerungen und das, was ich heute oder gestern erlebt habe … reicht erst einmal, ich muss etwas zur Ruhe kommen.«

Ramon nickt und Jennifer wendet sich um, um die Treppen hin - aufzugehen, da räuspert er sich noch einmal leise.

»Ich weiß nicht, wie oft ich dir sagen soll, wie leid es mir tut, dass ich all das vergessen habe … doch ich weiß jetzt genau, wieso ich mich damals im ersten Moment in dich verliebt habe und niemals aufgehört habe, dich zu lieben.«

Jennifer sieht ihm in die Augen und er lächelt noch einmal. »Schlaf gut, bis später.«

Sie ist nicht einmal mehr in der Lage, darauf zu antworten, das alles war zu viel.

Wenn sie daran denkt, mit was für einem Gefühl sie gestern Morgen im Flugzeug saß und heute hier die Treppen hinaufgeht, könnten Jahre dazwischenliegen, aber alles ist in wenigen Stunden passiert.

Kapitel 19

Paco seufzt auf und reibt sich den Kopf. Er hat die halbe Nacht sitzend mit dem Kopf am Bettende gelegen. Lando ist in der Nacht unruhig geworden, er brütet gerade etwas aus, sie werden später mit ihm zum Kinderarzt fahren. Er hat sich hin und her gewälzt, erst nachdem Paco sich hingesetzt und ihn in seine Arme genommen hat, ist er auf seiner Brust eingeschlafen. Er wollte eigentlich nur warten, bis Lando fester schläft und ist dabei selbst wieder eingeschlafen. Nun tun ihm sein Kopf und seine Schulter weh, doch Lando liegt noch immer friedlich schlafend auf seiner Brust.

Bella hat ihn angestupst und lächelt, als Paco Lando zwischen sie legt und ihr einen Kuss auf den Mund gibt. »Das erinnert mich an die Nacht, die ich vor dem Schlafzimmer verbracht und an der Tür geschlafen habe, weil du mich nicht reinlassen wolltest, damals, als deine Familia weg war und du bei uns geblieben bist.«

Bella legt sich auf den Rücken und lacht leise auf. »Was seitdem alles passiert ist, es ist verrückt, oder? Die zwei Jahre ohne euch in New York kamen mir so ewig vor, wie eine Unendlichkeit, jeder Tag hat sich gezogen und die Nächte waren unerträglich, und die zwei Jahre, die wir wieder hier sind … sind verflogen, wo bleibt bloß die Zeit?«

Paco setzt sich richtig auf und rollt seine Schultern. »Also, nach so einer Nacht spüre ich die Zeit in jedem meiner Knochen.« Bella wendet sich um, der zarte Träger ihres Oberteils rutscht von ihrer Schulter und sie sieht ihn aus ihren schönen grünen Augen an. »Also, ich habe vorletzte Nacht nichts von unserem Alter gespürt.« Paco grinst und beugt sich über Lando zu ihr hinüber, um sie sanft auf die Lippen zu küssen.

»Da werden wir hoffentlich nie unser Alter spüren, wenn ich jetzt darüber nachdenke: Denkst du, Lando würde wach werden …?« Paco küsst Bellas Schulter und in dem Moment dreht sich Lando um und kuschelt sich schlafend an seine Mutter, die Paco einen Kuss auf den Mund gibt. »Ja, ich denke, er würde wach werden. Ich habe gestern darüber nachgedacht, dass es schön wäre, wenn hier etwas mehr Ruhe eingekehrt ist, als Familie wegzufahren, nur wir beide und die Kinder. Ich denke, das wäre mal wieder an der Zeit.«

Paco küsst seinen Sohn auf die Wange und steht auf. »Da hast du recht, das machen wir auf jeden Fall. Hast du mitbekommen, ob Jennifer hier geschlafen hat?« Als Lando wach wurde, war es bereits nach vier Uhr morgens und Paco hat gesehen, dass die beiden noch in ihrem Garten gesessen haben. Sie haben eine automatische Lichtanlage im Garten, solange in der Sitzecke jemand sitzt, sind dort die Lampions und Lichter an, er konnte die Sitzecke selbst nicht sehen, aber, dass dort noch Licht gebrannt hat.

»Nein, ich weiß es nicht, ich habe die Tür von ihrem Zimmer, wo sie immer schläft, aufgelassen, du kannst ja nachsehen, ob sie noch auf ist, ich denke aber nicht, dass sie die ganze Nacht dort verbracht haben, auch wenn es ein gutes Zeichen ist, dass sie so lange miteinander gesprochen haben.«

Paco geht ins Bad und macht sich frisch.

Er hofft wirklich, dass die beiden sich ausgesprochen haben, so weit es eben geht, ohne dass Ramon sich erinnert, doch Jennifer war gestern so fix und fertig, dass er nicht wusste, ob das gut ausgehen wird, und jetzt will er wissen, wie weit die beiden wieder aufeinander zugegangen sind.

Deswegen zieht er sich auch eine Shorts und ein Shirt über und verlässt das Schlafzimmer, während Bella sich noch einmal an Lando kuschelt und die Augen schließt. Er sieht, dass das Gästezimmer geschlossen ist, sie ist also da. Sonst stehen alle Zimmer offen.

Paco geht die Treppen hinunter in die Küche. Er schaltet die Kaffeemaschine ein und sieht im Garten nach, doch dieser ist natürlich leer. Er geht hinüber zum alten Haus von Ramon und Jennifer, in dem zur Zeit nur Ramon, Sami und Miguel schlafen.

Seinen ältesten Neffen findet er auf der Couch vor, die Bedienung der Spielkonsole noch in der Hand. Paco nimmt sie ihm aus der Hand und weckt ihn somit. »Wann ist dein Vater gestern schlafen gegangen?«

Miguel gähnt. »Ich weiß nicht, ich bin bis vier wach geblieben, da war er noch nicht da.« Paco geht nach oben, doch das Schlafzimmer, in dem Ramon jetzt wieder schläft, ist leer und es sieht auch nicht so aus, als hätte hier jemand geschlafen. Paco wird immer unruhiger. Er fragt sich, was wohl zwischen Jennifer und Ramon vorgefallen ist und wie Ramon jetzt darüber denkt. Er kann nicht einschätzen, wie sein Bruder im Moment zu ihr steht.

Vor alldem was passiert ist, war Jennifer alles für Ramon, er ist ausgeflippt, wenn etwas zwischen ihnen nicht gestimmt hat und deswegen macht sich Paco nun auch Gedanken, wo Ramon stecken könnte. Er hat gemerkt, wie unruhig sein Bruder war, als Jennifer noch nicht da war, er hat gespürt, dass eine der wichtigsten Personen in seinem Leben fehlt, aber wusste nicht wer.

Er klopft bei Sami, der auch noch im Bett liegt und nicht weiß, wo sein Vater ist. Nun wird Paco noch unruhiger. Er sieht in den restlichen Zimmern nach, Miguel hilft ihm, doch Ramon ist nirgendwo. Deshalb geht er zu Rodriguez und fragt dort nach, doch auch da hat ihn niemand gesehen und sofort kommt Panik auf, besonders als ihre Mutter davon erfährt.

Paco ermahnt alle, ruhig zu bleiben, auch wenn Ramon einen Unfall hatte, ist er ein erwachsener Mann, der noch nie Hilfe von anderen brauchte. Er ruft die Wachen an, die ihm sagen, dass sein Bruder vor etwas mehr als einer Stunde an ihnen vorbei gejoggt ist und alle atmen erleichtert auf, Paco und Rodriguez aber tauschen einen Blick aus und gehen zusammen zu den Autos.

Ramon hat angefangen zu trainieren, er mochte es schon immer, joggen zu gehen, doch er kann sich nicht mehr an Sierra erinnern, und es stellt sich immer noch die Frage, was gestern mit Jennifer und ihm war, also setzen sie sich jeweils in ein Auto und fahren los. Rodriguez fährt geradeaus, während Paco abbiegt und in Richtung der Uni fährt. Eine Stunde ist lang und Ramon immer noch fit genug, sonst wo zu sein. Er überlegt, Juan Bescheid zu geben, doch erst einmal fährt er selbst durch die Straßen und hält nach seinem ältesten Bruder Ausschau.

Er sieht in die Cafés, die Bäckereien und auf dem Marktplatz nach, nirgendwo ist Ramon zu sehen. Rodriguez ruft ihn an, auch er hat ihn nirgends entdeckt, da blickt Paco auf die Kirche und hält.

Er bekreuzigt sich, als er die Kirche betritt und sieht erleichtert auf den Rücken seines Bruders, der in der ersten Reihe sitzt und den Kopf gesenkt hält. Paco setzt sich neben ihn und Ramon sieht nicht einmal auf. Eine kleine Weile sitzen sie beide nebeneinander, Paco schließt einen Moment die Augen, auch er lässt die Ruhe dieses Ortes auf sich wirken.

Als er dann die Augen wieder öffnet, nimmt er sein Handy heraus und schreibt Rodriguez, dass er Ramon gefunden hat und ihn nach Hause bringen wird.

»Konntest du dich gestern mit Jennifer aussprechen?« Ramon sieht auf das Kreuz vor ihnen. »Sie hat mir erzählt, wie wir uns kennengelernt haben und einiges mehr, sie hat mir versucht zu sagen, wer ich bin.« Paco hört den Frust aus Ramons Stimme heraus und er kann ihn verstehen.

»Die Ärzte sind sehr zuversichtlich, dass es nicht lange dauern wird und deine Erinnerungen kommen wieder. Sieh es doch einfach so, dass du in der Zeit alle noch einmal neu kennenlernst und vielleicht auch dich selber einmal richtig kennenlernst und wie andere dich sehen.«

Ramon lehnt sich komplett nach hinten. Er atmet tief aus. »Ich habe mir nichts dabei gedacht, euch zu folgen und mir das Leben anzusehen, was ich geführt habe. Ich konnte gar nicht anders, ich musste bei euch bleiben, die ganze Zeit hatte ich so starke Gefühle im Kloster und wusste sie nicht einzuordnen und sobald ich dir ins Gesicht gesehen habe, hat alles Sinn ergeben. Doch ich habe nicht darüber nachgedacht, wie sich das anfühlen wird ...«

Er atmet tief aus und verschränkt die Arme vor der Brust.

»Jeder, der mich sieht, sieht mich an wie ein Geist. Ich spüre, dass alle sich freuen und erleichtert sind, und doch betrachten mich alle noch mit einer gewissen Skepsis und Zurückhaltung. Ich sehe, wie sehr meine Söhne mich gerade brauchen und kann ihnen nicht viel helfen, weil ich selbst keine Antworten habe. Das Schlimmste war gestern mit Jennifer. Es ist nicht einmal so, dass sie eine Fremde für mich ist. Es ist fast so, als hätte ich mich ein zweites Mal beim ersten Anblick sofort in sie verliebt.« Paco muss lächeln.

»Doch ihre Reaktion, sie wusste den ganzen Abend nicht, ob sie in meine Arme oder vor mir flüchten soll. Ich habe nicht damit gerechnet, dass ich bei den Leuten solch eine Reaktion verursache, und es tut mir leid, ich habe wirklich darüber nachgedacht, ob es nicht besser wäre, du hättest mich nicht wiedergefunden. So verursache ich allen, die schon so viel wegen mir gelitten haben, erneute Schmerzen und das mitzuerleben ist schwer. Dazu kommen noch die ständigen Kopfschmerzen und wie anstrengend es ist, ständig nach Erinnerungen zu suchen in meinem Kopf.«

Natürlich versteht Paco, was sein Bruder meint, er hat gesehen, wie alle reagieren, wie er selbst reagiert hat und dass das nicht so leicht für Ramon wegzustecken ist, ist normal.

»So darfst du nicht denken, das ist nicht leicht, aber das ist auch keine normale Situation, also darfst du dir das nicht zu Herzen nehmen. Wir alle lieben dich über alles, und es gibt niemanden, der nicht glücklich ist, dich zurückzuhaben. Auch wenn es schwerfällt, versuch daran zu denken. Ich danke Gott jeden Tag dafür, dass ich dich zurückhabe und ich weiß nicht, wie ich ihm jemals genug danken kann. Das alles dauert, es braucht Zeit, doch am Ende wird alles wieder in Ordnung kommen und wegen Jennifer solltest du dir nicht zu viele Gedanken machen, sie hat dich schon immer verrückt gemacht, sie war der einzige Punkt, der dich immer wieder auf die Knie gezwungen hat und das will bei dir schon etwas bedeuten.« Paco lacht und nun sieht er auch auf Ramons Gesicht ein Lächeln.

»Sie ist eine beeindruckende Frau, die Stärke in ihren Augen, was sie alles für mich aufgegeben hat, und obwohl sie so durcheinander war, habe ich in jeder Minute auch die Sorgen in ihren Augen gesehen. Wenn sie nicht schon meine Frau wäre … falls man das überhaupt noch so nennen kann, dann würde ich sie um jeden Preis an meiner Seite haben wollen.«

Ramon holt einen Ring heraus, Paco erkennt seinen Ehering, den Jennifer damals mit ihm hat enger machen lassen, bei ihrem Juwelier im Einkaufszentrum. Ramon hält ihn unschlüssig in seiner Hand und Paco steht auf und deutet ihm, das auch zu tun.

»Komm, ich kenne einen Juwelier, der das rückgängig machen kann und dann hast du deinen Termin bei den Ärzten, die alles andere rückgängig machen werden. Und das, was du gerade wegen Jennifer fühlst, ist nichts anderes als die wahre Liebe, würde Bella sagen, und nach all den Jahren muss ich zugeben, dass sie dabei wahrscheinlich sogar recht hat.«

Kapitel 20

»Es ist kaum in Worte zu fassen.«

Sami legt den Arm um seine Mutter, die ihren Kopf an seine Schulter legt und die Augen schließt. »Um ehrlich zu sein, warte ich noch immer darauf, aufzuwachen.« Sami lächelt und sieht in ihren Garten. »Ich hatte gestern ein Treffen mit dem Architekten, mein Haus wird jetzt eingerichtet. Möchtet du unser Haus wieder neu einrichten? Miguel ist eigentlich auch schon ausgezogen und Papa und du ...« Seine Mutter lächelt und küsst Sami auf die Wange.

»Ich weiß seit drei Tagen, dass dein Vater doch noch lebt. Wir haben viel miteinander gesprochen und gestern war ich mit bei seiner Therapie und wir haben über unsere Hochzeit gesprochen. Wir sitzen abends alle zusammen und reden viel und es gibt die ersten Erfolge bei deinem Vater, doch wie das alles weitergeht weiß niemand, Sami. Es sind vier Jahre vergangen, diese Zeit können drei Tage nicht einfach so wegmachen und wir haben beschlossen, auch noch nicht über die Zukunft zu sprechen, sondern deinen Vater erst einmal im Hier und Jetzt zu helfen.«

Sami nickt, er weiß, dass seine Mutter sehr vorsichtig und zurückhaltend ist, mehr als alle anderen, wahrscheinlich weil sie damals am meisten gelitten hat. Doch er sieht diese kleinen Veränderungen. Ihr Vater ist nun jeden Tag mehrere Stunden in der Behandlung und sie tut ihm gut. Es gibt die ersten Fortschritte, er kann sich mittlerweile an einen Großteil seiner Kindheit wieder erinnern und hin und wieder stellen sich auch immer wieder neuere Erinnerungen ein, wie die Zeit im Gefängnis oder als Miguel sich so schwer beim Fußballspielen verletzt hat, dass er operiert werden musste. Es ist noch nicht sehr viel, doch die Erinnerungen kommen plötzlich hoch und bleiben dann und die Ärzte sagen, so wird sich nach und nach das Puzzle schließen. Jedes Mal wenn sein Vater ihnen glücklich erzählt, an was er sich nun wieder erinnert, fällt ihnen allen ein Stein vom Herzen und man spürt, dass die Bindung, die schon immer zwischen ihnen allen bestanden hat, wieder stärker und noch fester wird.

Die ersten zwei Tage nach Beginn der Therapie war ihr Vater sehr erschöpft und ist relativ schnell schlafen gegangen, nachdem er noch etwas Zeit mit Samis Oma und Opa und seiner Mutter verbracht hat. Gestern ging es aber schon besser und sie haben alle zusammen am Abend gegrillt.

Je mehr Erinnerungen kommen, umso erleichterter wird sein Vater. Er wird immer gelöster, mittlerweile trägt er seinen Ehering wieder und ist auch schon selbst mit dem Auto zu den Ärzten gefahren, weil er sich nicht ständig fahren lassen möchte. Es kommt immer mehr sein Vater zum Vorschein. Es gibt so viele Kleinigkeiten, die Sami Hoffnung machen.

Wenn sein Vater wie heute Morgen zum Trainieren kommt, dann merkt er selbst, dass er noch lange nicht erschöpft ist. Sie bremsen ihn immer, sein Körper scheint gerade danach zu lechzen, sich wieder komplett auszupowern. Auch hat er vorhin das erste Mal nach den Geschäften gefragt, als Sami und Miguel mit ihm und seiner Mutter gefrühstückt haben. Es war auch das erste Mal, dass sie zu viert als Familie alleine Zeit verbracht haben.

Dadurch dass ihr Vater bisher immer so erschöpft war, hat seine Mutter weiter bei Paco und Bella geschlafen, ist aber heute Morgen rübergekommen und hat Frühstück für sie alle gemacht, und das Gefühl, zu viert wieder in ihrem Garten zu sitzen, war unbeschreiblich.

Nach dem Frühstück ist Miguel zu Shanice gefahren und ihr Vater zu den Ärzten. Paco hat noch ein neues Handy für ihn vorbeigebracht und nun sitzen seine Mutter und Sami alleine in ihrem Garten.

Er spürt die Sorgen seiner Mutter, das hat er schon immer.

Seiner Uroma geht es nicht viel besser, sie liegt noch immer im Krankenhaus. Auch wenn alle seiner Mutter sagen, dass sie sich langsam erholt, hat sie ein schlechtes Gewissen, nicht bei ihr zu sein, gleichzeitig möchte sie bei ihrem Mann sein und das versteht natürlich jeder.

Er kann verstehen, dass ihre Mutter trotz allem noch einen gewissen Abstand zu ihrem Vater hält, er ist ihnen so vertraut und doch wissen sie, dass er noch nicht der Alte ist und es vieles gibt, was er gar nicht mehr weiß. Doch Sami genießt es, seinen Vater auch auf diese Art und Weise kennenzulernen.

Gestern Abend haben sie im Garten zusammen Karten gespielt, und plötzlich war ihr Vater besser als alle anderen, dabei konnte er früher nie Karten spielen. Sie haben viel gelacht, wirklich viel und es war ein schöner Abend für sie alle. Diese Erleichterung spürt man heute auch bei ihrer Mutter und Sami möchte deswegen gar nicht weiter an diesem Thema rühren, das sie alle die letzten Tage rund um die Uhr beschäftigt. Doch natürlich wünscht er sich, dass alles wieder so wird wie früher, selbst wenn er sich dann anhört, als wäre er wieder der kleine, bockige fünfjährige Sami, der einfach nur möchte, dass seine Mama und sein Papa wieder zusammenfinden.

»Lasst euch Zeit, doch wenn Papa versucht, die Erinnerungen wiederzuerlangen, solltest du sie nicht vergessen.«

Seine Mutter nickt und Sami sieht auf die Uhr. »Ich muss los, ich habe heute Abend noch einen Termin am Hafen wegen der neuen Lager, ich nehme Papa mit, er wollte sich das alles mal ansehen und davor gehe ich noch jemanden besuchen.«

Seine Mutter wendet sich interessiert zu ihm um. »Ja, Miguel hat mir erzählt, dass es da jemanden gibt, um den du dich ...« Sami steht lachend auf und steckt sein Handy ein. »Nein, nein, das ist ein Thema für sich und das erzähle ich dir, wenn es da mehr zu erzählen gibt.« Seine Mutter nickt und wünscht ihm viel Spaß, sie bleibt alleine in ihrem alten Haus zurück, doch vielleicht ist das auch ganz gut und sie braucht diese Ruhe.

Sami fährt direkt zu der Klinik.

Er hat gestern eine Kleinigkeit für Banu besorgt, er hatte vor, früher wiederzukommen, doch es war zu viel los, aber heute hat er sich einfach die Zeit dafür genommen.

Mit Sonnenbrille und Cap betritt er die Klinik, nachdem ihn die Security hereingelassen hat. Eine ihm nicht bekannte Ärztin kommt und als er nach Banu fragt, deutet sie in den Garten, wo er Banu wieder auf der Bank am See sitzen sieht.

Während er zu ihr geht, begegnet er einigen anderen Frauen, die hier ebenso wie Banu gegen ihre Drogensucht kämpfen. Die meisten sehen sehr fertig aus. Ihm ist bewusst, dass Banu Glück hatte, weil sie die Drogen noch nicht lange genommen hat und keine sehr hohe Dosis.

Sie war das letzte Mal noch sehr blass, doch sie sah schon besser aus. Als er jetzt näher kommt und sie sich umdreht, weil sie ihn kommen hört, stellt er erleichtert fest, dass sie fast wieder wie die alte Banu aussieht. Sie ist ungeschminkt, aber sie hat wieder mehr Farbe im Gesicht, ihre Haare sind offen und leicht gelockt und Sami bildet sich sogar ein, dass sie wieder etwas zugenommen hat. Ihre Augen strahlen, als sie ihn sieht und es legt sich ein zufriedenes Lächeln auf ihre Lippen.

»Da bist du ja wieder.« Sami setzt die Sonnenbrille ab und hebt das Stofftier Balu hoch, was er gestern für sie gekauft hat. Banu muss lachen und nimmt ihn entgegen, während Sami sich zu ihr beugt und ihr einen Kuss auf die Wange gibt. Er nimmt sofort wieder ihren blumigen Duft wahr. Er musste in den letzten Tagen oft an ihren süßen Kuss denken, auch wenn ihm bewusst ist, dass sie ihn nur geküsst hat, um an ihre Drogen zu kommen, musste er immer wieder an diese Nähe denken. »Hätte ich gewusst, dass du auf mich wartest, wäre ich schon gestern gekommen, aber da hatte ich wenig Zeit und heute habe ich mehr mitgebracht.«

Banus Wangen verfärben sich leicht rot und Sami lächelt, während er sich neben sie setzt. »Nein, schon gut. Ich bin hier voll beschäftigt und seit gestern habe ich auch mein Handy wieder. Sie haben es mir am ersten Tag abgenommen, das machen sie, damit man keine Ablenkung und auch keinen Kontakt nach draußen hat. Aber alle sind zufrieden mit mir und ich darf es wiederhaben. Meine Mutter kommt mich morgen mit meinen Brüdern besuchen.«

Sami lächelt und greift nach ihrem Handy, in das er seine Nummer speichert, sie haben bisher noch nicht einmal die Nummern ausgetauscht.

»Das hört sich doch gut an, und bist du auch zufrieden mit dir? Das ist doch das Wichtigste, wie fühlst du dich?« Banu wendet sich auf der Bank so, dass sie ihm in die Augen sehen kann. »Gut, wirklich gut. Ich fühle mich noch nicht ganz fit, fast so, als hätte ich eine dicke Erkältung oder eine Operation hinter mir. Mein Körper tut noch weh, doch ich kann wieder klar denken. Die Ärzte sagen, jetzt fängt bei mir die Stabilisierungsphase an, ich werde noch eine Woche hierbleiben und dann ambulant weiter zur Therapie gehen. Dann kann ich endlich wieder zur Uni, ich habe so viel nachzuholen.«

Banu ist voller Tatendrang und Sami freut es, dass sie wieder nach vorne sieht. »Nala hat mich gefragt, ob sie dich besuchen kann. Sie vermisst dich und sie kann dir bestimmt einiges darüber erzählen, was du in der Uni verpasst hast und dir vielleicht auch schon etwas mitbringen.« Banu nickt und sieht auf ihr Handy. »Ich werde ihr später schreiben, ich muss eh einigen Leuten schreiben und mich entschuldigen, die letzten Wochen war ich ein richtiges Biest zu vielen und ich habe einiges falsch gemacht und möchte das auch nicht nur auf die Drogen schieben und mich selbst entschuldigen.«

Sami hat ihnen zwei Flaschen Limonade mitgebracht, die er aus dem Aufenthaltsraum mitgenommen hat, den er durchqueren musste und trinkt einen Schluck aus seiner. »Das musst du nicht, niemand ist perfekt und jeder macht Fehler, die Hauptsache ist, du kannst jetzt wieder klar denken und siehst nach vorne.« Er sieht in ihr hübsches Gesicht. Sami kann nie genug davon bekommen, jedes Mal entdeckt er etwas Neues an ihr, sie ist wunderschön.

Wenn sie ihren Blick senkt, liegen ihre dichten, langen Wimpern fast auf ihren Wangen.

»Vor allem bei dir muss ich mich bedanken und auch entschuldigen und ... oh mein Gott, wenn ich daran denke, in was für einem Zustand ich war und bei dir im Bad ...« Banu hält sich einen Moment die Hände vor das Gesicht und Sami lacht leise auf. »Im Auto, wie ich dich ... quasi überfallen habe und der Kuss ...« Nun hebt Sami die Hand und lacht. »Bitte tue alles, aber entschuldige dich niemals für diesen Kuss.«

Banu legt den Kopf ein wenig schief und nickt. Sie ahnt nicht, was die Erinnerung an diesen Moment, als sie zitternd in seinem Zimmer vor ihm lag, in ihm angerichtet hat. Dass diese Stunden sich so tief in Sami eingeprägt haben, dass er keine Nacht mehr schlafen kann, ohne an sie zu denken. »Okay, aber ich hoffe, du weißt, dass ich dir viel zu verdanken habe, auch wenn ich nicht weiß, wie ich deine Geduld verdient habe.« Sami würde ihr ja gerne sagen, dass er ständig an sie denken muss und das nicht erst, seit er ihr geholfen hat, doch er weiß, dass es nicht nur die Drogen sind, die sie zu verarbeiten hat und er möchte ihr nicht das Gefühl geben, unter Druck zu stehen oder sie zu sehr bedrängen.

»Mogli muss doch manchmal auf den verrückten Balu aufpassen, oder nicht?« Banu lächelt und Sami hat noch nie etwas Schöneres gesehen. Eine Krankenschwester kommt mit einem Wagen mit verschiedenen Kuchen und Sandwiches, Obst und anderen Sachen zu ihnen und stellt es bei ihnen ab. Sami weiß, dass diese Klinik sehr teuer ist und sie die Patienten hier sehr gut behandelt. Sie bedanken sich und Banu nimmt sich einen kleinen Salat, während Sami nach einem Sandwich greift.

»Wann hast du heute wieder Therapie oder sonst etwas?« Banu sieht auf die Uhr. »Ich habe noch etwas über eine Stunde Pause. Wie kommt es, dass du heute so viel Zeit hast?« Das Essen schmeckt sehr gut. »Ich muss erst am Abend mit meinem Bruder und meinem Vater ...« Banu stockt. »Entschuldige, ich will dir ja nicht zu nahe treten, aber Nala hat mir gesagt, dass dein Vater tot ist.«

Das wird Sami wohl immer wieder hören in den nächsten Tagen und Wochen, doch er ist einfach nur glücklich, Banu all das erzählen zu können, was ihnen passiert ist, und an ihrer verwunderten Reaktion merkt er auch noch einmal, wie außergewöhnlich ihre Situation ist.

Sie ist wirklich überrascht und freut sich für ihn und seine Familie und somit kommen sie auch das erste Mal auf Banus Vater zu sprechen, der ihre Mutter hochschwanger hat sitzen lassen. Er war die große Liebe ihrer Mutter und von dem Zeitpunkt an soll sie sich sehr geändert haben, so hat Banu es zumindest von ihrer Tante und Oma immer gehört. Banu hatte keine leichte Kindheit. Als irgendwann eine Krankenschwester zu ihnen kommt und Banu daran erinnert, dass sie gleich einen Termin hat, kommt es Sami so vor, als hätten sie nur wenige Minuten hier gesessen, keine ganze Stunde.

»Kommst du mich wieder besuchen?« Sie warten, bis die Krankenschwester mit dem Wagen weggefahren ist, bevor Banu ihm auf der Bank noch einmal in die Augen sieht. Mittlerweile sitzen sie eng zusammen, Banu ist ihm direkt zugewendet und auch Sami hat sich zu ihr gedreht und beobachtet sie die ganze Zeit bei ihrem Gespräch. Er liebt es, wie sie sich ihre Haare aus dem Gesicht streicht und sich auf ihrer Wange ein Grübchen bildet, wenn sie lacht, er hat in der kurzen Zeit so viel über Banu erfahren und bemerkt, dass er gar nicht gehen möchte.

»Natürlich, wenn du das möchtest. Aber jetzt hast du auch meine Nummer und kannst mir schreiben.« Sie nickt und sieht ihm weiter in die Augen und dann wagt sich Sami einfach einen Schritt weiter. Normalerweise ist er nie schüchtern, was Frauen angeht, er ist kein Gentleman, war nie einer gewesen, doch das hier ist etwas anderes. Banu ist etwas anderes und er möchte keinen Fehler machen. Deswegen ist er auch sehr behutsam, als er jetzt seine Hand an ihre

Wange legt und sich zu ihr beugt, um ihre Lippen zu einem leichten Kuss zu vereinen.

Banu schließt die Augen, und als sie sich Sami öffnet und er liebevoll und sehr vorsichtig den Kuss ausdehnt, genießt er diese Nähe so sehr, dass es ihm richtig schwerfällt, den Kuss zu beenden. Er küsst ihre Wange und Banu lächelt, als er ihr in die Augen sieht, um ihre Reaktion richtig einschätzen zu können.

»Ich möchte unbedingt, dass du wiederkommst.« Sami lacht leise auf und hält ihr seine Hand hin, als er aufsteht. Zusammen gehen sie zurück und er bringt sie zu ihrer nächste Sitzung, wo er ihr noch einmal einen Kuss auf den Mund gibt und ihr verspricht, wiederzukommen.

Samis Herz schlägt schneller, als er die Klinik wieder verlässt, er wollte sich nicht verlieben, er hat das bei seinen Cousins und seinen Brüdern mitbekommen und sich gedacht, dass er sich damit noch Zeit lassen will, doch als er sich jetzt ins Auto setzt, piept sein Handy und Banu hat ihm ein Bild von Balu geschickt, der ihm einen Kuss zuschickt. Sami lächelt und schreibt zurück.

'Pass auf dich auf, Balu.'

Es ist unnötig, sich Gedanken darüber zu machen, ob er sich verlieben möchte oder nicht, es ist schon längst passiert.

Kapitel 21

Dilara rückt die Teller zurecht und sieht zufrieden auf den gedeckten Tisch. Als sie dann auf die Uhr über dem Herd blickt, auf dem eine lecker duftende Suppe steht und ein Auflauf im Ofen vor sich hin brät, geht sie schnell nach oben.

Nach und nach haben Dilara und Musa das Haus, in dem sie hier am See neben Latizia und Adán leben, zu etwas ganz Besonderem werden lassen. Es trägt ihre eigene Handschrift, sie haben alles mit viel Liebe ausgewählt, vieles hat Musa selbst erschaffen, er kann das sehr gut. Ihr Esstisch besteht aus einer Holzplatte eines Baumes, den sie selbst gefällt haben. Er hat sie bearbeitet und lackiert und Dilara hat die passenden Stühle besorgt. Nun sieht das so schön zusammen aus, dass ihre Mutter, Bella, Latizia und Sara genau den gleichen Tisch haben möchten. Der Tisch für ihre Mutter ist schon in Bearbeitung.

Sie geht in das obere Stockwerk und sieht sich an, was sie hier gestern und heute zusammen mit Latizia geschafft hat. Gestern Abend waren sie noch zum Grillen bei ihren Familien, deswegen haben sie heute weitergemacht. Dilara muss lächeln, als sie an den Abend gestern denkt. Es tut gut, Ramon so zu sehen. Sie haben viel gelacht und Spaß gehabt, und das erste Mal war es wirklich einige Momente so, als hätte es die letzten Jahre nicht gegeben.

Es war nicht leicht, als sie erfahren hat, dass sie schwanger ist. Sie hat nicht damit gerechnet, obwohl sie in letzter Zeit ihre Pille sehr unregelmäßig genommen hat. Doch es hat sie erschreckt und ihr Angst gemacht, dieses kleine Wesen in ihrem Bauch zu sehen und dazu ging es ihr wirklich miserabel. Ihr war die ersten Wochen ständig übel, immer wenn sie dachte, es würde besser werden, wurde es schlimmer. Doch dann, als das mit Ramon passiert ist und ihr Onkel plötzlich wieder vor ihr stand, war sie so glücklich und erleichtert, dass sich das auf ihr gesamtes Wohlbefinden ausgewirkt hat, und dann hat sie gemerkt, dass sie hin und wieder automatisch an ihren Bauch gefasst und darüber gestrichen hat. Musa und Adán sind seit drei Tagen weg, sie kommen gleich wieder und Dilara möchte Musa überraschen.

Sie ist nie einfach, da macht sie sich gar nichts vor, doch die letzten Wochen hatte es Musa wirklich nicht leicht mit ihr und er ist der geduldigste Mensch der Welt. Zumindest bei ihr.

Sie hat sich lange nicht mehr richtig zurechtgemacht, sie schminkt sich und lässt ihre Locken offen, die ihr mittlerweile bis tief in den Rücken fallen. Dann zieht sie ihre Jogginghose und das Top aus und tauscht es gegen ein weißes Sommerkleid und stockt. Das Sommerkleid liegt am Bauch enger an und das erste Mal erkennt man einen kleinen Babybauch.

Schnell geht sie zum großen Wandspiegel und dreht und wendet sich, man sieht tatsächlich einen Babybauch, sie kann es kaum glauben. Erst als es unten hupt, schreckt sie zusammen und geht schnell ans Fenster. Adán geht gerade in sein Haus und Musa ist schon auf ihrer Veranda. Ein anderer hat gehupt, um sie zu grüßen. Dilara lässt schnell die Gardine los und eilt zu den Treppen, da kommt Musa bereits ins Haus.

Sobald sie an den Treppenansatz kommt, legt Musa seine Tasche weg und strahlt sie an. »Hallo, meine Hübsche.« Er sieht sich um. »Was ist hier los?« Dilara hat sich viel Mühe gegeben, alles schön zu decken und vorzubereiten und kommt die Treppen herunter. »Ich wollte mich bei dir für meine Zickereien in der letzten Zeit entschuldigen, ich weiß, dass es nicht leicht ist mit mir.«

Als sie unten angekommen ist und zu ihm kommt, blickt Musa auf ihren Bauch und seine blauen Augen beginnen noch mehr zu strahlen. »Das ist in Ordnung, Eisprinzessin, du bist schwanger.« Er kniet sich vor sie und streicht fasziniert über ihren kleinen Bauch. Dann sieht er hoch zu ihr und Dilara steigen Tränen in die Augen, als sie erkennt, wie stolz er ist. »Du weißt gar nicht, wie wunderschön du gerade aussieht, das ist unser kleines Wunder, mein Schatz.« Musa hebt ihr Kleid und küsst ihren kleinen Babybauch. Dilara wischt sich die Tränen weg. »Ich weiß und es tut mir leid, dass ich das nicht gleich begriffen habe. Das Essen dauert noch ein paar Minuten, ich will dir zeigen, was Latizia und ich vorbereitet haben.« Sie greift nach seiner Hand und er steht wieder auf und folgt ihr nach oben. Im Zimmer neben ihrem Schlafzimmer hat sie ein kleines gemütliches Babyzimmer entstehen lassen.

Sie haben den weichesten weißen Teppich gekauft, den sie finden konnten, gemütliche Sessel, einen schönen Schrank, eine Wickelkommode, ein Regal, in dem schon ein paar Babysachen liegen, und einen großen Teddybär, der fast so groß wie Musa ist. Es ist ein kuscheliges Paradies. Sie haben, während die Möbelpacker die Möbel aufgebaut haben, Wolken und Luftballons an die Wand geklebt, es ist einfach nur wunderschön geworden, Dilara wollte gestern gar nicht mehr aus dem Zimmer herauskommen.

»Hast du dich also endlich an den Gedanken gewöhnt, dass wir Eltern werden?« Musa legt seine Arme um Dilara und sein Kinn auf ihren Kopf. Dilara streicht über seine Hände. »Ja, ich werde mir alle Mühe geben, mich zu ändern und so ruhig wie Latizia und die anderen Frauen zu werden, sodass ich eine ...«

Musa dreht Dilara zu sich um und sieht ihr in die Augen. »Baby, warum denkst du das immer? Du bist perfekt, so wie du bist, ja, du hast mehr Temperament und bist ängstlicher als andere, wenn Veränderungen anstehen, doch du sollst genauso bleiben, wie du bist. Ich liebe dich über alles ... auch wenn du mich manchmal in den Wahnsinn treibst, doch du bist mein Ein und Alles und nicht nur für mich, alle lieben dich über alles, das weißt du doch.«

Sie nickt und streicht über seine Wange. »Ja, das weiß ich, du hast recht. Ich werde das schon hinbekommen.« Musa hat keinerlei Zweifel in seinen Augen. »Mehr als das, du wirst die allerbeste Mutter werden.«

Dilara lächelt und deutet zu einem leeren Platz an der Wand. »Ich habe noch kein passendes Bettchen gefunden, das können wir zusammen aussuchen.«

Nun lächelt Musa und nimmt sie an die Hand.

»Da du dich ja erst an die neue Situation gewöhnen musst, wollte ich dich damit nicht unter Druck setzen oder dir ein ungutes Gefühl geben, deswegen habe ich es in der Garage gemacht.«

Musa führt sie aus dem Haus in die Garage, wo hinter dem Tisch für ihre Mutter ein wunderschönes Gestell für ein Babybett steht. Es ist noch nicht fertig, doch schon jetzt sieht es wunderschön aus. Dilara streicht über das Holz, die Verzierungen, die Musa eingearbeitet hat, so wie ihre verschlungenen Initialen D und M, es wird das schönste Babybett, was sie sich für ihr Baby vorstellen kann.

Man erkennt, wie viele Stunden und wie viel Liebe Musa da hineingesteckt hat, er hat jeden Balken, jede Stange gehobelt und geschliffen und Dilara kann ihre Tränen nicht mehr zurückhalten, als sie sich zu ihm umwendet.

»Du liebst dieses Baby schon so sehr, du gibst dir so viel Mühe bei allem … wie habe ich bloß einen Mann mit solch einem Herzen wie du es hast verdient? Ich weiß, dass ich dich immer vertröstet habe, doch jetzt … bitte heirate mich, Musa. Ich will nichts mehr, als dass du für immer an meiner Seite bist und wir …« Musa lacht und zieht Dilara in seine Arme, wo er ihr die Tränen wegwischt und ihr einen Kuss gibt.

»Natürlich heirate ich dich.« Noch einmal küsst er sanft ihre Lippen und streicht über ihren Babybauch.

»Ich kann es nicht erwarten, dieses Baby in meinen Armen zu halten und ich werde nie müde werden, alles für euch beide zu tun, hörst du, Eisprinzessin, alles!« Dilara weiß, dass es so ist und kuschelt sich an ihn. Gemeinsam sehen sie auf das Babybett.

»Was hältst du davon, wenn wir am Wochenende eine kleine Babyparty geben, wo wir allen das Babyzimmer zeigen und deine Schwangerschaft feiern, das ist schon lange fällig. Außerdem können wir deinen Vater endlich erlösen und ihm sagen, dass er sich bald auf die schönste Hochzeit einstellen kann, die Sierra jemals erlebt hat.«

Kapitel 22

Jennifer steht auf, sie ist auf ihrer großen Dachterrasse eingeschlafen. Die Jungs haben hier nur einige Gartenmöbel hingestellt, für die unten kein Platz mehr war. Es erinnert nichts mehr an die Terrasse, die sie liebevoll hergerichtet hatte. Es gab eine Hängematte, eine Feuerstelle, Lampions, Blumentöpfe und gemütliche Loungemöbel. Jennifer hat sich fast jeden Abend hierher zurückgezogen, um ein Buch zu lesen oder den Abend mit Ramon ausklingen zu lassen.

Nach dem Frühstück ist Jennifer durch das Haus gegangen. Sie hat das nie richtig getan, seit sie zurück aus New York waren, es hat ihr das Herz gebrochen. Es erinnert kaum noch etwas an das, was hier mal war. Sie hatte in jedes Zimmer ihre ganze Liebe gesteckt, jedes Bild, jeder Stuhl, es war alles aufeinander abgestimmt. Sie hat dieses Haus geliebt, diese Familie, all das.

Von dem Haus stehen nur noch die Grundmauern, natürlich kann man es wieder herrichten, doch genau diese Frage stellt sie sich für alles weitere auch: Stehen auch zwischen Ramon und ihr die Grundmauern noch, auf denen man aufbauen kann? Sie liebt ihn, das steht außer Frage, doch sie weiß nicht, wie schwer diese letzten Jahre wiegen, wie sehr man sie nun einfach wieder vergessen kann.

Jennifer geht zurück, vorbei an den alten Kinderzimmern von Sami und Miguel, da bleibt sie an der Türschwelle stehen und sieht die Einkerbungen. Immer wenn die Kinder ein Jahr älter geworden sind, ist Ramon mit ihnen hier hinauf gegangen, hat einen Strich ins Holz geschnitzt und das Alter dazugeschrieben. Jennifer streicht über die Striche von Sami und Miguel, bis sie fünfzehn wurden ging das. Dann hat es aufgehört.

Sie weiß, warum sie dieses Haus lange gemieden hat. Die Erinnerungen hier kommen in ihre Gedanken hinein, ohne dass sie es verhindern kann. Sie geht in ihr altes Schlafzimmer, in dem Ramon zur Zeit schläft. Sein Geruch liegt im Raum und Jennifer schließt einen Moment die Augen.

Langsam vergeht der Schock über das, was passiert ist, langsam hat sie begriffen, dass er zurück ist, und mit jeder Stunde dieses Bewusstseins überkommt sie immer mehr Sehnsucht. Sie hat damit gerechnet, dass sie diesen Geruch nie wieder einatmen wird und nun steht sie hier in dem Raum und versucht, ihre Lungen damit zu füllen. Sie hat ihn jeden Tag vermisst, aber nun bei ihm zu sein und doch irgendwie auch nicht, fällt ihr immer schwerer, auch wenn sie weiß, dass sie all das erst einmal verarbeiten muss und auch nicht von Ramon erwarten kann, dass er genau dieselbe Sehnsucht verspürt. Er kann sich an das, was sie so vermisst, nicht mehr erinnern.

Sie kommen zurück, seine Erinnerungen, Stück für Stück und sie hat auch registriert, dass er sich seinen Ehering hat weiten lassen und ihn wieder trägt. Er sucht ihre Nähe, immer, er fragt, wo sie ist und bleibt bei ihr, so wie er es immer getan hat und doch sind da noch zu viele Lücken in seinem Gedächtnis, als dass man sie einfach übergehen könnte.

Ihr Handy holt sie aus den Grübeleien heraus, es klingelt und Jennifer geht in die Küche, wo es noch liegt. Eine unbekannte Nummer. Als Jennifer annimmt, meldet sich Ramon, Paco hat ihm ein Handy besorgt und ihm offenbar alle Nummern eingespeichert.

»Hallo, was machst du jetzt?« Jennifer sieht verwundert zur Uhr, normalerweise hat er immer noch zwei Stunden Therapie.

»Ich bin noch … zu Hause, ist deine Therapie schon zu Ende?«

»Ja, wir haben früher Schluss gemacht, ich bin heute schon viel weiter vorangekommen und sie wollen es eher langsamer angehen lassen, damit mich das nicht überfordert. Ich wollte dich abholen, hast du Zeit?«

Jennifer muss lächeln, es kommt ihr fast vor wie damals, als sie sich gerade kennengelernt haben und irgendwie ist es ja auch so ähnlich. »Gerne, wie lange brauchst du?« Sie geht ins Gäste-WC und blickt in den Spiegel. Heute Morgen hat sie einen schwarzweiß gestreiften Sommerrock von Bella und ein weißes Top angezogen. Sie hat sich das erste Mal seit sie hier ist wieder geschminkt, einen Lidstrich gezogen und Wimperntusche aufgetragen. Die Sonne Puerto Ricos hat sie wieder etwas mehr Farbe bekommen lassen und sie hat nur etwas Rouge aufgetragen. Auch wenn sie geschlafen hat, sitzt ihr Make-up noch.

»Ich bin in zwei Minuten da.«

Jennifer legt auf und betrachtet ihre Haare. Langsam öffnet sie den geflochtenen Zopf. Sie hat ihre Haare ewig nicht mehr offen getragen. Sie hatte immer lange Haare, doch bei ihnen sagt man, dass die Frauen sich in der Trauerzeit ihre Haare nicht schneiden lassen sollen. Sie hat sich, nachdem sie von Ramons Tod erfahren hat, ihre Haare nicht schneiden lassen und jetzt fallen ihre vollen hellblonden Haare ihr bis fast zum Po. Sie wollte sie immer wieder schneiden, doch das hätte das Ende ihrer Trauerzeit bedeutet und dazu war sie nie bereit.

Unten wellen sie sich leicht, sie muss sie sich unbedingt wieder schneiden, sie sind zu lang, deswegen trägt sie auch immer einen Zopf oder flechtet sie sich, doch jetzt lässt sie ihre Haare offen. Sie hat kleine Perlenohrringe angesteckt und sieht zufrieden in ihr Spiegelbild.

Schlägt ihr Herz wirklich schneller, als hätte sie ein erstes Date? Sie trifft ihren Mann, mit dem sie zwei Söhne hat und doch fühlt es sich genauso an, vertraut und doch irgendwie neu. Jennifer schüttelt verwundert über sich selbst leicht den Kopf, bevor sie aus dem Haus geht und zum Parkplatz, auf dem gerade Ramons Auto hält. Er steigt aus und sein Blick schweift über sie. Auch sie kann nicht anders, als jedes Mal, wenn sie wieder auf ihn trifft, alles in sich aufzusaugen.

Er trägt eine Jeans und ein weißes Shirt, alles ist wie früher, seine breiten Schultern, die glänzenden schwarzen Haare, das gewinnende Lächeln, der dunkle Bartschatten auf seinem markanten Kinn und seine dunklen Augen, die liebevoll auf sie gerichtet sind und in denen sie stundenlang versinken könnte.

Er geht um das Auto herum und hält ihr die Beifahrertür auf. Jennifer umarmt ihn kurz und Ramons Hände legen sich auf ihren Rücken. »Hast du Hunger?« Das hat sie tatsächlich und sie fahren los. Ohne dass Jennifer Ramon etwas sagt, bringt er sie zum Hafen und zu einem Restaurant, was sie beide früher immer geliebt haben. Nachdem sie sich gesetzt haben, hat Ramon sogar sein Lieblingsgericht bestellt und Jennifer hebt die Augenbrauen. »Du scheinst heute wieder einige Erinnerungen zurückbekommen haben.«

Ramon nimmt einen Schluck von den Getränken, die sie hingestellt bekommen haben. »Nicht in der Therapie selbst, ich habe heute Nacht von einigem geträumt, unter anderen auch von dem Platz hier und von … noch einigen Sachen. Paco hat mir erzählt, dass das zwischen uns oft nicht leicht war und gestern Nacht habe ich von einem Streit geträumt, es war kurz bevor ich nach Kolumbien geflogen bin. Es ging darum, dass du nicht wolltest, dass ich gehe und um ein Haus in Schweden und dass … du hast nicht glücklich gewirkt. Als wärst du gar nicht so glücklich an meiner Seite gewesen, wie ich es gedacht habe.«

Jennifer stellt ihr Glas weg und sieht Ramon in die Augen. Einen Moment weiß sie gar nicht, ob sie ehrlich zu ihm sein soll, oder ob sie einfach warten soll, bis alle Erinnerungen wieder da sind, doch dann beschließt sie, einfach ganz ehrlich zu ihm zu sein. In ihrer Situation sollte sie aufhören, sich zu viele Gedanken zu machen.

»Das zwischen uns beiden kann man nie an einer bestimmten Situation festmachen. Das stimmt, ich war sehr sauer wegen Kolumbien, ich habe gespürt, dass das nicht gutgehen wird und auch die anderen Frauen waren nicht begeistert. Weißt du, als du mich damals aus Schweden zu dir geholt hast, da wusste ich nicht, was für ein Leben mich erwartet.« Jennifer muss lächeln, als sie an ihre erste Zeit denkt.

»Du hast versucht, mich an dieses Leben zu gewöhnen, doch es war sehr schwer für mich. Zum einen war da das traumhafte Leben, der Mann den ich über alles liebe, die Reisen, das Haus, der Zusammenhalt deiner Familie, Puerto Rico, ich habe mich in all das verliebt. Du hast mich auf Händen getragen und wenn wir zusammen waren, war ich der glücklichste Mensch auf Erden. Doch dann gab es die Schattenseiten. Ich bekam einen Anruf, dass du notoperiert werden musstest wegen eines Messerstiches ... du wurdest angeschossen, ich musste immer wieder fliehen, weil es zu gefährlich war, teilweise konnte ich mich nicht frei in Sierra bewegen. Als dann unsere Kinder kamen, sind noch ganz andere Ängste mitgewachsen.«

Sie bekommen ihr Essen und Ramon hört ihr interessiert zu, während sie vielleicht das erste Mal überhaupt komplett alles auf den Tisch legt, wie sie über ihre Ehe denkt, über das, was sie hatten.

»Das ist es eigentlich, was die ganze Zeit zwischen uns war, dieses tiefe Glück und gleichzeitig diese Angst vor diesem Leben, das hat sich nie gelegt, da die Gefahren nie endeten, nun betreffen sie auch meine Söhne. Es wird nicht leichter. Als ich jetzt die zwei Jahre in Schweden gelebt habe, habe ich gemerkt, wie anders das Leben sein kann, doch ich muss auch sagen, dass ich gleichzeitig gespürt habe, dass ich nach all den Jahren tief in meinem Herzen nichts anderes wollte als zurück nach Puerto Rico, um dich wiederzuhaben. Für unser Leben hätte ich all diese Ängste wieder in Kauf genommen und ... ich weiß auch nicht, Paco hat recht, es war nie leicht zwischen uns, das hat aber niemals etwas an unseren Gefühlen füreinander geändert.«

Ramon sieht sie ernst an. Wahrscheinlich hat er sich vorgestellt, dass sie eine Traumehe geführt haben, was sie auch getan haben, nur eben nicht immer, doch wer tut das schon?

»Und was war mit dem Haus?« Jennifer lacht leise auf. »Das war oder das ist ein Grundstück an einem See, an dem wir beide oft zusammen waren, wenn wir in Schweden waren. Da gibt es ein

Grundstück, was ich liebe und was wir eigentlich kaufen wollten, um öfter nach Schweden zu fliegen und dort auch mal länger zu bleiben. Doch es gab immer viel zu tun und deine Geschäfte, die Familia, ich war ziemlich sauer, dass nach all den Jahren es nicht auch mal Zeit war, dass ich das bekomme, was ich mir gewünscht habe und die Geschäfte und die Arbeit etwas nach hinten gestellt wurden, was du mir immer versprochen hast. Ich habe dir vorgeworfen, dass du mich all die Jahre nur hinhältst und sich nie etwas ändern wird ... und dann hat sich alles geändert. Ich habe mir das und diese Worte nie verziehen und immer daran gedacht. Es stimmt nicht, du hast alles für mich getan.«

Sie beide sind langsam fertig mit essen und Ramon sieht ihr weiter in die Augen. »Ich kann mich erinnern, ich weiß, dass ich in der Zeit im Gefängnis viel bereut habe, was unsere Ehe betrifft.« Jennifer senkt ihren Blick und Ramon steht auf und hält ihr seine Hand hin. »Weißt du, wäre ich wirklich gestorben, wie alle es geglaubt habe, hätte ich das bereut und nie ändern können, doch nun haben ich die Chance, einiges wieder gutzumachen. Ich habe gedacht, wir gehen an einen besonderen Ort, um unseren Nachtisch zu essen.«

Nachdem Ramon gezahlt hat, gehen sie über den Hafen zum Strandabschnitt. Ramon hat eine Menge Bargeld dabei und auch schon wieder ihre Kreditkarten. Paco wird sich um all das kümmern. Während sie eine Weile am Stand entlanglaufen, erzählt Ramon Jennifer von der Therapie heute und an was er sich aus dem Gefängnis erinnern kann. Mittlerweile weiß er wieder, wie er und der Arzt das alles geplant haben. Er erklärt ihr, dass der Arzt ihn angesprochen hat, nachdem er einen Patienten bei sich hatte, der solch eine starke Ähnlichkeit mit ihm hatte. Er weiß, wie sie jedes Mal wenn der Arzt da war, weiter geplant haben und er niemanden eingeweiht hat, um keine falschen Hoffnungen zu verbreiten und gleichzeitig auch niemand anderen in Gefahr zu bringen, falls ihr Plan auffliegt.

Als Jennifer bemerkt, wo Ramon sie hinbringt, lacht sie und folgt ihm zu der Eisdiele, vor der sie sich das erste Mal begegnet sind. Sie bestellen sich beide ihr Eis und setzen sich danach auf eine Liege am Strand unter eine Palme.

Es wird später und der Stand leert sich. Jennifer spürt die Blicke der Menschen auf sich, Ramon ist wieder an ihrer Seite und auch wenn er sich nicht mehr an alles erinnern kann, so wird Puerto Rico ihn niemals vergessen.

Er lehnt sich auf der Liege zurück und Jennifer macht den ersten Schritt, sie müssen aufhören so zu tun, als wären sie sich komplett fremd. Sie setzt sich zwischen seine Beine und lehnt ihren Kopf an seine Brust, während sie ihr Eis isst, wie damals, als sie sich getroffen haben und dieser Moment alles geändert hat.

Man könnte wirklich über diese Szene lachen, sie beide sind so lange zusammen und verheiratet, haben zwei erwachsene Söhne zusammen und doch stellen sie sich hier an wie zwei unerfahrene Teenager. Ramon nimmt eine ihrer Haarsträhnen in seine Hand.

Nachdem sie beide eine Weile auf das Meer gesehen haben, hört sich Ramons Stimme nachdenklich und leise an. »Weißt du, alle erzählen mir, was für ein guter Anführer, für ein guter Vater, für ein guter Mensch ich bin. Doch wenn es um meine Ehe geht, dann sagen mir alle, dass es nicht so leicht war. Ich frage mich, wieso mir nie aufgefallen ist, dass das so schief läuft.«

Jennifer bleibt vor ihm sitzen, wendet sich nun zu ihm und sieht ihm in die Augen. »Du warst der beste Ehemann, Ramon, unsere Liebe war immer echt und alles, was echt ist, ist nicht perfekt. Doch auch wenn es Probleme gab, war ich immer glücklich. Sieh doch, zwei Jahre sind vergangen und ich habe nicht aufgehört zu trauern, und auch wenn ich mich zwingen wollte, konnte ich keinen anderen Mann an mich heranlassen.« Ramon lächelt und seine Hand legt sich zärtlich an ihre Wange. Allein bei dieser kleinen Berührung zieht sich alles in Jennifer sehnsuchtsvoll zusammen.

»Ich kann mich nicht mehr an alles erinnern, doch ich weiß, dass du mir am allerwichtigsten bist, ich hätte danach handeln sollen.«

In dem Moment, als Ramon seine Lippen auf ihre legt, verbindet er etwas, was schon immer zusammengehört hat und was schon viel zu lange getrennt war. Jennifer kann nicht anders, in dem Moment, als sie Ramon wieder so nah spürt, beginnt sie zu weinen und schließt die Augen. Ihr Herz kann das Glück ihn wiederzuhaben nicht anders verarbeiten.

Sie rückt näher zu ihm und auch ihn scheint dieser Gefühlsstrudel zu erreichen, denn er vertieft den Kuss schnell und sehnsüchtig. Jennifer seufzt zufrieden auf, sie schmiegt sich enger an ihn, als seine Zunge ihre berührt. Er wusste schon immer genau, was er tut, er hat ihren Körper zum Zittern gebracht wie niemand vor ihm, und wenn er auch viel vergessen hat, so kann er das noch genau wie früher.

Als sie den Kuss langsam und zärtlich trennen, küsst Ramon über ihre nassen Wangen und ihre Stirn und zieht sie in seine Arme. Jennifer atmet erleichtert aus, sie wendet sich wieder zum Meer und Ramon küsst noch einmal ihre Wange. »Ich denke, das hier ist die beste Therapie, die ich bekommen kann.« Jennifer lächelt und schließt zufrieden die Augen.

Wahrscheinlich hätten sie noch ewig dort sitzen können und diese ersten zaghaften Schritte aufeinander zu noch mehr genießen, doch Ramon ist mit seinen Söhnen verabredet, und nach ihrem ersten Kuss, zumindest dem ersten nach all den Jahren, laufen sie zurück zum Auto. Dieses Mal hält Ramon aber ihre Hand und als sie am Auto ankommen, küsst er sie noch einmal.

Als sie dann auf dem Parkplatz halten, wo ihre Söhne, Paco und Rodriguez zusammen mit Juan und Leandro warten, kommt sich Jennifer wirklich wie ein junges verliebtes Mädchen vor.

Sie alle scheinen ihnen anzusehen, dass sie beide sich irgendwie neu verlieben oder ihre alte Liebe wiederentdecken, wie auch immer man das nennen mag, und um diesem Blick auszuweichen, verabschiedet sich Jennifer schnell und geht zu Bella ins Haus, die sie aber genauso neugierig ansieht.

Zusammen mit Sara machen sie es sich im Garten bequem und Jennifer kommt gerade mal dazu, ihnen von den letzten Stunden zu erzählen, da klingelt ihr Handy und ihre Mutter ist dran, um ihr zu sagen, dass es ihrer Oma schlechter geht und dass sie, wenn sie sie noch einmal sehen möchte, zurück nach Schweden kommen soll.

Kapitel 23

»Konntest du schlafen?« Jennifer schüttelt den Kopf. »Nicht so richtig, ein wenig werde ich schon geschlafen haben, aber ich bin immer wieder wach geworden. Wie geht es den anderen?« Jennifer hat sich gestern früh zurückgezogen, als alle noch zusammengekommen sind.

Nachdem sie den Anruf bekommen hat, dass ihre Oma im Sterben liegt, ist sie sofort zurückgeflogen. Rodriguez hat sie zum Flughafen gebracht und sie hat einen der Privatjets der Familie benutzt, zum ersten Mal, doch sie wollte so schnell wie möglich zurück nach Schweden und sie ist genau zum richtigen Zeitpunkt gekommen.

Als sie im Krankenhaus angekommen ist, konnte sie noch die Hand ihrer Oma halten und eine Stunde später ist sie für immer eingeschlafen. Sie sind diese Nacht bei ihr geblieben und haben den gestrigen Tag zu Hause verbracht, Besuch bekommen, Beileid erhalten und alles für die Beerdigung heute vorbereitet.

»Wir alle sind traurig, dass sie nun nicht mehr bei uns ist, das weißt du, mein Schatz. Deine Oma war 96 Jahre alt, sie hatte ein glückliches Leben, sie hat ihre Urenkel großwerden sehen, sie war nicht krank, hatte keine Schmerzen, war glücklich. Jeder muss sterben und deine Oma hat ihr Leben bis zur letzten Minute genossen, deswegen kann man mit einem lächelnden und einem weinenden Auge in den Himmel sehen und an sie denken.«

Ihre Mutter schiebt ihr eine Tasse Kaffee hin. Passend zu ihrer Stimmung regnet es und Jennifer sieht aus dem Fenster. »Ich hätte hier sein sollen, doch die Sache mit Ramon ...« Sie streicht über ihre Stirn, das alles ist zu viel, die letzten zwei Jahre ist so gut wie nichts passiert und nun passiert alles auf einmal.«

Die Hand ihrer Mutter legt sich über ihre. »Wir hatten noch nicht viel Zeit, darüber zu sprechen, aber mit deiner Oma habe ich darüber gesprochen. Für uns alle war das ein Schock, unerwartet, wir alle haben um Ramon getrauert und als ich deiner Oma von dem erzählt habe, was du gerade durchmachst, war sie gar nicht so überrascht. Heutzutage ist so etwas natürlich schwerer, doch früher kam das hin und wieder vor. Bei ihrer Freundin war das so, ihr Freund war damals im Krieg und sie haben gehört, dass er bei einem Angriff gefallen ist. Sie haben eine Sterbeurkunde zugeschickt bekommen und eine Trauerfeier abgehalten, und über ein Jahr später stand er plötzlich wieder im Dorf. Er war verletzt und in einem Krankenhaus, wo er keinen Kontakt herstellen konnte, früher kam das öfter mal vor, als es noch nicht so viele Möglichkeiten gab, Informationen zu teilen und all das. Sie hat sich sehr gefreut, sie mag Ramon sehr, wie du weißt, ich meine, sie mochte ...«

Jennifer muss lächeln und trinkt ihren Kaffee aus, sie hat keinen Appetit und geht nach dem Kaffee direkt ins Bad. Ihre Mutter hat recht, ihre Oma hatte ein schönes ausgefülltes Leben, doch ihr Herz ist trotzdem gebrochen, sie war immer da, ihre Oma hat jeden Schritt ihres Lebens begleitet, sie war sogar bei den Geburten von Sami und Miguel dabei. Wie alle hier war sie ganz verrückt nach den beiden. Sie ist froh, dass beide erst vor Kurzem hier waren und sie noch einmal gesehen haben. Auch wenn sie in Puerto Rico ein ganz anderes Leben leben, ist Schweden auch ein Teil von ihnen und sie sind gerne hier, als Ausgleich ihres wilden Lebens in Puerto Rico.

Sie zieht sich nur einen schwarzen Pullover, eine schwarze Leggings und einen dünnen Mantel an, es ist nicht wirklich kalt, doch es regnet und der Mantel hat eine Kapuze. Als sie wenig später mit ihrer Mutter, ihrer Schwester und zwei Tanten das Haus verlässt, haben sie allerdings Glück und der Regen hat aufgehört.

Langsam gehen sie zum Friedhof, wo schon viele versammelt sind. Ihre Oma war beliebt und jeder möchte sich verabschieden. Ihre Oma fand es immer bedrückend, Beerdigungen in der Kirche zu beginnen und hatte sich etwas anderes gewünscht. Als Jennifer jetzt auf ihren weißen Sarg inmitten der wilden bunten Blumen sieht und wie sich alle um das Grab, in dem auch ihr Opa liegt, versammeln und auf den Sarg sehen und genau in diesem Moment die Sonne wieder herauskommt, weiß Jennifer, dass das so viel besser zu ihrer Oma gepasst hat.

Trotzdem kommen ihr die Tränen, als ihr Onkel, der einzige Sohn ihrer Oma, beginnt, über ihr Leben zu erzählen. Sie hat das Gefühl, dass sie diese Beerdigung nicht überstehen wird, schon jetzt fehlt ihr die Kraft. Da spürt sie eine warme Hand an ihrem Rücken und plötzlich steht Ramon neben ihr und bekreuzigt sich und auf ihre andere Seite stellen sich Miguel und Sami, die sich ebenfalls bekreuzigen und traurig auf den Sarg ihrer Uroma sehen.

Miguel küsst sie auf die Wange und Sami legt den Arm um ihre Mutter, die ihre Enkel liebevoll begrüßt, nachdem sie einen Moment Ramon in ihre Arme geschlossen hat. Sie tragen wie alle engsten Angehörigen schwarze Anzüge und weiße Krawatten. Jennifer legt ihren Kopf an Ramons Schulter, er küsst ihre Stirn und sie schließt ihre Augen, sie hat vergessen, wie es sich anfühlt, sie alle an ihrer Seite zu haben.

Die Beerdigung ist traurig, aber auch genau das, was im Sinne ihrer Oma stand. Sie hätte es schön gefunden und als sie am Grab stehen, fühlt es sich nicht falsch an. Jennifer war auf anderen Beerdigungen und hat oft das Gefühl gehabt, dass diese falsch waren. Er war zu früh, der Mensch musste zu sehr leiden oder etwas anderes hat einen einhalten lassen, doch dieses Gefühl hat dieses Mal niemand.

Ihr Onkel erzählt, wie sie seine Hand gedrückt und gesagt hat, sie ist müde und sie möchte jetzt wieder mit ihrem Ehemann vereint sein, nachdem sie lange genug über ihre Kinder und Enkelkinder gewacht hat. Auch wenn es schwerfällt, sie gehen zu lassen, wissen sie, dass sie friedlich und glücklich eingeschlafen ist.

Ramon weicht nicht von ihrer Seite, er hält ihre Hand und streicht über ihren Handrücken. Als alle nach der Beerdigung

Sami, Miguel und Ramon begrüßen, spürt man auch noch einmal bei ihrer Familie die Freude, dass Ramon da ist und sie ihn wiederhaben. Hier in Schweden weiß jeder, wer sie sind, doch hier sieht man ihn einfach nur als Jennifers Ehemann, den alle mögen. Er hat die Zeit hier immer genossen und er mag ihre Familie auch sehr, man merkt ihm kaum noch an, dass er sich an die meisten nicht mehr erinnern kann und sie kommen auch gar nicht dazu, alleine miteinander zu sprechen, damit sie ihn fragen kann, an was aus Schweden er sich noch erinnern kann.

Nach der Beerdigung treffen sich alle bei ihrem Onkel. Er hat ein Haus und ein riesiges Grundstück, auf dem mehrere Tische beisammen stehen, an die sie sich alle setzen und zusammen essen. Jennifer mag es nicht, sich nach den Beerdigungen zum Essen zu treffen, wie manche es so steril machen, bei ihnen ist es eher eine schöne Tradition. Keiner soll danach alleine sein und trauern, sie essen die Lieblingsspeisen des Verstorbenen und erzählen sich schöne Geschichten aus seinem Leben, um ihn zu feiern und zu ehren und auch daran zu denken, dass auch wenn es schmerzhaft ist, der Tod wie alles andere zum Leben gehört.

Auch da bleibt Ramon an ihrer Seite. Miguel und Sami sitzen bei ihren Cousins und Cousinen. Jennifer hat in solchen Momenten oft daran gedacht, wie es wäre, wenn sie alle hier leben würden, früher hat sie sich das gewünscht. Doch auch wenn die drei sich sehr wohl hier fühlen, weiß Jennifer, dass sie nach Puerto Rico gehören, das hat sie über die Jahre gelernt.

Am Abend kehren ihre Mutter, ihre Schwester und ihre Tanten und deren Töchter in das Haus ihrer Großmutter zurück. Sie lüften das Haus, entfernen Dinge, die die Seele ihrer Oma zurückhalten könnte und ein Priester kommt und weiht das Haus noch einmal. Sie sitzen lange zusammen im gemütlichen Wohnraum der Oma und reden miteinander, wegen des fehlenden Schlafes muss Jennifer dabei eingeschlafen sein, denn als sie wach wird, liegt sie in eine Decke gehüllt auf der Couch und es ist mitten in der Nacht.

Jennifer steht auf. Sie sieht ihre Tante auf der anderen Couch liegen. Ihre Mutter und ihre andere Tante schlafen auf dem Bett ihrer Oma. Jennifer muss lächeln, als sie dieses friedliche Bild sieht. Einen Moment denkt sie darüber nach, sich zurück auf die Couch zu legen, doch dann zieht sie sich ihre Schuhe über und verlässt das Haus. Es ist zwei Uhr nachts und sie geht hinüber zum Grundstück ihrer Mutter. Leise öffnet sie die Tür und streift ihre Schuhe ab. Ihre Mutter schläft bei ihrer Oma und so werden nur ihre Söhne und Ramon hier sein.

In der Küche trinkt sie ein Glas Wasser, es ist alles dunkel. Sie sieht neben dem Wohnraum in dem Gästezimmer nach, in dem Sami und Miguel immer schlafen und ihre Söhne liegen weit ausgebreitet auf den Betten und schlafen tief und fest. Sie bleibt eine Weile in der Tür stehen und beobachtet die beiden.

Früher ist es ihr schwergefallen, die beiden hier in den großen Betten alleine schlafen zu lassen, jetzt hängen ihre Füße über die Bettenden. Miguel hat ihr immer gesagt, dass er in Schweden besonders gut und fest schläft und Jennifer hofft wie immer, dass ihr Aufenthalt hier sie etwas zur Ruhe kommen lässt, wie sie es jedes Mal hofft. Sie kennt ihr stressiges Leben in Puerto Rico.

Außerdem mag sie es, die Brüder wieder so zusammen zu sehen. Mit den vielen Cousins und Freunden, die sie in Puerto Rico haben, denkt Jennifer, kommt das besonders feste Band zwischen den beiden sicherlich oft zu kurz, besonders jetzt, wo Miguel in einer festen Beziehung ist. Sie schließt leise die Tür zum Zimmer der beiden und geht die alte Holztreppe nach oben.

Einen Moment stockt sie, sie könnte sich zu ihrer Mutter ins Schlafzimmer legen, doch ihr Herz klopft laut gegen ihren Brustkorb und sie öffnet leise die Tür zu ihrem alten Jugendzimmer. Wie sie es erwartet hat, liegt Ramon darin, sie haben das Bett irgendwann gegen ein größeres ausgetauscht, aber trotzdem ist es noch ziemlich schmal im Vergleich zu den Betten, die sie in Puerto Rico in den Schlafzimmern haben, doch das hat nie jemanden gestört.

Als sie jetzt in das Schlafzimmer tritt, setzt sich Ramon auf und sieht zu ihr. »Ich dachte doch, dass ich etwas gehört habe, ist alles in Ordnung?« Jennifer nickt, sie weiß gar nicht, ob sie das tun sollte, doch als sie an die Nähe denkt, die sie am Strand hatten, zieht sich ihr Bauch sehnsüchtig zusammen, das in ihrem Bett ist ihr Ehemann, auch wenn sie sich eine Weile verloren hatten.

Sie öffnet ihren Zopf und zieht sich ihren Pullover aus, darunter trägt sie nur ein zartes schwarzes Spitzentop. Als sie zu ihm ans Bett kommt, hebt Ramon die Bettdecke und Jennifer legt sich zu ihm. Auch wenn es das vielleicht sein sollte, ist es keine Sekunde unangenehm oder fühlt sich falsch an. Ramon legt die Decke um sie und lässt seinen Arm gleich um sie geschlungen.

Jennifer schließt die Augen und atmet beruhigt ein, als seine vertraute Wärme und sein Geruch sie umhüllt, unzählige Male ist sie in den letzten Jahren wach geworden und hat genau das vermisst. Ramons Hand streicht über ihren Rücken. »Konntest du etwas schlafen?« Jennifer sieht ihm in die Augen, nur der Mondschein erhellt ihren Raum, doch es reicht, um sein Gesicht genau zu erkennen und ihm in die Augen zu sehen. »Ja, etwas. Es ist schön, dass ihr da seid.« Ramon beugt sich vor und küsst ihre Wange. »Wir werden immer für dich da sein.«

Als er seine Lippen von ihrer Wange zurückzieht, hält er eine Sekunde ein und Jennifers Hand legt sich an seine Wange, um ihn näher zu ziehen und ihre Lippen wieder zu vereinen. Sofort küsst Ramon sie zurück, er ist sehr zärtlich, auch wenn er ihren Kuss vertieft und sie seine Sehnsucht deutlich spürt.

Jennifers Magen zieht sich immer sehnsuchtsvoller zusammen, sie war so lange von ihm getrennt und hat niemanden mehr so nah an sich herangelassen. Sie zeigt ihm mit ihrem Kuss, dass sie diese Nähe braucht und seufzt auf, als er den Kuss trennt. Seine Lippen fahren ihren Hals entlang zu ihren Schultern, wo er den Träger des Tops herunterrutschen lässt und sie weiter verwöhnt. Jennifer schmiegt sich an ihn, und als seine Hände ihre Brüste umfassen, beißt sie sich auf die Lippen, nachdem ihr ein lautes Stöhnen entwichen ist. Sie ist schon immer unter Ramons Händen und Fähigkeiten dahingeschmolzen, daran hat sich nichts geändert.

Jennifers Hände fahren seinen Körper entlang, sie gleiten unter seine Boxershorts und streichen über seinen festen Po. Ramon legt sich auf den Rücken und zieht Jennifer auf seinen Schoß, dabei zieht er ihr das Top aus und vereint ihre Lippen sehnsüchtig. Nun sind es seine Hände, die unter ihre Leggins fahren, ihren Po umfassen und sie fester auf sich drücken, bevor seine Lippen ihre verlassen und er sich ihren Brüsten widmet.

Ihr wird immer heißer, sie will keinen Stoff mehr zwischen sich haben und stellt sich auf, sodass Ramon ihr die Leggins von den Beinen streifen kann, einen Moment lässt er sie stehen und seine Lippen verwöhnen sie, bis sie immer mehr Mühe hat, leise zu sein und sich auf ihn setzt. Erst als sie sie beide endlich nach all den Jahren wieder vereint, halten Ramon und sie ein. Sie waren wie in Rage, sich endlich wieder nah zu sein, doch in dem Moment, wo sie wieder vereint sind, atmen sie beide laut auf und sehen sich in die Augen.

Ramon verschränkt ihre Finger miteinander und beide sehen einen Moment auf ihre Eheringe, bevor sich Jennifer zu ihm beugt. »Ich kann nicht einmal im Ansatz die Worte dafür finden, wie sehr du mir gefehlt hast.« Sie will ihre Lippen vereinen, doch Ramon erwidert ihren Blick und seine Hand legt sich an ihre Wange. »Ich liebe dich, das habe ich schon immer, und selbst wenn ich alles andere vergessen habe, wird mein Herz das niemals vergessen.«

Jennifer lächelt, als sie sich zu bewegen beginnt und Ramon zärtlich ihre Lippen miteinander vereint.

Kapitel 24

»Hallo meine Hübschen, wohin des Weges?« Sami wollte gerade zu seinem Onkel Rodriguez ins Haus, um seinen Wagenschlüssel von Damian zu holen, der die letzten Tage seinen neuen BMW gefahren hat. Sami hat das Auto erst letzte Woche geliefert bekommen, Juan hat den gleichen in rot bestellt, doch durch all das Durcheinander hat er es noch nicht geschafft, ihn zu fahren. Sie sind gestern Nacht zurückgekommen und nachdem er jetzt ausgeschlafen hat, will er das erste Mal damit fahren. Während der Zeit, als sie in Schweden waren, hat Damian ihn gehabt.

Nala, Dilara, Latizia und Shanice kommen aus dem Haus. Er gibt jedem einen Kuss auf die Wange, Dilara streicht er über die kleine Babykugel, die sich unter ihrem Kleid abzeichnet. »Wir gehen zum Frauenarzt und dann alles für die Party nächstes Wochenende vorbereiten, dort wird das Geschlecht verraten.« Sami hebt die Augenbrauen. »Sag nicht, wir machen jetzt auch diese Feiern, wo sie Luftballons platzen lassen und dann überall Konfetti in blau oder rosa herumfliegt, wie man das aus dem Internet kennt.« Dilara lacht und kneift Sami in die Wange. »Du solltest mich besser kennen, mit Konfetti gebe ich mich nicht zufrieden. Komm doch mit.«

Sami lässt die vier durch. »Ich kann mir nichts Schöneres vorstellen, als Stunden im Wartezimmer beim Arzt zu verbringen und dann Konfetti aussuchen zu gehen, doch ich … wollte jemanden besuchen. Nala, warst du bei Banu?« Er hatte nicht mehr mit ihr gesprochen. Die anderen gehen weiter, nur Nala bleibt bei ihm stehen. »Ja, klar. Ihr geht es wirklich schon viel besser, aber du weißt, dass sie gestern schon entlassen wurde. Morgen geht die Uni wieder los und sie wollte einen Tag vorher wieder zu Hause sein. Catherine und ich haben sie gestern abgeholt und sie nach Hause gebracht. Hast du nicht mit ihr geschrieben?«

Sami hebt sein Handy, was er in der Hand hält, hoch. »Als ich losgeflogen bin, doch Schweden ist ein Funkloch, zumindest dort, wo wir wohnen. Es dauert Stunden, bis Nachrichten geladen werden. Ich hatte ihr geantwortet, doch meine Nachrichten sind erst spät abgeschickt worden. Danach hat sie nur geschrieben, dass es ihr gut geht. Seitdem hatten wir keinen Kontakt, ich wusste nicht, dass sie wieder zu Hause ist.«

Nala lächelt. »Es ist gut, dass du ihr geholfen hast, wer weiß, wo sie sonst jetzt wäre und es scheint so, als wolle sie diese Chance wirklich nutzen.« Sami sieht Damians Freundin in die Augen. »Hoffentlich, es ist gut, dass sie euch wiederhat, dann wird es ihr auch nicht schwerfallen, morgen wieder zur Uni zu gehen.« Nala nickt und will sich abwenden, doch dann hält sie noch einmal ein.

»Weißt du, es geht mich nichts an und Banu wollte sicher auch nicht, dass du das weißt, doch … sie hat mir gesagt, dass sie dich sehr mag. Ich meine, ich weiß ja selbst, dass du ihr von Anfang an gefallen hast, doch ich denke, dass da jetzt mehr ist und ich sehe ja, dass du sie auch magst …« Sie lächelt. »Aber als ich mit Banu darüber gesprochen habe, hat sie mir auch gesagt, dass sie nicht denkt, dass das zwischen euch etwas wird. Sie redet sich ein, dass das von deiner Seite eher etwas mit Mitleid zu tun hat und außerdem schämt sie sich.«

Sami kennt Frauen sehr gut, er hat genug Cousinen und hat die ganzen Dramen seiner Cousins mitbekommen und er ahnt, dass nun auch eines auf ihn wartet. »Wieso schämt sie sich?« Nala verschränkt die Arme vor der Brust. »Na ja, ich meine, das würde ich auch. Du hast sie auf Entzug gesehen, sie hat mir erzählt, dass sie sich vor dir die Seele aus dem Leib gespuckt hat und noch so einiges … jetzt, wo sie wieder klarer denken kann, schämt sie sich dafür. Das würde jeder.«

Am liebsten würde Sami die Augen verdrehen, doch er zuckt nur leicht die Schultern. »Das braucht sie nicht, ich werde versuchen, ihr das zu zeigen, wenn ich gleich zu ihr fahre.« Nala nickt. »Tu das, und wenn ihr euch ausgesprochen habt, können wir ja mal zu viert etwas machen. Endlich ist es bei dir auch so weit, ich kann mich vage daran erinnern, dass du mir noch vor einiger Zeit gesagt hast, du lässt dir mit einer Beziehung noch mindestens fünf Jahre Zeit, so schnell vergeht die Zeit manchmal.« Sami muss lachen, während Nala zu dem wartenden Auto geht.

Als er dann endlich ganz ins Haus tritt, steht Rodriguez in der Küche und Damian ebenfalls. Sie sehen sich die Listen für ihre gesamte Ware an, die in der nächsten Zeit geliefert werden soll, wenn das Lager endlich bereit ist. Sie lassen gerade alles fertigstellen. Dann müssen sie zu allen Standpunkten fliegen und überprüfen, wie die Ware verladen und ihre Lager aufgelöst werden, das wird viel Arbeit, die auf sie alle zukommt.

Sami begrüßt die beiden und Damian gibt ihm den Schlüssel. »Ist dein Vater schon bei den Ärzten?« Sami nickt. Sie waren vier Tage in Schweden, es war schön, mal wieder zu viert dort zu sein, auch wenn der Grund nicht schön war. Doch sie haben gesehen, wie ihre Eltern sich wieder nähergekommen sind, und auch Miguel und er haben die Zeit mit ihrem Vater noch einmal anders genossen. Weil sie aber gerade solche Fortschritte mit der Therapie machen, musste ihr Vater zurück und sie sind mitgekommen. Ihre Mutter bleibt noch ein paar Tage länger, um ihrer Mutter mit dem Papierkram und dem Haus zu helfen, doch dann kommt sie auch erst einmal zurück. Wenn man die langen Flugzeiten mitrechnet, waren sie knapp eine Woche weg. Heute morgen hat sein Vater gleich mit Paco trainiert und ist nun schon wieder bei den Ärzten.

»Ich muss los, machen wir heute noch die Einteilung wegen der Lager fertig?« Rodriguez schüttelt den Kopf. »Das dauert noch etwas, die Kontrollposten müssen noch erstellt und das Gelände komplett abgesichert werden. Wir gehen keine Risiken ein, lieber dauert es länger, aber dafür wird es besser.«

Sami schnappt sich zwei Pancakes und nickt. »Okay, ich hole dich in zwei Stunden ab.« Damian sieht auf die Uhr, sie treffen nachher noch einen alten Lieferanten, der nun sein gesamtes Sortiment auf die neuen Waffen umstellen möchte, die Damian aufgetrieben hat.

Es wird ihn viel Geld kosten und ihnen einiges einbringen, doch erst müssen die Verhandlungen dafür stattfinden und das übernehmen sie heute. »Okay, komm nicht zu spät ... wo auch immer du hingehst.« Sami ist schon halb aus der Tür und hebt nur noch einmal kurz die Hand, bevor er sich in sein neues Auto setzt und den Motor das erste Mal aufheulen lässt.

Den ganzen Weg bis zu Banus Haus muss er an Nalas Worte denken. Sie soll sich nicht schämen oder schlecht fühlen, doch natürlich kann er auch verstehen, dass sie solche Gedanken hat, auch wenn er sich fragt, ob er ihr nicht deutlich gezeigt hat, dass er Interesse hat, unabhängig von dem, was passiert ist. Doch was für Erfahrungen hat er schon auf diesem Gebiet?

Als er vor dem kleinen Hof hält, auf dem Banu mit ihrer Familie lebt, sieht er niemanden auf dem Hof, doch es hängt Wäsche auf den aufgespannten Wäscheleinen. Sami sieht sich um und geht zu der Haustür.

Es gibt keine Klingel, also klopft er. »Banu?« Im Haus hört man Geräusche und dann ein »Komm rein«. Sami öffnet die alte Tür und sieht erstaunt in einen sehr gemütlichen Eingangsbereich. Von außen sieht das Haus sehr alt und marode aus, hier drinnen ist alles in warmen Tönen gestrichen, eine Kommode und viele Schuhe stehen ordentlich zusammengestellt, ein beigefarbener Teppich liegt in der Mitte. »Komm durch, in die Küche, ich kann grad nicht vom Stuhl runterkommen.«

Banus Stimme dringt durch das Haus. Sami streift seine Sneakers ab und geht durch einen großen Wohnraum, in dem eine beigefarbene Couch, einige Regale und ein älterer Fernseher stehen, in die Küche. Auch im Wohnbereich sieht man zwar, dass die Möbel nicht die neuesten und teuersten sind, doch es ist gemütlich und sauber und von außen würde man nie denken, dass einen das hier erwartet. Banus Mutter hat alles sehr liebevoll eingerichtet.

Sami sieht auf ein großes Bild, was Banu zeigt. Sie trägt eine Schultüte, an dem Tag muss sie eingeschult worden sein, ihre Haare sind zu zwei Zöpfen gebunden und sie hat eine süße Zahnlücke, offenbar hat sie die vorderen Zähne verloren. Auch auf dem Bild hat sie schon dieses wunderschöne Gesicht und diese großen Augen. Sie strahlt in die Kamera.

Sami geht weiter in eine Küche, wo Banu auf einem Stuhl steht und Schüsseln in das oberste Regal einsortiert. »Hi, ich habe deine Nachrichten alle vorhin gelesen, doch in dem Moment kam meine Nachbarin vorbei und ich habe völlig vergessen zurückzuschreiben, ich hoffe, du warst nicht extra in der Klinik.«

Sami stellt sich zu ihr und reicht ihr die Schüsseln, die noch auf der Anrichte stehen. »Nein, Nala hat mir gesagt, wo du bist.« Banu nimmt ihm die Schüsseln ab und sieht ihm dabei in die Augen. »Das mit deiner Uroma tut mir wirklich leid, wie geht es deiner Mutter?« Auch die Küche ist einfach, aber gemütlich eingerichtet, er sieht einige Enchiladas im Ofen. Banu trägt eine kurze Jeansshorts und ein weites schwarzes Shirt, ihre Haare trägt sie offen und ihre Augen sind etwas geschminkt.

Einen Moment fährt Samis Blick über ihre braunen glatten Beine, sie sind schmaler, als er sie in Erinnerung hat, doch er weiß ja auch wieso. Banu hat zarte Füße mit rotem Nagellack. Als sie sich erneut hochstreckt und die Schüsseln wegstellt, schwingt das weite Shirt nach vorne, sodass Sami ihren flachen Bauch und auch einen schwarzen BH erkennen kann. Er ermahnt sich selbst, sich zusammenzunehmen.

»Es ist okay, sie bleibt noch ein paar Tage in Schweden bei ihrer Familie.« Banu scheint fertig zu sein. Sami hält ihr seine Hand hin und sie stützt sich darauf, als sie vom Stuhl herunterkommt. »Ich kann mir das gar nicht so richtig vorstellen, diese zwei Seiten, hier in Puerto Rico und dann in Schweden. Ich finde das richtig süß, wenn ich mir vorstelle, wie du da ein ganz anderes Leben hast.«

Sie geht an den Kühlschrank und holt zwei Dosen Limonade heraus, dann nimmt sie die Auflaufform aus dem Backofen. »Ich hoffe, du hast Hunger.« Sie deutet Sami, sich an den Küchentisch zu setzen, während sie die Enchiladas auf zwei Teller verteilt. »Etwas, danke. Ich kenne das gar nicht anders. Ich bin so groß geworden, immer wieder für mehrere Wochen in Schweden zu sein, doch diese beiden Leben sind schon sehr unterschiedlich und das zu vereinen ist manchmal kompliziert. Was denkst du, wie oft ich meinen puerto-ricanischen Cousins klarmachen musste, dass sie meine schwedischen Cousinen in Ruhe lassen sollen? Ich hoffe, du warst nicht sauer, dass ich die Woche doch nicht noch einmal vorbeigekommen bin.«

Banu stellt ihm seinen Teller hin. »Nein, das verstehe ich doch.« Sami sieht sich um. »Ihr habt es hier sehr gemütlich, wo ist deine Mutter mit deinen Brüdern?« Die Enchiladas schmecken sehr gut. »Die sind sehr lecker.« Banu lacht und öffnet ihre Dose. »Danke, meine Mutter ist für die nächste Zeit zu meiner Tante gezogen. Vielleicht war sie durch mich bestärkt, auch mal endlich neu anzufangen. Sie hat so oft davon gesprochen, zu meiner Tante zu ziehen und ganz von vorne zu beginnen und jetzt hat sie das wirklich vor. Zumindest will sie mal gucken, was sie dort erreichen kann. Ich sollte mitkommen, doch ich ... möchte hierbleiben. Ab morgen gehe ich wieder zur Uni, die Klinik hat mit dem Direktor gesprochen, es sieht alles sehr gut aus. Ich fühle mich fitter und bereiter als je zuvor und ja ... es hat alles eine zweite Chance verdient und ich bin mir sicher, dass es dieses Mal besser wird, ich tue alles dafür.«

Sami muss schmunzeln, ihre Worte beruhigen ihn, sie scheint das wirklich zu wollen. »Das freut mich und dann bleibst du hier alleine?« Banu nickt. »Ja, erstmal schon, für die Uni brauche ich kein Geld, ich habe ein Stipendium, ich muss keine Miete zahlen und ich kann ab morgen die Arbeit meiner Mutter übernehmen, zumindest einige Stunden. Sie hat in der Tankstelle am Hafen gearbeitet, für den Backshop. Ich werde da am Wochenende vormittags und zweimal die Woche nachmittags arbeiten, so verdiene ich Geld zum Leben, alles ist gut durchgeplant.« Sami trinkt einen Schluck. »Das hört sich doch gut an.«

Banu nickt und sieht ihm in die Augen. In diesem Moment würde er am liebsten über den Tisch fassen und ihre Hand in seine nehmen. Er muss an ihren Kuss denken, doch er will sie auch nicht überfordern, wenn sie wirklich so falsch denkt, wie es Nala gesagt hat.

»Ich weiß noch immer nicht, wie ich dir für all das danken soll ...« Sami hebt die Hand. »Da gibt es nichts zu danken, bleib einfach gesund, das ist schon alles, was du tun kannst. Was haben die Ärzte gesagt, was du jetzt weiter tun sollst? Musst du noch Medikamente nehmen?«

Banu erklärt ihm, wie die letzten Tage in der Klinik waren und dass sie jetzt nur noch zur ambulanten Therapie muss. Der körperliche Entzug ist vorbei bei ihr. Sie sitzen in der Küche zusammen und reden, Sami kann sich nicht daran erinnern, das schon mal mit einer Frau getan zu haben, von der er etwas wollte, doch mit Banu vergeht die Zeit wie im Flug. Als er bemerkt, dass er langsam wieder losmuss, steht Banu schnell auf und geht in das Wohnzimmer nebenan, Sami folgt ihr. »Ich habe ja noch etwas für dich, ich habe das im Internet gesehen und bestellt, ich musste das einfach tun.«

Sie hält ihm grinsend eine kleine Schachtel hin. Sami öffnet sie und darin liegt ein Schlüsselanhänger mit Balu und Mogli. Mogli drückt Balus Gesicht an seines und Herzen fliegen um sie herum. Sami muss lachen und sieht Banu in die Augen. »Danke, dann werde ich es in Ehren halten.« Er zieht seinen Autoschlüssel aus seiner Jeans und befestigt den Anhänger sofort daran.

Sein Handy klingelt und er sieht wieder zu Banu. »Ich muss los. Ich wollte noch etwas klarstellen: Dass ich dir geholfen habe und dass ich dich bei dem Entzug gesehen habe, ändert nichts an der Tatsache, dass ich dich vom ersten Moment an, als ich dich gesehen habe, kennenlernen wollte. Du sollst da nichts Falsches denken.« Sami ist es wichtig, dass sie das weiß.

Banu senkt einen Moment ihren Blick. »Das ... na ja, also ich meine, es ist schon nicht normal, dass du mich so gesehen hast und das alles, bevor wir einmal … keine Ahnung, ausgegangen sind. Jemanden so am Boden zu sehen, sollte man erst, wenn man sich länger kennt. Ich habe mir gedacht, dass du das alles tust, weil ich dir ein schlechtes Gewissen damit gemacht habe, dass ihr mich mit alldem zurückgelassen und nur Nala geholfen habt.«

Sami tritt näher zu ihr und nimmt ihre Hand in seine. »Du hast mir damit vielleicht etwas die Augen geöffnet, doch ich war vorher an dir interessiert und auch jetzt noch. Ich dachte, das hättest du gemerkt, aber du hast recht, wir sollten das Ganze vielleicht wie alle anderen angehen. Ich bin auch nicht so erfahren darin, also zumindest nicht, es ernsthaft anzugehen.«

Banu lächelt und verschränkt ihre Finger miteinander, sie wirkt erleichtert. »Die Therapeuten haben mir gesagt, ich soll aufpassen und keine Risiken eingehen, die mich von meinem Weg abbringen könnten, mein Leben wieder in den Griff zu bekommen.« Ihre Stimme wird leise. »Und wenn ich dich so ansehe: Du kannst jede Frau haben und es ist doch quasi schon vorprogrammiert, dass mir dabei das Herz gebrochen wird.«

Sami lacht leise auf, er hebt seine Hand und streicht Banu eine Strähne aus dem Gesicht. Er würde so gerne bei ihr bleiben, er hat gar keine Lust, jetzt zu gehen, doch er weiß, dass er dem hier noch mehr Zeit geben muss. »Es ist egal, wie viele Frauen ich haben könnte. Ich bin hier, weil ich das mit uns wirklich möchte. Ich verspreche dir, auf dein Herz aufzupassen. Wie du vorhin gesagt hast: Manchmal braucht man eine zweite Chance, gib uns diese zweite Chance, unseren ungewöhnlichen Start noch einmal zu wiederholen und dieses Mal richtig. Ich hole dich von der Uni ab und wir haben ein richtiges Date und dann sehen wir weiter.«

Banu sieht ihm in die Augen, einen Moment wirkt es, als würde sie zögern, doch dann nickt sie. »Okay, ich arbeite morgen und übermorgen und habe Therapie, doch Mittwoch habe ich nachmittags frei.«

Sein Handy klingelt erneut. »Okay, dann Mittwoch, ich schreibe dir. Bleibst du hier ganz alleine die Nacht?« Auch wenn sie es langsamer angehen lassen wollen, muss er das wissen, es beunruhigt ihn, sie hier komplett alleine schlafen zu lassen. »Nein, eine Freundin von mir schläft auch hier, sie ist froh, zu Hause rauszukommen.« Sami nickt und beugt sich zu ihr. Er muss an ihren süßen Kuss beim Abschied in der Klinik denken. Wenn er ehrlich ist, hat er seitdem ständig daran gedacht, doch nun gibt er ihr nur einen langen Kuss auf die Stirn. »Bis Mittwoch, Balu, pass auf dich auf und wenn etwas ist, ruf mich an.« Sie lächelt und öffnet ihre hübschen Augen wieder.

»Ok, pass du auch auf dich auf. Bis Mittwoch, Mogli.«

Kapitel 25

Ramon wird wach.

Auch wenn er noch nicht die Augen öffnen kann, stöhnt er auf. Er fühlt sich, als wäre er aus einem sehr langen und sehr intensiven Traum erwacht.

»Ist alles in Ordnung?« Ramon versucht seine Augen zu öffnen, doch sobald er sie aufmacht, blitzt ein grelles Licht in sein Sichtfeld und er schließt sie wieder. »Was ist passiert?« Ramon setzt sich auf und erst dann öffnet er die Augen langsam wieder, und in diesem Moment wird ihm wieder bewusst, wo er ist und was los ist.

Er liegt bei den Ärzten und versucht, sein Gedächtnis zurückzubekommen, wie auch all die Tage davor. Er weiß von dem Unfall, er … Ramon flucht auf. Verdammt, sein Plan ist schiefgelaufen, nach und nach stürzen Erinnerungen auf ihn ein. Jennifer, seine Söhne, seine Brüder, sie alle dachten zwei Jahre lang, er sei tot, er denkt an früher, daran, wie sie hereingelegt wurden, testet seine Erinnerungen selbst und öffnet dann schnell die Augen. Es ist alles wieder da. Ramon ist so überwältigt von den vielen Erinnerungen, dass er tief ein- und ausatmet, einen Moment hat er das Gefühl, keine Luft mehr zu bekommen.

Er sieht in zwei besorgte blaue Augen, die ihn mustern. »Ist alles in Ordnung, Herr Surena? Sie sehen verwirrt aus, ist die Hypnose noch nicht ganz abgeklungen? Vielleicht sollten Sie sich noch einmal hinlegen und ich ...« Ramon steht auf und streckt sich, er fasst sich an die Brust, sein Herz rast, doch er fühlt sich so gut wie lange nicht mehr.

»Es ist alles bestens, Doktor. Sie haben sehr gute Arbeit geleistet, ich kann mich wieder an alles erinnern. Ich weiß nicht, was Sie heute gemacht haben, aber es hat funktioniert.« Der Arzt hebt die Augenbrauen. »Denken Sie? Ich habe hier Fragen, die das testen können. Sind Sie bereit dafür?«

Ramon setzt sich noch einmal, er will hier nur weg, doch er weiß, dass er diese Fragen beantworten muss, sie wurden von allen zusammengestellt, um zu testen, ob auch wirklich alle Erinnerungen wieder da sind.

»Was ist am zehnten Geburtstag Ihres Bruders Paco passiert?« Ramon muss auflachen. »Es gab eine Menge Ärger, weil Rodriguez und seine Freunde die Bikinioberteile der Frauen, die zu Besuch waren, versteckt haben und die falsche Geburtstagstorte geliefert wurde, aus der eine Stripperin rausgesprungen ist, die eigentlich bei einem Junggesellenabschied auftreten sollte. Uns Jungs hat das aber nicht gestört, meine Mutter war ziemlich sauer.« Der Arzt nickt und Ramon reibt sich über die Stirn. Er hat Kopfschmerzen, wie fast immer nach diesen Sitzungen.

»Wie lange nachdem Sie ihre Frau getroffen haben, ist sie schwanger geworden?« Ramon überlegt, allein beim Gedanken an Jennifer zieht sich alles in ihm zusammen. »Ungefähr ein Jahr.« Der Arzt nickt. »Wann haben Sie festgestellt, dass Juan der wahre Anführer ist?« Ramon legt den Kopf schief. »Ich kann mir denken, wer diesen Blödsinn aufgeschrieben hat.« Der Arzt legt den Zettel weg und sieht Ramon in die Augen. Er macht einige Tests, fühlt seinen Puls und erklärt ihm, dass er nun den Großteil seines Gedächtnisses zurückhat, es aber immer noch hier und da Lücken geben kann oder es länger dauert, bis ihm etwas einfällt und er weiter behandelt werden muss, damit sie sein Gedächtnis vorsichtig wieder trainieren.

Ramon stimmt nur schnell zu und verabschiedet sich, er muss raus aus dem Gebäude. Als er den Raum verlässt, läuft er fast in eine hübsche rothaarige Krankenschwester hinein, die ihn verführerisch anlächelt. »Gehen Sie schon? Gibt es heute keine Massage zum Abschluss?« Stimmt, eigentlich hat er immer eine Massage bekommen, um nach der Therapie wieder etwas herunterzukommen und die Krankenschwester hat diese immer sehr genossen und versucht, mit ihm zu flirten, doch Ramon schüttelt nur den Kopf. »Nein, das brauch ich nicht.«

Als er das Gebäude verlässt, sucht er nach einer Sonnenbrille, weil ihn die Sonne blendet. Er hat keine dabei, wie kann er ohne Sonnenbrille das Haus verlassen? Er steigt in sein Auto und bemerkt, dass das eines von Pacos Autos ist und nicht seines. Er durchsucht das Handschuhfach, doch auch hier liegt keine Sonnenbrille.

Ramon legt seinen Kopf zurück und atmet tief ein.

Plötzlich sind alle seine alten Erinnerungen wieder sehr stark da und die letzten Tage und Wochen scheinen wie unter einem leichten Schleier zu liegen. Er weiß noch, was passiert ist, doch es fühlt sich anders und fremder an, als die Erinnerungen vor dem Unfall. Das Gesicht seiner Frau kommt ihm vor das innere Auge und wie sie ängstlich von ihm wegtritt, als sie ihn nach den Jahren wiedergesehen hat, aber auch wie oft und wie zärtlich er sie in Schweden wieder geliebt hat. Ein Schmunzeln legt sich auf seine Lippen. Selbst als er nicht mehr wusste, wer sie ist, hat sein Herz sich sofort wieder an sie gebunden und ihm gezeigt, dass sie die Frau seines Lebens ist.

Als er losfährt, geht ihm alles auf einmal durch den Kopf. Was er vorhatte, wie es gekommen ist und wie sehr seine Familie gelitten hat, als sie ihn beerdigen mussten, so etwas passiert sonst nur in Filmen, ihnen hat das Schicksal wirklich böse mitgespielt. Als er an seiner Lieblingsbäckerei vorbeifährt, hält er und kauft sich eine große Packung Vanille-Cupcakes. Wie sehr er die vermisst hat. Die Verkäuferin freut sich, ihn nach so langer Zeit mal wiederzusehen, er nimmt die große Packung mit zwanzig Stück und isst auf dem Weg nach Hause schon die ersten zwei.

Statt zu sich geht er zu Paco nach Hause, dabei hält er die Schachtel mit den Cupcakes in der Hand, sein Kopf dröhnt, doch die Erleichterung, sich wieder erinnern zu können, überwiegt.

In der Küche seines Bruders steht Bella und hat den kleinen Lando im Arm, während sie etwas am Laptop ansieht. Als sie Ramon entdeckt, lächelt sie und Ramon stockt einen Moment, als er Lando betrachtet. Natürlich weiß er, dass es Lando gibt und dass er geboren wurde, während sie in Gefangenschaft waren, doch erst jetzt nimmt er ihn wieder mit richtigen Augen wahr.

Er geht zu seiner Schwägerin uns küsst sie lange auf die Wange, dann nimmt er Lando auf den Arm, der gleich nach einem der Cupcakes greift, die Ramon auf der Ablage abstellt. Ramon reicht seinem Neffen einen Cupcake und sieht ihn liebevoll an, bevor er seine weichen Wangen küsst.

»Er sieht aus wie die perfekte Mischung zwischen Latizia und Leandro. Hey, mein Großer.« Lando lacht und beißt genüsslich in den Cupcake, während Bella zwischen dem Karton mit den Cupcakes und Ramon hin und her sieht, bis sie den Mund öffnet und sich Tränen in ihren Augen bilden. »Du weißt wieder alles, du ...« Sie umarmt Ramon und sieht ihm in die Augen. »Ich erkenne es in deinen Augen, du bist zurück.« Ramon lacht leise und küsst Bella noch einmal, deutet ihr aber, leiser zu sein und lenkt seinen Blick in den Garten, wo er Paco, Rodriguez, Chico und Juan sitzen sieht, die Blätter zwischen sich hin und her schieben. Sie haben nichts mitbekommen.

Mit Lando auf dem Arm und der Box geht er in den Garten. Alle sehen kurz auf. »Schon zurück, ging es heute so schnell?« Ramon nickt und legt die Box auf den Tisch, setzt sich mit Lando in einen Stuhl neben Juan und nimmt sich noch einen Cupcake, während Lando sich an seine Brust lehnt und genüsslich seinen Cupcake aufisst. Auch Juan nimmt sich einen und als Ramon sieht, was die vier hier besprechen, knüllt er das Cupcakepapier zusammen, wirft es in den Aschenbecher auf dem Tisch und trifft.

»Ihr solltet die Auflösung des Lagers in Guatemala nicht einen der Jungs übernehmen lassen, das Verhältnis zu ihnen war nie das beste. Das sollte jemand von uns mit viel Feingefühl machen, bevor da unten unnötig ein Krieg ausbricht.« Ramon nimmt sich noch einen Cupcake, als alle Blicke zu ihm hochschnellen. Alle vier sehen von ihm zu der Cupcake-Box und wieder zurück. »Und

Juan, da muss schon mehr als ein Gedächtnisverlust passieren, dass ich denken könnte, du bist der wahre Anführer.«

Im nächsten Moment liegt er in den Armen von Rodriguez und lacht, als auch Paco ihn umarmt und dann Juan und Chico, bis Lando sich beschwert, dass er in Ruhe seinen Cupcake essen will. »Ist es vorbei, weißt du wieder alles?« Paco bleibt bei Ramon sitzen und der sieht seinem jüngeren Bruder in die Augen. Er weiß, wie schwer das alles für seine Brüder und alle anderen war.

»Ja, die letzten Tage meiner Rückkehr sind jetzt eher verschwommen, also eigentlich alles nach meinem Unfall, ich weiß noch, was war, aber die alten Erinnerungen wiegen schwerer. Das ist alles so verdammt schiefgelaufen, es tut mir leid, wir wollten euch da rausholen.«

Juan neben ihm legt den Kopf schief. »Wieso hast du niemandem etwas gesagt?« Ramon küsst Landos Haarschopf. »Ich wollte euch nicht mit hineinziehen. Der Plan war so gut, es hätte alles geklappt, doch dann kam der Unfall, der Arzt war so aufgeregt, dass er einige Drinks zu viel hatte, ich habe das erst gemerkt, als wir schon auf der Autobahn waren.«

Paco flucht leise auf und er sieht ihn an.

»Was ist mit Marco und seiner Familie, liegt er jetzt in unserem Familiengrab?« Paco schüttelt den Kopf. »Nein, darum haben wir uns schon gekümmert und seine Familie hat auch eine gerechte Entschädigung bekommen, falls es die überhaupt gibt, wenn sie auch nicht genau erfahren werden, wieso und weshalb. Sie haben auch den Sarg bekommen, damit er am richtigen Platz seine letzte Ruhe bekommt, mach dir darum keine Gedanken.«

Ramon nickt und sieht auf die Uhr. »Ich gehe jetzt zu Mama und Papa und meinen Söhnen, dann muss ich weg. Versucht, das alles noch etwas hinauszuzögern, bis ich zurück bin, es wird Zeit, dass der richtige Anführer wieder übernimmt.« Er zwinkert Juan zu, und als er und Paco aufstehen, nimmt er seinen Bruder noch einmal in die Arme. »Du hast das alles sehr gut gemacht. Ich liebe dich.« Paco nickt und sieht ihm in die Augen. »Es ist schön, dass du wieder richtig da bist. Wie lange sollen wir warten?«

Ramon nimmt auch Rodriguez noch einmal in die Arme und küsst Landos Wange, den er bei Juan hingesetzt hat. Er sieht allen an, wie erleichtert sie sind und auch er kann viel freier atmen als noch am Morgen.

»Einige Tage, ich muss mich jetzt um das Wichtigste kümmern und einiges wieder in Ordnung bringen.«

Kapitel 26

»Gehst du so zu deinem Date? Kein Anzug? Kein feines Essen? Jetzt sag endlich, was du vorhast, wir haben schon Wetten abgeschlossen.«

Marina lehnt sich über den Küchentisch und Nala, die ihr gerade die Nägel lackiert, lacht leise auf, während Sami in der Schublade im Flur seines Onkels Paco nach dem richtigen Autoschlüssel sucht. Damian hortet alle bei sich, er fährt jeden Tag ein anderes Auto, egal wem es gehört.

»Das ist toll, dass ihr euch jetzt so sehr dafür interessiert. Ich habe euch alle um Hilfe gebeten, jetzt ist es zu spät, ihr erfahrt gar nichts. Da müsst ihr auf die Informationen von Banu warten, aber ich werde ihr sagen, dass sie nichts verraten soll.«

Latizia kommt die Treppen herunter aus ihrem alten Zimmer mit weiteren Nagellackflaschen und sieht ihn entschuldigend an, sie war schon immer die liebste seiner Cousinen, alle anderen können richtige Biester sein.

»Sei nicht sauer, das war nicht böse gemeint. Doch es stimmt wirklich, es hätte dir nichts gebracht, wenn wir dir Tipps für euer Date gegeben hätten, du musst dir selbst etwas einfallen lassen, nur dann ist es etwas Besonderes. Das Wichtigste an einem Date ist, dass der Mann sich Gedanken macht, wie er die Frau beeindrucken könnte.« Sami verdreht die Augen. »Ich habe Hunderte von Cousinen und bekomme nur euer Gezicke ab und keine Tipps.« Nesto kommt ins Haus, offenbar sucht auch er einen Schlüssel. »Willkommen in der Familia, unsere Cousinen haben uns völlig im Griff und Damian hat den größten Autoverschleiß. Hast du den Schlüssel zu meinem Mercedes in der Schublade gesehen?«

Nala lacht und Marina hebt ihre Hand, um sich die Farbe anzusehen. »Du hast acht Cousinen, die sehen, wie ihr im Normalfall mit Frauen umgeht, und wenn euch dann wirklich mal eine etwas bedeutet, sollt ihr euch auch selbst Gedanken machen. Ich bin mir sicher, dass Sami sich etwas Tolles hat einfallen lassen.«

Endlich findet er den Schlüssel und auch Nesto reicht er seinen und hebt die Hand. »Das habe ich, dieses Date wird legendär.« Er verlässt das Haus wieder, da er schon spät dran ist, doch hält noch einmal ein, als Nala ihm hinterherruft: »Sami, ich gebe dir aber noch einen Tipp. Banu liebt Pfingstrosen.« Er nickt. »Okay, dann hole ich noch Rosen.«

Latizia lacht auf. »Pfingstrosen, nicht einfache Rosen.« Sie kommt noch einmal zu Sami und küsst seine Wange. »Du bist etwas ganz Besonderes, sie kann gar nicht anders, als dich zu lieben.«

Er wünscht es sich, doch so ganz ist Sami davon noch nicht überzeugt. In den letzten Tagen hat er viel mit Banu geschrieben und es wirkt so, als möchte auch sie, dass das zwischen ihnen etwas Festes wird, auf der anderen Seite ist sie auch wieder sehr zurückhaltend. Er ist aber sehr froh zu sehen, dass sie sich Mühe gibt. Sie ist zur Uni gegangen und arbeiten und sie scheint den Spaß an alldem wiedergefunden zu haben.

Sami hat wirklich lange überlegt, was er tun kann, um dieses erste Date zu etwas Besonderem zu machen. Er hat noch einiges zu erledigen, bevor er Banu abholen fährt. Als Erstes versucht er, einen Strauß Pfingstrosen zu bekommen, was schwieriger als gedacht ist, da es die Blumen nicht in jedem Laden gibt. Sie sind in Puerto Rico schwer zu bekommen, doch er weiß, dass es einen teuren und exklusiven Blumenladen neben der Mall gibt und fährt dorthin, um einen Strauß mitzunehmen.

Als Nächstes hält er in einem kleinen Bistro, dort hat die Besitzerin schon einen Korb für ihn zusammengestellt, wie Sami es gestern mit ihr besprochen hat. Als er all das nach hinten auf die Rückbank legt, dämmert es bereits und Sami muss sich beeilen.

Banu steht schon vor ihrem Haus, sie hat den oberen Teil ihrer Haare zu einem leichten Zopf nach hinten gebunden, der Rest fällt in Wellen auf ihren Rücken. Samis Blick gleitet über ihre enge

Jeans und das weiße ärmellose Top. Banu strahlt, als sie ihn entdeckt und Samis Herz schlägt schneller, er ist dabei, sich in sie zu verlieben, wenn es nicht schon längst passiert ist.

Bevor er dazu kommt, auszusteigen und ihr die Tür aufzuhalten, ist sie schon an der Beifahrertür und steigt ein. Sami muss schmunzeln, sie umarmt ihn und er nimmt wieder ihren süßen Vanilleduft wahr, dieses Mal liegt aber auch blumiges Parfüm darüber. Banu trägt große Creolen, sie hat ihn dreimal gefragt, wie sie sich anziehen soll und er hat ihr gesagt, dass sie sich ganz normal anziehen soll, sie braucht sich nicht feiner zu kleiden. Auch er trägt nur eine dunkle Jeans und ein schwarzes Shirt.

Banu küsst seine Wange, ihre Augen glänzen und man merkt, dass sie sich auf ihre Verabredung gefreut hat. Sami hofft wirklich, dass ihr gefällt, was er vorbereitet hat. Als er Miguel und Leandro davon erzählt hat, haben sie ihn gefragt, was er für Drogen genommen hat, um auf solch einen Kitsch zu kommen. Sie waren hundertprozentig der Überzeugung, ihre Cousinen haben ihm geholfen, doch Sami hat trotzdem alles so gelassen, es passt und es ist eine gute Gelegenheit, sich noch besser kennenzulernen. Außerdem weiß er genau, was sein Bruder und sein Cousin schon alles für ihre Freundinnen getan haben, also hat er ihnen nur geraten, sie sollen mal ihren Mund nicht zu weit aufmachen.

»Hey, bist du bereit?« Sami greift nach hinten und holt die Rosen nach vorne. Banu riecht an ihnen und drückt sie leicht an sich. »Vielen Dank, die sind wunderschön.« Sie sieht noch einmal zu ihrem Haus, vielleicht wartet ihre Freundin dort auf sie, es brennt jedenfalls Licht. »Ja, das bin ich, bin wirklich gespannt, was du dir einfallen lassen hast. Nala hat mir gesagt, dass du dir das komplett alleine überlegt hast, nachdem du um Hilfe gebeten hast.« Sami muss wenden, um die Hauptstraße zum Tijuas-Gebiet zu nehmen, dort hat er den perfekten Ort für das Date gefunden. »Nala erzählt zu viel.« Banu zuckt die Schultern. »Ich finde es schön, dass du dir so viele Gedanken machst, generell, wie viel Zeit und Mühe du für mich aufbringst. Ich halte das nicht für selbstverständlich, ich schätze das wirklich sehr und bin überrascht, ich hätte das nicht von … einem Surentos gedacht. Ach übrigens, ich habe gehört, dein Vater kann sich wieder an alles erinnern, das freut mich ehrlich für dich und deine Familie.«

Sami lacht leise auf und sieht einen Moment zu ihr. » Danke, uns ist allen ein Stein vom Herzen gefallen. Ich meine, wir waren einfach nur froh, ihn wiederzuhaben, doch jetzt ist er wirklich wieder der Alte und es tut gut … dass er wieder da ist.« Banu nickt, doch Sami will das genau wissen. »Was genau hast du denn gedacht, wie ich sein würde?« Banu zuckt die Schultern, er muss wieder auf den Verkehr achten, doch er spürt ihren Blick auf sich.

»Ich weiß nicht, damals, als du nach dem Dealer gesucht hast, der ja leider ich war … habe ich mich gefragt, wieso du überall deine Nase reinsteckst und dir all das so wichtig ist. Die ersten Male, wo ich dich mit Nala gesehen habe, fand ich dich einfach nur hübsch und mächtig und wollte dich unbedingt näher kennenlernen, doch dann kam alles anders und ich dachte nur: Wieso ist er jetzt überall und hört nicht auf, mich zu verfolgen? Ich wusste nicht, dass die Menschen wegen der Drogen gestorben sind, ich habe es zumindest nicht so wahrgenommen, wie ich es hätte tun sollen, erst nach der Party, als du mir davon erzählt hast.«

Banu stockt und Sami sieht wieder zu ihr. »Ist schon gut, wir müssen jetzt auch nicht davon sprechen.« Sie lächelt nur noch leicht. »Nein, das ist schon okay. Als du mich dann erwischt hast und ich dir alles an den Kopf geschmissen habe, dachte ich, das wars, ich sehe dich nie wieder. Du wusstest, wer hinter all dem steckt und ich war so tief drin in dieser Drogengeschichte … ich war wirklich überrascht, dass du mich gesucht hast. Dass du mich zu dir genommen hast und mir geholfen hast und dann auch noch diese Klinik für mich gefunden hast. Ich dachte wirklich, du hast so viele Frauen in deinem Leben, dass du nicht zweimal denselben Gedanken an eine verschwenden wirst.«

Sie sind da, Sami fährt vorbei an einem alten Kassenhäuschen auf eine große grüne Grasfläche. »Um ehrlich zu sein, habe ich das vor dir auch nicht oft, doch glaube mir: An dich denke ich ständig.« Er hält mitten auf dem großen Feld. Banu lächelt über seine Worte und sieht sich dann um. »Das ist … etwas gruselig hier.« Es ist dunkel und Sami hupt einmal, in diesem Moment gehen in den umliegenden Bäumen Lampions, kleine Laternen und Lichterketten an und vor ihnen beginnt Werbung auf einer riesigen Leinwand.

Banu lacht auf. »Ist das dein Ernst? Wir sind im Freikino … wie …« Sami drückt auf einen Knopf und lässt das Verdeck seines Cabrios nach hinten fahren. Sofort weht ihnen die angenehm kühle Luft entgegen. »Ja, ich dachte, das wäre eine gute Idee, setz dich nach hinten.« Er hilft ihr und sie beide klettern auf die hintere bequeme Sitzbank. Banu schüttelt den Kopf. »Du bist verrückt, das ist so schön, was tust du?«

Sami klappt den vorderen Beifahrersitz um, sodass so etwas wie ein kleiner Tisch entsteht, auf dem er den Inhalt des Korbes ausbreitet. Es sind viele kleine Schüsseln mit eingelegten Oliven, Schinken, frischem Brot, Käse, selbstgebackenen gefüllten Teigrollen. Die Frau hat wirklich an alles gedacht, sie haben Wein und Limonade und Banu schüttelt ungläubig den Kopf. »Das ist … viel zu viel, du …«

In selben Moment geht der Film los: das Dschungelbuch. Banu lacht laut auf. Sami lehnt sich zurück, es freut ihn, dass er sie wirklich überraschen konnte. Banu sieht zum Film und wieder zu ihm. »Ich glaube, dass noch niemals jemand so viel für mich getan hat, ich verstehe nicht, wie du nach allem was war, noch solch … ein Interesse hast.«

Genau das ist es, was Sami die ganze Zeit bei Banu spürt, einerseits diese Freude und dass sie genau wie er mehr möchte und dann doch diese Zweifel und Zurückhaltung. Er legt den Arm hinter sie auf die Lehne und sieht sie ernst an.

»Ganz ehrlich, ich verstehe nicht, wie du das nicht verstehen kannst. Vor mir sitzt die hübscheste Frau, der ich jemals begegnet bin. Ich liebe es, wie du lachst, ich bewundere, dass du es geschafft hast, diesen Entzug so schnell und so sicher zu überstehen und schon jetzt wieder zurück in deinem alten Leben bist. Du hast mir von Anfang an gefallen, doch mehr wurde daraus, als ich das erste Mal diese andere Banu gesehen habe, damals am Strand, die mich mit diesen glänzenden Augen angesehen und mir von ihrem chaotischen Leben erzählt hat. Ich meine, um ehrlich zu sein, kann ich genauso denken ...«

Er deutet auf sich und sieht Banu weiter in die Augen. »Wer sagt denn, dass du mich an deiner Seite haben willst? Ich habe noch nie etwas Festes mit einer Frau gehabt und habe die meisten eher wie ein ... Arschloch, wie ihr Frauen das so schön nennt, behandelt. Dazu verdiene ich nicht gerade mit den ... ungefährlichsten Sachen mein Geld, ich fluche und feiere zu viel und ich kann es verstehen, wenn eine Frau wie du sagt: Nein, das ist mir zu viel Risiko.«

Sie lacht und legt den Kopf schief. »Okay, ich habe verstanden, was du meinst.« Sami lächelt und bewegt seinen Oberköper näher zu ihr. »Bedeutet das, dass wir uns beide darauf geeinigt haben, dass wir ... vergessen, wieso der andere uns nicht haben wollen sollte und wir der Tatsache ins Auge sehen, dass wir beide es wollen?« Banu wird ernst und erwidert seinen Blick einen Augenblick, ohne etwas zu sagen, doch dann nickt sie. »Darauf können wir uns einigen.«

Sami beugt sich komplett zu ihr und ihre Hand legt sich auf seine Brust, als er sie zärtlich auf die Lippen küsst. Sie muss spüren, wie schnell sein Herz jetzt schlägt, er genießt ihre Nähe und ihren Geschmack so sehr, dass er genau weiß, dass er das zwischen ihnen ohnehin nicht einfach so aufgeben könnte.

Sami vertieft den Kuss, er liebt es, Banu so nah zu sein, er legt seine Hand in ihren Nacken und sie rückt noch näher zu ihm, er hat es vermisst, sie zu küssen und er hat die Tage seit ihrem letzten Kuss ständig an dieses Gefühl gedacht. Doch trotz all dieser Gefühle hält er sich zurück, küsst sie sehr zärtlich und versucht, nicht zu sehr zu zeigen, wie stark der Drang ist, sie noch näher zu spüren, heute ist immerhin erst ihr offiziell erstes Date und er wird sich Mühe geben, bei Banu keine Fehler zu machen.

Auch wenn es ihm schwerfällt, räuspert er sich deswegen nur leicht, als er den Kuss löst und ihre Wange küsst. Er spricht leiser und küsst dabei ein weiteres Mal ihre Wange.

»Lass uns einfach sehen was passiert, doch solange wir beide wissen, dass wir das hier wollen, wird alles gut werden.«

Banu nickt und genau in diesem Moment beginnt das bekannte Lied von Balu und Mogli und sie beide müssen schmunzeln. »Probier's mal mit Gemütlichkeit, mit Ruhe und ...«

Sami legt den Arm um Banu und sie kuschelt sich an ihn, verschränkt ihre Finger miteinander und küsst ihn zärtlich.

»Dann Mogli, warten wir es einfach ab und probieren es mal mit Gemütlichkeit ...«

Banu sieht noch einmal zu ihm hoch und keine Sekunde später finden ihre Lippen wieder zusammen und als Balu laut singt, » ... dann kommt auch das Glück zu dir ...« und Sami den Kuss vertieft, während Banu leise zufrieden aufseufzt, weiß er, dass er sein Glück gefunden hat.

Kapitel 27

»Es wirkt so riesig.«

Jennifer läuft durch den Wohnraum des Hauses ihrer Oma. Es ist alles leer, sie haben sich von allen Sachen getrennt oder sie verteilt an diejenigen, die etwas zur Erinnerung behalten wollten. Jennifer hat ihren alten Esstisch in die Garage ihrer Mutter gestellt, sie weiß noch nicht wie, doch sie möchte den Tisch, an dem sie alle immer so oft zusammengesessen haben, behalten.

»Ja, wir werden es nach und nach renovieren lassen und in einem Jahr kann dann jemand anderes hier einziehen, deine Cousine Viktoria denkt darüber nach, es ist wichtig, dass das Haus in der Familie bleibt.« Jennifer nickt, sie haben mehrere Tage gebraucht, um das Haus leer zu bekommen, sie haben zwei Tage auf dem Flohmarkt alles verkauft und das Geld dem Kinderheim im nächsten Ort gespendet, so wie es sich ihre Oma gewünscht hat.

Jennifer legt den Arm um ihre Mutter, die sich traurig umsieht. »Ich bin mir sicher, dass Oma zufrieden ist.« Ihre Mutter nickt. »Bestimmt.« Sie will zurück in das Haus ihrer Mutter, die sicherlich etwas Zeit für sich brauchen wird, um noch mal von all den Erinnerungen Abschied zu nehmen. »Ich gehe schon mal vor, in Ordnung?« Sie nickt und Jennifer streift sich ihre Flipflops über und verlässt das Grundstück ihrer Oma wieder.

Auch sie steht noch etwas neben sich, auch wenn sie gefasster ist als ihre Mutter. In Gedanken versunken läuft sie zum Haus zurück, bis sie hochsieht, direkt in die vertrauten Augen von Ramon, der vor der Haustür auf der Veranda sitzt und auf sie gewartet zu haben scheint. Sie hat sich schon gewundert, seit gestern früh nichts mehr von ihm gehört zu haben, doch sie dachte, er sei mit seiner Therapie beschäftigt und ...

Jennifer stockt, sie tritt näher und auch Ramon steht auf und kommt die Verandatreppe herunter und da sieht sie es. Ein Blick in seine Augen reicht und sie erkennt, dass er wieder da ist, komplett. Vor ihr steht nicht mehr der Mann, der nicht mehr genau weiß, wer er ist und was alles passiert ist. Vor ihr steht, mächtig und selbstsicher wie immer, Ramon, der mit solch einer Liebe in den Augen zu ihr sieht, dass sie einen Moment das Gefühl hat, ihre Beine könnten unter ihr einknicken, so wackelig fühlt sie sich, als sie erkennt, dass er wieder der Alte ist.

Sie hält sich die Hand vor den Mund, da erst spürt sie, wie sehr sie weint und im nächsten Moment läuft sie los und liegt keine Sekunde später in seinen Armen. »Es tut mir so leid, Engel. Komm her, beruhige dich.« Ramon hält Jennifer fest in seinen Armen, nun ist sie fähig, die Reaktion herauszulassen, die sie von Anfang an haben sollte, sie bricht weinend in seinen Armen zusammen und auch Ramons Stimme zittert.

»Es tut mir leid, dass du all das mitmachen musstest, ich weiß nicht, wie ich das jemals wieder gutmachen kann, ich wollte das nicht, das musst du mir glauben, ich wollte nur zurück zu meiner Familie.« Jennifer nickt, sie weiß das alles mittlerweile, doch sie ist noch nicht in der Lage, etwas zu sagen, unter ihren Tränen wird Ramons Shirt nass, doch er hält sie fest an sich und murmelt beruhigende Worte an ihren Kopf.

»Es wird alles gut, ich schwöre dir, dass ich so etwas nie wieder zulassen werde.« Es dauert einige Zeit, bis Jennifer sich so weit beruhigt hat, dass sie ihm in die Augen blickt. »Seit wann hast du deine Erinnerungen zurück?« Er lächelt und streicht ihre Haare nach hinten. »Seit gestern, ich bin sofort hergeflogen und habe auf dem Weg hierher alles organisiert, um dir ab jetzt mehr Sicherheit geben zu können. Du weißt gar nicht, wie froh ich bin, dich wieder bei mir zu haben.« Ramon beugt sich zu ihr und küsst sie.

Jennifer schlingt sofort ihre Arme um seine Schultern, sie sind sich auch die letzten Tage, als er hier war, näher gekommen, viel näher, doch all das hat sich wie in ihrer Anfangszeit angefühlt, dieser Kuss jetzt ist vertraut, sehnsüchtig, es ist ihr Ramon, er ist wieder da.

Als sie den Kuss lösen, legt Ramon seine Stirn an ihre und sie muss leise lachen. »Wenigstens weiß ich jetzt, dass, selbst wenn du dein Gedächtnis verlierst und kaum mehr etwas weißt, du mich weiter lieben und dich sogar wieder neu in mich verlieben würdest.« Ramon nickt und küsst noch einmal ihre Lippen. »Immer wieder und ohne Zweifel. Komm, ich will dir etwas zeigen.«

Er holt sein Handy heraus und bringt sie zum See, dabei lässt er ihre Hand nicht los. Als sie am See und am Steg sind, sieht Ramon auf das Handy und sie laufen zu einem Teil des Ufers, der abgesteckt ist, was er, als sie gestern hier war, garantiert noch nicht war. Ein großes Stück direkt am See ist abgesteckt und Ramon stellt sich mit ihr mitten auf dieses große Stück Wiese. »Das hier ist ein Neuanfang.« Jennifer versteht nicht ganz und sieht ihn verwundert an.

»Ich habe das Grundstück gekauft, du wolltest immer auch einen Teil des Jahres hier verbringen, doch ich habe darauf nie Rücksicht genommen. Wir werden uns hier ein Haus bauen und immer mehrere Wochen hier und dann wieder in Puerto Rico verbringen, und auch Sami und Miguel werden wieder mehr Zeit in Schweden verbringen können. Diese Ruhe nach all den stressigen Jahren hast du dir verdient und bin ich dir schuldig, aber auch mir wird das ruhige Leben im Gegenzug zu dem lauten und wilden Leben in Puerto Rico guttun.«

Ramon sieht sie mit strahlenden Augen an und Jennifer kann all das nicht glauben. Sie dreht sich und sieht auf ihr neues Grundstück, dann bleibt sie genau vor Ramon stehen und legt noch einmal ihre Arme um seine Schultern, wobei sie zärtlich seine Lippen küsst. »Danke, ich denke auch, dass das hier uns beiden guttun wird, doch ich wäre dir auch wieder komplett nach Puerto Rico gefolgt. Ich habe vier Jahre lang gespürt, wie das Leben ohne dich ist und egal wie, wo oder unter welchen Umständen, solange wir beide zusammen sind, ist mir alles andere egal. Ich möchte nie wieder ohne dich leben müssen.«

Erneut treten ihr die Tränen in die Augen, die Ramon ihr zärtlich wegküsst. »Nie wieder!«

Bella legt die Schüssel zurück in ihre Küche, Lando rennt an ihr vorbei in den Garten direkt zu Leandro, der ihn auf den Arm nimmt und sich wieder zu Dania und Nala umdreht. Ihr Garten ist voll, wie so oft, doch Bella genießt all das nur noch. Sie haben in den letzten Jahren so oft zu spüren bekommen, wie es sich anfühlt, wenn nicht alles in Ordnung ist und sie ist einfach nur dankbar für die momentane Ruhe.

Bella holt eine neue Tüte Nachos aus dem Schrank und füllt diese in die Schüssel, dann tritt sie hinaus in den Garten und stellt die Schüssel zurück auf den Buffettisch, der dieses Mal komplett von ihnen zusammengestellt wurde, wie sie es immer tun, wenn eine Babyparty ansteht. Nur den Kuchentisch haben sie bestellt, es steht eine riesige Cremetorte auf dem Tisch und viele Kekse und Cake-Pops in rosa und blau daneben, auch die Torte ist mit rosa und blauen Babyschuhen verziert.

Bella geht an Latizia und Dilara vorbei, die mit Melissa und Sara zusammen die vielen Geschenke betrachten, die jetzt schon zusammengekommen sind und alle sind noch neutral gehalten. Sie gibt Dilara einen Kuss auf die Wange, sie ist wunderschön mit ihrer kleinen Kugel in dem Sommerkleid. Sie alle sind barfuß, es ist nur die Familie da, was nicht bedeutet, dass es nicht trotzdem Platzmangel gibt.

Juan kommt zu ihr und fragt nach ihrer Mutter, die im überdachten Pavillon am Ende des Gartens sitzt und dann kommt Paco zurück. Er hat mit Rodriguez noch einige Stühle aus seinem Garten geholt und Bella ist sich sicher, dass die Männer bald mit ihrem Kartenspiel anfangen werden, da beginnt das geplante Feuerwerk und die Musik wird passend dazu lauter gestellt.

Natürlich hätte man auch Luftballons oder mit der Torte verkünden können, welches Geschlecht es wird, doch Dilara hat etwas ganz Besonderes geplant. Ihr Frauenarzt hat ihr versichert, dass das Geschlecht hundertprozentig eindeutig erkennbar ist und sie hat ihm die Nummer des Mannes gegeben, der das Feuerwerk geplant hat, damit er alles vorbereiten kann, das heißt, niemand von ihnen weiß, was auf sie zukommt.

Statt zu den anderen Frauen geht Bella zu Paco, der stehengeblieben ist und sie mit offenen Armen empfängt. »Alles in Ordnung, Cariño?« Sie lehnt sich an ihn und verschränkt ihre Hände miteinander, während er ihre Wange küsst und sie zusammen in den Himmel sehen, in dem erst goldene und silberne Raketen zerplatzen.

»Ich muss ehrlich gesagt sagen, dass ich dich lange nicht mehr so entspannt und zufrieden erlebt habe wie die letzten Tage.« Bella wendet sich Paco zu und er küsst ihre Nasenspitze. »Ich bin auch einfach nur glücklich und dankbar.« Sie alle sind in den letzten Tagen sehr zur Ruhe gekommen, es war selten so friedlich wie momentan bei ihnen.

»Denkst du, dass nach all den Jahren des Chaos jetzt vielleicht mal ruhige Zeiten in Sierra einkehren werden und einfach mal keine neuen Abenteuer passieren?«

Bella verfolgt das atemberaubende Feuerwerk und genießt Pacos Atem an ihrem Nacken, während er ihren Hals küsst und dann zu den Jungs deutet, die alle zusammen am Pool stehen. Leandro, Sanchez, Miguel, Sami ... sie alle sind da und man könnte fast denken, dort stehen ihre Väter vor einigen Jahren.

»Ich denke, dass noch nicht alle Geschichten erzählt sind und ich bin mir sicher, dass uns noch einige Aufregung bevorsteht ...« Genau in diesem Moment werden die Wörter 'It´s a' und dann in hellblau 'Boy' in den Nachthimmel gefunkelt und alle lachen, klatschen und beglückwünschen Dilara, Musa und auch Melissa und Rodriguez.

Bella lächelt, sie geht auch gleich zu ihnen, doch Paco beugt sich noch einmal an ihr Ohr und knabbert zärtlich daran. Wie schafft es dieser Mann nach all den Jahren, noch immer solch eine Gänsehaut bei ihr zu erzeugen?

»Und außerdem ist jetzt bereits die nächste Generation unterwegs. Es wird nie Ruhe in Sierra einkehren, und die Geschichten hier werden niemals enden.« Bella lacht leise auf und Paco sieht ihr noch einmal in die Augen.

»Es hat mit uns beiden angefangen, Cariño, doch es wird noch lange nicht mit uns beiden enden.«

Entdecken Sie die ergreifende Welt von Jaliah J. ...

Eleonora lebt im Hafenviertel von San Juan und muss hart daran arbeiten, ihre Ziele zu erreichen.

Sie ist sehr vorsichtig und geht ungern Risiken ein, doch trotzdem möchte sie hin und wieder auch einfach nur Spaß haben und ihr Leben genießen.

Sie ahnt nicht, dass eine dieser Nächte ihr ganzes Leben verändern wird.

Ein komplett neuer Lebensabschnitt hat für Eleonora und auch für Dario begonnen.

Sie müssen mit vielen Veränderungen zurechtkommen, doch sie bekommen nicht die Chance, sich die Zeit dafür zu nehmen, da plötzlich alles Schlag auf Schlag kommt und ihre neu entstandene Liebe immer wieder auf die Probe gestellt wird. Werden Sie es schaffen, zusammenzu-halten? Und wie geht es bei den Da Silvas weiter?

Erfahrt all das im zweiten Teil der Da Silva-Reihe.

Zwei Leben, die unterschiedlicher nicht sein könnten
und doch miteinander verknüpft sind.
Folgt Hailey und Selena auf ihrem aufregenden Weg
in einen neuen Lebensabschnitt und lauscht dem
bittersüßen Herzschlag des Lebens.

Lara muss ihr geliebtes Berlin und ihren allerbesten Freund Issa verlassen und mit ihren Eltern nach London ziehen. Erst viele Jahre später kehrt sie zurück, und auch wenn sie sich sofort wieder wie zu Hause fühlt, fehlt etwas. Das wird ihr spätestens dann wieder richtig bewusst, als sie es durch einen schrecklichen Zufall wiederfindet und ihr gesamtes Leben auf den Kopf gestellt wird.

»Das, was Issa und du haben … so etwas vergeht niemals!«

WILLKOMMEN IN DER FANTASTISCHEN WELT VON JALIAH J.

ENTDECKE VIELE WEITER BÜCHER,
TOLLE MERCHANDISE PRODUKTE
UND VIEL MEHR...

 @JALIAHJ   @JALIAHJOFFICIAL

 @JALIAHJ_OFFICIAL   JALIAHJ.DE/SHOP

WWW.JALIAHJ.DE

260